Risicofactor: Gangstergirl

Risicofactor:

Gangstergirl

Liesbeth M. van der Wels

To *Hanne*
A friend through thick and thin

Titel: Risicofactor: Gangstergirl

Auteur: Liesbeth M. van der Wels

© 2008 L.M. van der Wels / Uitgeverij Just Publishers, Hilversum

Foto omslag: Guardian Angel Classic by Vlieger & Vandam
www.vliegervandam.com

ISBN 978 90 77895 474

WWW.JUSTPUBLISHERS.NL

Als het waar is wat die lijfwacht zegt, dan trouwt in april een gangsterliefje met prins Johan Friso. Dat kan niet.

Harry van Bommel, Socialistische Partij

Er moeten geen foto's gaan opduiken van mevrouw Wisse Smit op Bruinsma's schip Neeltje Jacoba. Dan is er een probleem.

André Rouvoet, ChristenUnie

Proloog

Elke nacht beleef ik het opnieuw. De verwrongen herinnering dringt zich aan mij op. Ik voel de tinteling van het wachten in mijn benen. Ik inhaleer de weldadige geur van de zomer en vecht tegen de slaap. Hoor het openen van portieren, stemmen in de nacht. Door de struiken zie ik de silhouetten. Mijn lief heeft één voet in de taxi gezet. Ik herken nauwelijks de man die ik beminde. Zie hoe zijn haren in zijn nek krullen, lang en vettig.

Een joviale stem roept hem terug.

'Hé, rij met ons mee.'

Twee mannen wenken hem. Mijn lief aarzelt en stapt dan resoluut uit en volgt hen, als een lam op weg naar de slachtbank. Hij die niemand vertrouwde. Weet hij niet dat de mannen die voor hem lopen straks óver hem zullen lopen als zij de kans krijgen? Hij raakt met zijn onvaste benen achterop. De twee passeren het struikgewas. Ik kom overeind en stap de weg op. Mijn lief kijkt verrast op.

'Jij hier?'

Op dit moment gebeurt er van alles. De twee mannen zetten het op een lopen of er een trein gehaald moet worden. De taxi trekt op. En mijn lief strekt zijn handen naar me uit.

Ik krijs als de eerste kogel hem vol in de borst treft. Zijn ogen kijken me vol ongeloof aan. Ik wil naar hem toe rennen, hem in mijn armen nemen en beschermen, maar ik sta vastgeplakt aan het asfalt.

Zijn lippen vormen het woord dat in mijn hoofd blijft galmen. Waarom? Waarom doe je me dit aan? Waarom jij?

Pas dan zie ik het wapen in mijn hand. Ik wil dit niet. Ik ben de controle over mijn lichaam kwijt. Nogmaals raakt mijn vinger de trekker. Een harde knal verscheurt de nacht en mijn lief slaat tegen de vlakte.

Mijn lichaam schokt als ik me over hem heen buig. Zijn ogen

draaien in hun kassen tot ze mijn gezicht vinden. Pure doodsangst staart me aan. Ik vloek. Ik vloek en vervloek het blonde delletje dat ergens op hem wacht. Nooit zal ze hem nog zien. Nooit zal ze zijn kind in zich dragen. Mijn hand zakt als vanzelf omlaag. Haar gezicht zie ik nu voor me. Nogmaals druk ik af maar het geluid dringt al niet meer tot mij door. In mijn hoofd hoor ik alleen een laatste zucht.

Oh, Mabel. Mabel!

Donderdag 2 oktober 2003

In 1989 kwam Mabel Wisse Smit in het leven van Klaas Bruinsma. Het is toeval dat mijn bezoek aan Nederland samenvalt met het moment waarop zij in opspraak komt. Ik ken haar van vroeger, onder omstandigheden waaraan zij nu niet meer herinnerd wil worden. Zij is niet de reden waarom ik ben teruggekomen. Maar alle ophef fascineert mij mateloos. Het is niet te geloven dat zij op het punt staat tot het Koningshuis toe te treden. Hoe denkt ze haar verleden te kunnen verzwijgen? Heb ik dan niet met eigen ogen gezien hoe ze met Klaas optrok en hem inpalmde? Vroeg of laat komt de wereld toch te weten wat er precies is gebeurd. Ik denk aan het Interregionaal Rechercheteam dat Klaas onophoudelijk in het vizier hield. Het team werd na Klaas' dood opgedoekt en hun onderzoeksmethoden werden gediskwalificeerd. De resultaten verdwenen in een kluis. Wat zullen ze onthullen als iemand ze ooit onder ogen krijgt? Observatiefoto's van activiteiten op de Neeltje Jacoba? Tapverslagen van telefoongesprekken die Klaas met Mabel voerde?

~

Ik rij door Amsterdam, herken de straten, en ik mis Klaas. Ruim twaalf jaar is hij nu weg en het is nog steeds moeilijk te bevatten. Al die levensenergie, al die ambitie. Alles weg. Het had niet zo moeten gaan. Klaas had deze tijd met alle nieuwe ontwikkelingen op het gebied van internet en telecommunicatie geweldig gevonden. Ze zouden hem hebben geïnspireerd. Ik vraag me af hoe hij tegen het huwelijk van Mabel zou hebben aangekeken. Misschien zou hij het een goede grap hebben gevonden en zou hij proberen tijdens de kerkelijke inzegening opeens op te duiken. Dat vind ik een prettige gedachte. Ik zie al voor me hoe Mabel zou reageren.

Na elf jaar ben ik naar Nederland teruggekeerd en het voelt als thuiskomen in een huis waaruit de belangrijkste persoon is vertrokken. Vanavond ben ik op Schiphol geland. Ik blijf vier weken in Nederland voor zaken. Zojuist heb ik in de huurauto het nieuws van elf uur gehoord. Het was even schrikken om het accent te horen van een persoon voor wie ik slechts afkeer voel. Zijn stem roept behalve rillingen ook herinneringen op die ik geprobeerd heb te vergeten. Kennelijk was Carlos vanavond te zien in een televisieprogramma van Peter R. de Vries om te onthullen wat voor mij nooit een geheim is geweest. Ondanks de weerzin die Carlos bij me oproept, proef ik het genoegen dat Mabel in de problemen komt. In Amerika probeer ik altijd het Nederlandse nieuws te volgen, maar dat Mabel met een prins van Oranje is verloofd, is mij vreemd genoeg niet opgevallen.

'Zai was die waif van die Lange', zegt Carlos.

Een prinses in spe die een relatie had met een maffiabaas zal veel commotie met zich meebrengen. Zonder Mabel had Klaas Bruinsma nu waarschijnlijk nog geleefd en had alles anders kunnen lopen. Hij was misschien gaan studeren zoals hij wel eens opperde. Ik heb wel gestudeerd en ik voel me ongemakkelijk bij het idee dat Klaas die kans werd ontzegd.

Ik ben inmiddels bij mijn oude woning aan de Nassaukade gearriveerd. In het licht van de straatlantaarns zie ik hoe de gevel is opgeknapt na de renovatie. De witte siersten steken heel mooi af tegen de donkerrode steen waaruit het pand is opgebouwd. Zes verdiepingen telt het gebouw en de onderste twee zijn van mij: de bel-etage en het souterrain. Ik ga de trap op naar de voordeur. Als ik deze heb geopend, betreed ik een hal die ik nauwelijks nog herken. Rogier heeft echt vakwerk verricht. Ik herinner me de donkere, kunststof vloertegels en het bonte behang met groene en bruine fantasiefiguurtjes. De inrichting was hopeloos verouderd. Dit nieuwe interieur staat me veel meer aan. De muren zijn lichtcrème gesausd en de vloer is bedekt met een mozaïek van witzwarte plavuizen, waardoor de hal groter lijkt dan ik me kan herinneren.

De grootste verrassing staat me in de woonkamer te wachten. Een zoete geur komt me al tegemoet als ik de deur openduw en de Samsonite achter me aantrek. Dan zie ik de vaas met een prachtige bos bloemen erin. Er hangt een kaartje aan van Rogier en Natasja waarmee ze me welkom heten in mijn huis. Wat een lieve schatten! Ik kijk op mijn horloge en zie dat het te laat is om Natasja nog te bellen en te bedanken. Een maand geleden is zij met haar vriend naar Zeeland verhuisd waar Rogier een huis heeft laten bouwen. Zij komen zondag naar mij toe en daar verheug ik me al ontzettend op. Het is fijn om terug te zijn in Amsterdam.

De voor- en achterkamer zijn bij elkaar gevoegd zodat er een heerlijke doorzonkamer is ontstaan. Er is een open haard en een schuifpui die toegang geeft tot het dakterras. Met enkele sierlampjes is het een stuk gezelliger dan vroeger. Mijn oude meubeltjes staan wat verloren in de nieuwe lichte ruimte.

De reis heeft me vermoeid, maar voor ik op de bank neerplof loop ik de keuken in om thee te zetten. Terug in de woonkamer hurk ik neer bij mijn koffer. Als ik deze heb geopend, voel ik tussen de lagen kleding tot ik mijn fotoalbum heb gevonden. Terwijl ik het tevoorschijn trek, glijden twee cd-doosjes mee. Ik duw de verzamel-cd met hits van Abba en *Introspective* van de Pet Shop Boys terug en sla het fotoalbum open. Het bevat foto's uit verschillende periodes van mijn leven: van mijn kindertijd tot nu. Ik sleep het overal met me mee en voeg soms nieuwe foto's toe.

Het album valt open bij een foto van een grijnzende Klaas Bruinsma op de Amsterdamned. Gek eigenlijk hoe ik hem in gedachten Klaas ben gaan noemen, terwijl ik hem tijdens zijn leven nooit met die naam aansprak. Misschien komt het doordat hij sindsdien in kranten, boeken en door anderen altijd zo wordt genoemd. Ik blader snel terug naar het begin want ik wil nu niet aan hem denken. Ik stop bij een klassenfoto die werd genomen toen ik in de eerste klas van de Havo zat. Bijna niemand die ik

deze foto laat zien, herkent mij temidden van mijn leeftijdsge-
nootjes. Toch val ik op als langste meisje van de klas. Ik vind het
raar mezelf terug te zien, met mijn lange, donkere, wilde bos krullen, van voren in een pony geknipt. Op de foto kijk ik met mijn
grijsblauwe ogen onzeker de wereld in. Ik heb mijn hoofd een
beetje naar voren gestoken, alsof ik bang was dat ik anders buiten de foto zou vallen.

Oktober 1980 – februari 1981

1

Hij is terug! En hij is niet alleen. Hij slaat het autoportier met een klap dicht. Ik gluur door de vitrage. Zijn woeste gezicht doet me naar adem happen. Zijn blikt glijdt over de gevel van mijn woning. Even lijkt het alsof hij mij ziet. Snel doe ik een stap naar achteren.

Nog voor ik de andere twee heb gezien weet ik wat mij te wachten staat. Ik heb het allemaal eerder meegemaakt. De laatste keer, bij het Amsterdamse Bos, had ik een voorgevoel en was ik in de auto blijven zitten. Dat had me gered. Nu is het anders. Thuis ben ik kwetsbaar.

Of dit nog niet genoeg is, hoor ik een stem uit de kamer achter mij.

'Chantal! Help me!'

Een moment twijfel ik tussen twee kwaden. Voor de deur staat een boze klant die verhaal komt halen en in de achterkamer is een andere noodsituatie. Ik heb geen keus. Er wordt al op de voordeur gebonkt. Zijn twee handlangers hebben zich strategisch opgesteld. Dit is een moment waarop ik wens dat papa ineens achter de bomen in de straat tevoorschijn komt om mij te redden. Ik kijk de straat in, maar zie alleen voorbijgangers passeren, zonder zich voor mijn probleem te interesseren. Hier in Amsterdam hoef ik er niet op te hopen dat iemand de politie belt. Als ik een kans wil hebben, moet ik zelf in actie komen en snel ook. De roep om hulp uit de achterkamer negerend, ren ik de gang in en roffel de trap af naar het souterrain. Tegelijkertijd graai ik in mijn broek naar de sleutel. Ik hoop dat mijn plan slaagt. Als ik iets wil voorkomen is het dat het drietal binnenkomt.

Eindelijk heb ik de deur open, stap naar buiten en sluit gelijk af. Pas als ik zeker ben dat de sleutel diep in mijn broekzak zit, kom ik in beweging. De twee mannen die hij heeft meegenomen zijn van het type sportschooljongens. Voor hen is dit een verzetje, waar ze nog voor beloond worden ook, en ik vermoed dat ik degene ben die de rekening mag betalen. Na een hoofdknikje van hun opdrachtgever stappen ze richting de voordeur om die in te beuken.

Nog voor het sloopwerk begint stap ik het trottoir op en trek hun aandacht. Mijn plan werkt. Mijn boze klant komt met driftige stappen naar me toe.

'Wat ben jij een vuil kreng', bijt hij me toe.

'Wat heb ik nu weer gedaan?'

'Doe niet alsof je neus bloedt. Ik wil mijn geld terug. Twee kilo zou ik krijgen. Maar ik heb nog niet de helft. De rest van het blok bestaat uit oude tampons. Als jij denkt dat je met mij kunt kloten, heb je het mis. Dit pik ik niet, meisje.'

Ik kan mezelf wel voor het hoofd slaan. Voor me staat mijn beste klant, die elke week een pakket van twee kilo koopt en stipt is met betalen. Beter kan ik het mij niet wensen. Twee keer eerder heeft hij een klacht gehad. De ene keer omdat het product nat was geworden, de andere keer omdat ik te weinig voorraad had. Vandaag had ik hem gematst omdat ik zelf was gematst. Dacht ik. Ronnie Cox, een tussenhandelaar met wie ik zaken doe, moest snel aan geld komen en verkocht mij de twee kilo onder de marktwaarde. Maar ik heb nagelaten te controleren of het klopte. Nu is het de klant die erachter komt. Hij heeft volkomen gelijk dat hij zijn geld eist. Ik moet hem echter teleurstellen want ik heb het niet meer. Ik betwijfel echter of ik hem ervan kan overtuigen dat ik zelf ook ben bedonderd. Hij zal wel denken dat de tampons van mij afkomstig zijn. Zou Ronnie Cox mij met opzet in de problemen hebben gebracht zodat hij mijn ontevreden klanten kan overnemen?

Aan de blik die de klant achterom werpt, zie ik dat hij net zo nerveus is als ik. Hij doet zich groter voor dan hij is en dat zou hij niet durven zonder de sportschooljongens die zich weer achter hem opstellen. Hij is een paar jaar ouder dan ik. Een vierdejaars-student en lid van het Amsterdamsch Studenten Corps. Hij verhandelt zijn partij in de sociëteit.

Nu hij weet dat zijn twee helpers achter hem staan, durft hij de laatste stap te zetten. Hij grijpt mij bij de schouders en schudt me door elkaar. Zijn donkere blik boort zich in mijn ogen. Zijn half-lange blonde haren wapperen om hem heen. De geur van zijn zweet doet mij naar verse lucht happen. Waarom schiet niemand mij te hulp? Een automobilist toetert, maar als een van de sport-schooljongens hem dreigend toeschreeuwt, rijdt hij door. Een paar fietsers staren me aan, maar stoppen evenmin. Mijn boven-buren vertonen zich niet. Opeens moet ik aan een verhaal uit de Bijbel denken. Die gedachte komt me vreemd voor, als iets uit een andere tijd, een andere wereld.

'Je krijgt je geld terug', zeg ik.

'Ik wil het nu, meisje. Of anders nemen we je mee en zullen we op een andere manier het tekort goedmaken.'

Als vrouw ben ik extra kwetsbaar en daarom neem ik nooit risico's. Als het even kan, weiger ik mijn handel van huis uit te doen. Ik zorg dat ik altijd op een plek ben waar ik snel hulp kan vinden. En als ik op een afgelegen plek heb afgesproken, blijf ik altijd in de auto zitten. De mensen met wie ik te maken krijg, zal ik nooit vertrouwen. In gedachten heb ik al vele malen voor me gezien hoe ze me uit de auto slepen en met mij doen wat ze het liefst willen doen. Ik lees het in hun ogen, zoals ik het nu in de blik van de man linksachter ontdek. Onwillekeurig denk ik aan de eerste keer dat ik Joop ontmoette en meteen denk ik ook aan Jack. Maar aan Jack heb ik op dit moment niets.

'Vrienden van me moeten het voorschieten', zeg ik, hopend dat hij daarmee genoegen neemt. Maar hij schudt beslist zijn hoofd.

'Ik wil het nu', zegt hij. 'Ik wil het van jou.'

Dat blijft hij herhalen. Nu! Van jou! Alsof hij denkt dat hij me kan hersenspoelen. Denkt hij soms dat ik een onnozel wicht ben dat zich door hem laat beïnvloeden? De eerste keer dat ik met hem afsprak, probeerde hij me te versieren. Sindsdien laat hij geen gelegenheid voorbij gaan om op mij neer te kijken. Omdat hij student is en ik niet. Omdat hij uit een kakmilieu komt en ik niet. Ik haat hem erom – en mezelf niet minder. Maar ik zal ervoor zorgen dat er een dag komt dat ik niet meer tegen hem op hoef te kijken.

'Nou, waar blijft het geld, meisje?'

Ik schud me los. 'Kom mee!'

'Waarheen?'

'Deze kant op', zeg ik en loop weg van mijn huis. Eigenlijk kan ik daar niet langer wegblijven. Maar dat deze drie binnendringen is een erger scenario. Er zit niets anders op dan hen weg te lokken. Ondertussen probeer ik mijn klant ervan te overtuigen dat ik hem niet heb bedonderd, dat iemand mij hetzelfde heeft geflikt. Ik zie aan zijn ogen dat hij me niet gelooft. Uitstel van betaling zit er niet in. Elke cent telt voor hem.

'Ga je naar de bank?'

Ik zeg niets en loop stug door. We komen bij de brug over de Singelgracht. Plotseling begint de student te vloeken. Hij klauwt zich aan mijn bovenarm vast en trekt mij tegen zich aan.

'Je brengt ons naar de Elandsgracht. Naar het politiebureau!'

Ik ruk me los en spurt weg.

'Pak haar!'

Gezien de omstandigheden is dit het beste wat me kan overkomen. Elke stap brengt ons verder van mijn woning. Mijn angst voor wat ze met mij kunnen doen, geeft mij vleugels. Mensen staan stil en kijken verbaasd hoe het kan dat een meisje als ik een wedstrijdje hardlopen gaat winnen van drie kerels. Maar ik vergis me. Mijn ontsnapping heeft hen verrast. Nu beginnen ze op mij in te lopen. Ik krijg een stekend gevoel in mijn zij en mijn ademhaling gaat tekeer. Ik verwens mezelf en de dag dat ik besloot naar Amsterdam te gaan. Ik verwens mezelf dat ik een ander die mij dierbaarder is dan wie ook, in deze situatie heb gebracht. Ik moet ontsnappen en toch ook niet. Ik moet aan geld komen, en snel ook. Er schiet me niets te binnen. Joop zou me wel willen helpen. Maar zijn hulp zal ik nooit aanvaarden.

Over mijn lijk!

Eén van de krachtpatsers is sneller dan de anderen en zwaait zijn armen om mijn middel. Vrijwel gelijk sla ik met hem tegen de grond. Mijn aanvaller is op mij gevallen en rolt van mij af zonder los te laten. Ik heb overal pijn en knipper versuft met mijn ogen. Bloed stroomt uit mijn neus. Mijn klant staat voorover gebogen uit te hijgen, met de handen op zijn knieën.

'Ik… wil… geld', puft hij. 'Nu!'

Ze laten me opstaan. Dan komt een politiewagen de straat in-rijden. Hetzelfde moment laten ze me los. Aan de ogen van de student zie ik dat ik niets moet uithalen. Ik doe alsof ik het spel mee-speel en sla met de ene hand het vuil van mijn kleding en stelp met de andere het bloeden van mijn neus. Er zit een scheur in mijn spijkerbroek. Geleidelijk krijg ik mijn ademhaling onder contro-le. Dan spurt ik opnieuw weg. Het drietal zit me gelijk op de hie-len. Ze denken dat ze me kunnen krijgen maar ik hoef niet ver meer. Ik zie het pand al waar ik wil zijn. Coffeeshop de Buggie.

Een maand geleden heb ik Eugène leren kennen. Nadat hij had gehoord in welke handel ik zit, verzekerde hij mij dat ik het als vrouw niet lang zou uithouden. Ik hield me toen groter dan ik me voelde. Hij beloofde mij zijn hulp als ik in de problemen zou komen. Als er wat was, kon ik altijd naar de Buggie komen.

Ik heb mazzel. De deur van de winkel gaat net open als ik kom aanrennen. De geur van hasj komt mij tegelijk met een klant tege-moet.

Ik hijg: 'Waar is Eugène? Eugène!'

Mijn stem overstemt de muziek die uit de speakers klinkt. Er bevindt zich één persoon in de Buggie, maar met zijn lange haar en blanke huidskleur kan hij Eugène niet zijn. Nauwelijks dringt het tot mij door wat hij zegt, want de deur achter me gaat op-nieuw open. De student klauwt weer naar me. Dan gaat een deur achterin de coffeeshop open en komen drie mannen binnen.

'Wat is dit voor herrie?'

Degene die het woord heeft, spreekt op rustige toon en in keurig Nederlands, maar er ligt dreiging in zijn stem. Ik draai mijn hoofd om de spreker beter te kunnen zien. Mijn hart slaat over... Dit is een student over wie ik veel heb gehoord en van wie ik niet veel goeds heb te verwachten. Hij is een hoofd langer dan ik, heeft een kaarsrecht postuur, een gladgeschoren gezicht, kortgeknipt donkerblond haar en draagt een lichtgetint, driedelig pak met hooggesloten boord. Hij is duidelijk gewend dat anderen naar hem luisteren. Even lijkt het alsof de tijd stil staat.

2

Met de handen losjes in de zakken van zijn jasje, de duimen buitenboord, neemt hij mij van onderen tot boven op. Dan wendt hij zich tot mijn klant. Aan diens ogen zie ik dat hij de nieuwkomer met het driedelig kostuum heeft herkend.

'Hebben jullie haar zo toegetakeld?'

'Ze is gevallen.'

'Wat moeten jullie dan van haar?'

'Dit meisje heeft me troep verkocht. Ik krijg geld van haar.'

'Is dat zo?', vraagt hij mij.

Ik knik en wil uitleggen dat ik er niks aan kan doen. Maar ik kan geen geluid uit mijn keel krijgen. Ik kan alleen nog naar de nieuwkomer tegenover mij staren. Ik heb altijd het vermoeden gehad dat mijn klant in opdracht werkte van een andere student. Dit moet hem dan zijn. De man achter de toonbank komt me te hulp door te zeggen dat ik naar Eugène heb gevraagd.

'Eutje is er niet. Hoe heet je?'

'Chantal.'

Bij het horen van mijn naam knikt hij kort alsof hij bevestigd ziet wat hij al vermoedde.

'OK, hoeveel is het?'

'Vijftienhonderd', zegt mijn klant.

'Als dat alles is, snap ik niet waarom je daar zoveel drukte over maakt.'

Bij die woorden zie ik mijn achtervolger kleiner worden. Mijn hart maakt een sprongetje van blijdschap. Mijn blijdschap wordt nog groter als de student een portefeuille uit zijn broekzak trekt en het bedrag op de toonbank neerlegt.

'En nu oprotten', zegt hij.

'Ik betaal het morgen terug', beloof ik als mijn achtervolgers de coffeeshop verlaten hebben.

Mijn woorden worden weggewuifd. De student steekt zijn hand uit.

'Frans.' Met zijn linkerhand trekt hij een zakdoek uit het borstzakje van zijn colbert en geeft die aan mij. 'Je bloedt nog steeds.'

Hij knikt naar de deur waardoor hij binnen is gekomen.

'Aan de linkerkant is een toilet met spiegel.'

Voor de spiegel schrik ik van mijn eigen gezicht. De val moet harder zijn aangekomen dan ik dacht. Mijn gezicht zit vol vuile vegen. Op mijn jukbeen heb ik een schaafwond die gaat schrijnen als ik hem met water afneem. Mijn haren hangen in slierten langs mijn gezicht. Met koud water spoel ik de zakdoek uit en dep voorzichtig bloed en slijm weg. Als ik enigszins toonbaar ben, spoel ik de zakdoek nog een keer en wring hem uit.

Ik moet er niet aan denken wat de reactie zal zijn als ik thuiskom. Ik neem mij voor straks via de zij-ingang naar binnen te gaan en de verwonding met make-up weg te werken. Een laag foundation doet wonderen. Het is niet de eerste keer dat ik een mishandeling verborgen heb moeten houden. Het is nu eenmaal de prijs die ik betaal voor mijn werk.

'Dries en ik brengen je thuis', zegt Frans als ik weer in de coffeeshop terug ben. Hij gebaart naar een gedrongen man met gemillimeterd haar die naast hem staat. Deze draagt een T-shirt en een korte broek waardoor ik kan zien hoe gespierd hij is. Zijn dijen staan zo bol van de spierkracht dat hij een dierlijke uitstraling heeft. Toch komt hij op mij niet bedreigend over. Hij glimlacht de eerste glimlach van vandaag waar ik geen bedenkingen bij heb.

'Hoi!', zegt Dries.

Het liefst zou ik nu alleen naar huis zijn gerend, maar ik wil mijn weldoener niet teleurstellen. Met hem naast me en Dries twee stappen achter ons, lopen we de Jacob van Lennepstraat uit naar de Nassaukade. Ondertussen rolt Frans een joint en vraagt van wie ik mijn handel inkoop en hoe lang ik al in de business zit. Ik zeg niets en heb het gevoel dat ik het initiatief moet nemen.

'Wat studeer je?, vraag ik.

Hij neemt de joint uit zijn mond en glimlacht. 'Heb je dan niet van mij gehoord?

Opeens begint het mij te dagen. Ik moet nog versuft zijn geweest van de val dat ik het verband niet meteen heb gelegd. Frans. De naam heb ik vele keren gehoord in de stamkroeg van Jack. Frans van Arkel. Een studentje dat als stukjesverkoper begon en nu in grotere partijen hasj dealt, net als Ronnie Cox die mij heeft belazerd. Frans is een kakker die denkt dat hij beter is dan de rest. Iedereen is het er unaniem over eens dat hij eruit gewipt moet worden als hij te groot wordt. Ik neem de handel van dat snotjoch nog een keer over, heeft Jack een keer geroepen, waarbij instemmend werd geknikt. Er zijn ook andere verhalen die niet iedereen wil geloven. Frans van Arkel zou zich laten omringen door gewelddadige types. Zelf is hij een schijtjoch, vindt Jack.

Het is altijd moeilijk in te schatten wat er van deze beweringen waar is. Er wordt zoveel beweerd. Frans van Arkel zou volgens de geruchten samenwerken met een bloedmooie Indonesische die schoonheidskoningin is geweest. Al dit soort opgeklopte verhalen neem ik gewoonlijk met een korreltje zout. Hoewel ik inmiddels wel begrijp dat een vrouw voor hem zou vallen. Waar Frans binnenkomt, wordt hij opgemerkt. Bij hem steekt mijn Jack flets af.

Ik ben op mijn hoede nu ik weet wie ik naast mij heb. Misschien hoort hij me uit om mij uit de handel te wippen. Ook dat soort berichten heb ik opgevangen. Ronnie Cox is niet de eerste tussenhandelaar die mij geript heeft en Frans zou van hetzelfde slag zijn. Zodra hij weet waar ik mijn hasjvoorraad opberg, komt hij nog een keer langs om die stash leeg te roven. Ik denk aan Eugène. Ik moet hem spreken om te horen wat hij over Frans weet.

We hebben mijn woning bereikt en ik bedank Frans en Dries.

'Ik heb eigenlijk best zin in een kop koffie', zegt Frans met zijn ogen op mijn voordeur gericht. Hij gooit de peuk weg.

Dit lijkt me geen goed idee. Hij weet niet wat hij binnen zal aantreffen. Wat hij voor mij gedaan heeft, weegt niet op tegen het risico dat ik neem door hem binnen te laten. Ik denk vooral aan het hulpgeroep dat ik heb genegeerd. Moeiteloos kan ik me een voorstelling maken van de puinhoop die ik binnen zal aantreffen. Mijn neusgaten vullen zich al met de geur die mij wacht. Geen omgeving waarin ik mijn nieuwe kennis wil ontvangen. Ik wil sowieso niet dat in het roddelzieke penozewereldje bekend wordt aan wie ik onderdak bied. Dan kan ik mijn handel net zo goed meteen opdoeken.

'Er is een gezellig café verderop,' probeer ik.

'Laten we dat dan maar doen', zegt hij.

Opeens doet een schreeuw Frans om zijn as draaien. Ik kijk om en herken het vollemaansgezicht van Eugène Umbach. Ik heb Eugène leren kennen in de stamkroeg van Jack, waar hij me vertelde dat hij vroeger vaak in de jeugdgevangenis heeft gezeten. Ook beweerde hij dat hij een gijzeling van de koningin zou hebben verijdeld. Ik weet niet of het waar is, maar op dat moment maakte hij daarmee wel indruk op mij. Hij heeft een lichtbruine huid en aan zijn accent kun je horen dat hij in Suriname is geboren. Druk gebarend komt hij naderbij. Zweet glinstert tussen de zwarte haren op zijn hoofd.

'Klant geript', hoor ik.

'Wie?'

'Van den Berg, uit Nauerna.'

Frans vloekt. 'Waar is het gebeurd?'

Hortend en stotend vertelt Eugène dat de overval op de terugweg plaatsvond. Ik begrijp uit zijn woorden dat Van den Berg een klant is. Nadat hij een partij hasj bij de groep van Frans van Arkel heeft ingekocht, is hij op weg naar huis gegaan. Niet ver van het kunstenaarsdorp Ruigoord is een auto hem blijven volgen tot de dijk over het Noordzeekanaal. Bij de wachtplaats voor het veer naar Nauerna heeft Van den Berg onder bedreiging van een vuurwapen zijn hasj moeten inleveren. De overvaller is in de richting van Ruigoord weggereden. Dit alles is nog geen tien minuten geleden gebeurd. Ene Giel, een handlanger van Frans, is al op weg om de dader te onderscheppen.

Frans van Arkel hoort het verslag met toenemende woede aan. Hij lijkt mijn aanwezigheid helemaal te zijn vergeten. Alsof hij de kaart van Noord-Holland in zijn hoofd heeft, noemt hij een aantal ontsnappingsroutes die de overvaller kan volgen. Daarbij gaat hij er vanuit dat de dader uit Amsterdam komt.

In een opwelling besluit ik initiatief te tonen. De ene dienst is de andere waard en hoe eerder ik niet meer bij Frans in het krijt sta, hoe liever ik het heb. Terwijl de mannen nog overleggen, trek ik een sprintje naar mijn woning waar mijn auto staat geparkeerd. Ik open het autoportier en ga achter het stuur zitten. In de achteruitkijkspiegel zie ik Frans, Dries en Eugène staan. Ik steek mijn hoofd naar buiten en roep: 'Stap in!'

De drie mannen duiken bij mij in de auto. Frans naast mij en Eugène en Dries op de achterbank.

'Ken je de weg hier wel?', twijfelt Frans nog.

'Dat zul je zien.'

Ik woon nog maar zeven maanden in Amsterdam. Voor iemand die een provinciestadje gewend is, heb ik het stratenplan van de hoofdstad snel leren kennen. Een kwestie van overleven. Frans is onder de indruk als ik de snelste route vind, daarbij zorgvuldig eenrichtingswegen vermijdend. Aanvankelijk bemoeit hij zich met de route, maar als hij merkt dat ik zelfverzekerd ben, laat hij mij m'n gang gaan.

'Als we snel zijn,' zegt Frans, 'kunnen we hem bij het A10 viaduct opwachten.'

Dat is exact wat ik in gedachten heb en daarom trap ik het gaspedaal dieper in. Ik heb geen idee wat mij te wachten staat. Misschien komt er een vuurgevecht, hoewel ik me afvraag of mijn metgezellen gewapend zijn. Ze gaan helemaal op in de rit. Frans van Arkel kijkt gespannen voor zich uit terwijl Eugène zich van achteren aan mijn stoel vastklampt alsof hij bang is uit de auto geslingerd te worden. Ik voel zijn ademhaling in mijn nek. Veel ruimte is er niet in mijn Daf. Dries zit constant te schelden. Ik weet niet of het door mijn rijstijl komt of door wat hun klant is overkomen. Het geronk van de automotor overstemt hem.

Vanaf de Admiraal de Ruijterweg bereiken we de Haarlemmerweg op een steenworpafstand van het viaduct, als een blauwe Ford op hoge snelheid voor ons langs schiet. De chauffeur is een man met een donkere snor. Terwijl hij passeert, zie ik de uitdrukking op zijn gezicht veranderen als hij Frans herkent. Zijn knipperlichten geven aan hem te volgen.

'Daar heb je Giel.'

Ik draai de weg op. Voor de Ford zie ik een zwarte auto die door Giel op de hielen wordt gezeten. Mijn Daf levert een topprestatie. In een mum van tijd weet ik onze achterstand in te lopen. En met elke meter die ik dichterbij kruip, krijg ik een beter zicht op de zwarte auto. Met een grimmig genoegen herken ik hem.

'Volgens mij is het de wagen van Robert de Keizer.'

'Verrek, je zou wel eens gelijk kunnen hebben.'

Robert de Keizer is degene die mij onlangs in het Amsterdamse Bos wilde rippen – en waarschijnlijk meer dan dat. Via via had hij contact met me opgenomen en een partij hasj van hoge kwaliteit aangeboden. We waren een prijs overeengekomen en een plek waar de overdracht zou plaatsvinden. Maar in plaats van te komen met een sporttas met de handelswaar, had hij met een pistool gezwaaid.

Ik verwacht dat hij gaat proberen in de nauwe straatjes in de binnenstad te ontkomen. Daarom verbaast het mij dat hij bij het Nassauplein linksaf gaat, de Houtmankade op richting de Oude Houthaven. Het is in zijn voordeel want hier ben ik niet eerder geweest. Maar voorlopig hoef ik alleen te volgen. Het wordt me al snel duidelijk waarom Robert deze kant is opgegaan. Hier is meer vrachtverkeer. Hij is een behendig chauffeur die de ene na de andere truck inhaalt terwijl tegenliggers gas terugnemen om een botsing te voorkomen. Als achtervolgers kunnen we niets anders dan wachten tot de weg weer vrij is. Deze truc wordt twee keer herhaald en dan is Robert de Keizer ons een straatlengte voor. Bij de Nieuwe Houthaven lijken we hem te zijn kwijtgeraakt. Giel is echter niet meer te stoppen en racet door. Maar ik bedenk me dat dat precies is wat Robert verwacht en daarom rem ik af.

Ik hoef niet lang te wachten om te zien dat ik de juiste keuze heb gemaakt. Zodra Giel uit het zicht is verdwenen, komt de zwarte auto uit een zijstraat. Robert heeft duidelijk niet op mij gerekend. Ik geef gas en met een scherpe bocht kom ik schuin op de weg te staan. Een seconde later ramt de zwarte auto mij. Met grote ogen herkent de bestuurder mij. Mijn auto schuift opzij waardoor hij er net langs kan. Maar dit heb ik verwacht. Aangemoedigd door Frans, Dries en Eugène geef ik opnieuw gas. Ik heb geluk. Robert heeft de controle over het stuur nog niet terug en komt in de berm terecht, waar hij een draai maakt en tot stilstand komt.

Wankelend komt hij uit de auto en steekt beide armen de lucht in.

'Ik ben onder de indruk', zegt Frans als hij Robert de Keizer de gestolen hasj afhandig heeft gemaakt en hem – minutenlang – de les heeft gelezen, terwijl Giel hem enkele keren hard in het gezicht sloeg tot het bloed eruit stroomde. Intussen heb ik de schade aan mijn auto bekeken, want met dat geweld wil ik liever niets te maken hebben. De deuk die de botsing heeft veroorzaakt, valt niet op tussen de butsen die de auto in een vorig leven heeft opgelopen. 'Waar heb je zo leren rijden? Heb je eigenlijk wel een rijbewijs?'

'Ik ben al achttien, hoor!', zeg ik, quasi verontwaardigd. Met kracht blaas ik de rook van mijn Gauloise uit en zet de sigaret weer aan mijn lippen.

Hij lacht een rij prachtig witte tanden bloot.

'Eutje heeft me over je verteld, maar dit slaat werkelijk alles. Iemand als jij kan ik goed gebruiken, hoor. Heb je zin om voor mij te komen werken?'

Zijn vraag verrast mij. Ik ben nu anderhalve maand zelfstandig dealer, nadat Jack mij met de handel heeft laten kennismaken. Maar hiervoor ben ik niet naar Amsterdam gekomen. Mijn oude leven lijkt een eeuwigheid geleden. Wil ik op dezelfde voet verder of ga ik iets anders doen? Mijn leeftijdsgenoten volgen een studie. Dat ligt me niet. Een normale baan evenmin. De gemakkelijke verdienste van de handel staat mij wel aan. Toch heb ik moeite met de types met wie ik dagelijks te maken krijg. Is Frans van Arkel te vertrouwen?

Frans schijnt mijn aarzeling op te merken.

'Je hoeft nu niet te beslissen, hoor, Chantal. Kom morgen naar de Buggie, dan praten we erover.'

3

Ik ben gecharmeerd van de wijze waarop hij mij benadert. Hoffelijk houdt hij de deur voor mij open en zet een stoel klaar in het kantoortje dat zich achter de winkel bevindt. Eugène brengt ons koffie terwijl Frans vraagt hoeveel schade ik aan mijn auto heb. Hij zegt dat hij die wil betalen. Net als gisteren steekt hij zijn waardering voor mijn rijkunsten niet onder stoelen of banken. Met een jongensachtige gretigheid vraagt hij wie mij zo heeft leren rijden. Jack? Ik glimlach slechts.

Afgelopen nacht heb ik wakker gelegen en nagedacht of ik op zijn aanbod in zal gaan. Ik heb grote twijfels. Na de achtervolging van gistermiddag ben ik hem niets verschuldigd behalve de vijftienhonderd gulden. Dat bedrag heb ik hem zojuist aangeboden ook al wil hij er niets van hebben. Aan zijn enthousiasme merk ik dat hij me voor zich wil winnen. Waarom ik? Nog steeds heb ik geen gelegenheid gehad Eugène onder vier ogen te spreken. Heeft hij me aanbevolen?

Nu we beleefdheden hebben uitgewisseld, komt Frans ter zake. Allereerst vraagt hij me te vergeten wat er allemaal over hem wordt beweerd. Roddel, zegt hij, is zand in de motor van hun business. Slechte kwaliteit stuff maakt het nog erger. En rippers als Robert de Keizer en Ronnie Cox remmen de handel verder af.

'Weet je wat Robert gedaan zou hebben als we hem niet hadden gepakt?'

'De partij verkocht.'

'En behalve dat?'

Ik heb geen idee.

'Hij zou naar de kroeg zijn gegaan om te beweren dat hij heeft gehoord dat ik mijn eigen klant heb geript. Wie bewijst dat het anders is? Iedereen denkt dan dat ik klanten rip. Daarom vraag ik je niet naar dergelijke zwartmakerij te luisteren. Onze business is gewend aan liegen en bedriegen. En wat is het gevolg? Klanten blijven bij mij weg. Niemand vertrouwt een ander nog. Jij bent door Ronnie bedrogen. Als je hem erop aanspreekt, wat doet hij dan? Hij houdt bij hoog en laag vol dat ook hij bedrogen is. Vervolgens sleept hij je de hele stad door om bij de dader verhaal te halen. Maar hij weet bij welke adressen hij moet aanbellen waar niemand zal opendoen. Ronnie Cox is de koning van het rippen. Ik moet voortdurend op mijn hoede zijn om zelf niet slachtoffer te worden van dit soort figuren. Daarom doen wij het anders. Het gaat om een betrouwbaar imago én service.'

Vervolgens begint Frans van Arkel een beeld te schetsen van zijn firma die hij met zijn compagnon Bea heeft opgebouwd. Klanten die door concurrenten geript worden, kunnen rekenen op extra service zoals gistermiddag is gebleken. Klantenbinding, noemt Frans het. Om de kwaliteit van hun handel te garanderen, is hij begonnen zelf importlijnen op te zetten. Regelmatig reist hij af naar Pakistan, Libanon en Marokko en hij heeft plannen om contacten te leggen in Zuid-Amerika.

Ik weet niet wat ik moet geloven. Ik vertrouw Frans niet. Hij schetst zo'n positief beeld van wie hij is en wat hij wil, dat ik bedenkingen krijg. Toch ben ik ook onder de indruk. Zijn woorden spreken tot mijn verbeelding. Ze roepen een beeld op van een professioneel bedrijf met langetermijn doelstellingen, arbeidsvoorwaarden en een behoorlijke salariëring. En meer nog dan dat, schetst hij mij wat mijn rol in dat geheel zou kunnen zijn. Hij biedt mij geen baantje, hij biedt een carrière. Ik kan onderaan beginnen en als ik hem beval, kan ik meegroeien naar een hogere positie. Met zijn chique pak en keurige manieren geeft hij mij het gevoel dat hij me een eervolle positie aanbiedt binnen een legaal bedrijf. Een bedrijf dat wil uitgroeien tot een bloeiende multinational. Het is een lonkend perspectief dit van dichtbij mee te maken. Een topfunctie op het hoofdkantoor van een multinational ligt voor mij in het verschiet.

Alleen al het woord hoofdkantoor doet mij duizelen. Ik heb gehoord dat er in de stad een kantoor moet zijn, maar ik kan me er weinig bij voorstellen. Het niveau waarop ik actief ben brengt geen administratieve werkzaamheden met zich mee. Ik koop nieuwe partijen in en reken gelijk contant af, en mijn klanten doen hetzelfde.

Ik heb geen idee in welke hoeveelheden de groep van Frans handelt. Als ik hem ernaar vraag, moet hij lachen.

'Als we een slechte dag hebben, verhandelen we honderdvijftig kilo.'

Ik sta versteld. Hoe een goede dag eruit ziet, kan ik me nauwelijks indenken. De bedragen die erin omgaan, moeten enorm zijn. Hoewel ik onder de indruk ben, roept zijn antwoord juist grotere weerstand in mij op. Wie ben ik dat hij juist mij wil hebben? Wat kan ik toevoegen aan een bedrijf dat zonder mij al uitstekend functioneert? Gisteren dacht ik dat hij uit was op mijn contacten, mijn klanten. Maar mijn marktaandeel valt in het niet bij dat van Frans. Ruim zeven maanden geleden was ik een naïef meisje zonder toekomstperspectief, dat nog geen grammetje hasj had gezien. Sindsdien ben ik een aantal keer belazerd. Ook al heb ik daarvan geleerd, elk crisismoment toonde aan dat ik kwetsbaar ben. Omdat ik vrouw ben, omdat ik jong ben. In zijn ogen moet ik onbruikbaar zijn.

'Ik wil mij omringen met de beste mensen', zegt Frans. 'Daarom wil ik jou erbij hebben, Chantal.'

Als hij denkt dat hij me met zijn charmes kan inpakken, heeft hij het helemaal mis. Ik moet grondig nadenken of ik dit wel wil. Als ik akkoord ga, betekent het een nieuwe stap op een weg die niet iedereen goedkeurt. Ik denk aan het lot van papa. Frans mag zijn bedrijf dan nog zo mooi voorstellen, ik weet dat het niet allemaal goud is wat er blinkt. Ik zeg hem dat ik er nog over wil nadenken.

'Dat vind ik heel verstandig. Je moet niet te snel ja zeggen. Willen wij ons doel bereiken, dan moeten alle neuzen dezelfde kant op staan. Ik vraag veel van je en ik moet volledig op je kunnen vertrouwen. Anderen misgunnen ons dit succes. Zij zullen je misschien een aanbod doen. Maar daar mag je niet op ingaan. Onvoorwaardelijke trouw, daar draait het om. Loyaliteit. Als je dat kunt opbrengen, zal ik goed voor je zorgen. Je zult over niets te klagen hebben.'

Frans staat op en loopt met mij mee naar de winkel. Daar neemt hij afscheid en zegt dat hij naar een vergadering moet. Tot slot geeft hij mij een kaartje met een telefoonnummer waar ik hem kan bereiken. Ik blijf een ogenblik dralen in de winkel, alsof ik de sfeer wil opsnuiven. Eugène is nog aanwezig en zodra Frans van Arkel met drie van zijn medewerkers de Buggie heeft verlaten, vraag ik hem waarom mij een baantje is aangeboden.

Hij haalt de schouders op. Maar in zijn ogen zie ik dat hij iets achterhoudt.

'Wat is het?'

Hij krabt op zijn achterhoofd en kijkt uit het raam om te zien of Frans is vertrokken.

'Volgens mij', zegt hij dan, 'heeft Lange Frans een oogje op jou.'

4

Diep in gedachten kom ik bij mijn huis. Ik wik en weeg wat ik het beste kan doen. Wat Eugène mij heeft verteld, maakt mijn twijfel groter. Ik ben niet geselecteerd vanwege mijn kwaliteiten in de hasjhandel of mijn klanten of mijn kwaliteit als chauffeur. Hij wil indruk op mij maken en zet daarom een beeld neer alsof hij edelmoedig is in een wereld vol bedriegers. Hij is niets anders dan een opschepper. Dat is precies wat er over hem wordt beweerd.

Als ik de voordeur van mijn woning heb gesloten, schrik ik van een stem achter mij.

'Chantal, waar ben jij geweest?'

Ik draai me om en kijk in het ernstige gezicht van oma. Zij staat halverwege de gang. Ze steunt op het looprek en kijkt me met een indringende blik aan. Ik weet dat ze zich zorgen over mij maakt, net zoals ik dat doe over haar.

'Ik had een sollicitatiegesprek.'

'Wat is het soort werk? Je gaat toch niet...'

Ik val haar in de rede. 'Het is niet wat u denkt. Ik heb een baan aangeboden gekregen in een winkel.'

Haar gezicht klaart op. 'En denk je dat je kans maakt?'

'Ik denk het wel.'

'Wat fijn. Daar ben ik blij om.'

'Is de dokter geweest?'

'Nog niet.'

Ik voel me nog schuldig over wat er gistermiddag is gebeurd. Ik had niet weg moeten gaan. Maar oma heeft niets in de gaten gehad. Ze heeft het gebonk op de buitendeur gehoord en gedacht dat ik weg was. Het is de laatste dagen helemaal mis met haar. De aanval van gistermiddag was er één van velen. Elke keer is het een vreselijke ervaring. Meestal gebeurt het 's nachts. Ze roept mij om hulp. Ik slaap met mijn kamerdeur open. Van elk geluidje uit de aangrenzende slaapkamer word ik wakker. Wat ik in haar slaapkamer aantref, vervult mij met afschuw. Oma staart mij met grote ogen aan, kan bijna geen woord uitbrengen en probeert weg te komen. Ze is in paniek. Haar gezicht krijgt een kleur en de aderen in haar hals zwellen op. Het is alsof haar stervensuur is aangebroken. Ook ik raak in paniek. Ik zie haar ogen ronddraaien in haar kassen en ze reageert niet meer op wat ik zeg. Ze lijkt me niet te zien. Dan valt ze weg. Ik vrees dat ze weer een hersenbloeding heeft en wil de ambulance bellen. Maar dan komt ze bij. Van telefoneren komt niets als ik zie dat ze de controle over haar blaas heeft verloren. Ze zit onder de urine en ik moet haar verschonen. Elke keer denk ik: als het nog een keer gebeurt, bel ik de ambulance. Maar ik doe het niet, omdat ik bang ben dat ik haar voorgoed kwijtraak.

Gistermiddag heeft ze tevergeefs op mij gewacht.

Ik denk dat ze een blaasontsteking heeft en heb al met de dokter gebeld. In het stadje waar ik opgroeide zou hij meteen zijn gekomen. Maar hier in Amsterdam gaat alles anders. Nadat ik aangaf dat mijn oma beslist niet in staat is naar de praktijk te komen, verklaarde de assistente zuchtend dat de arts in de loop van de week zal komen. Dat was eergisteren. Morgen is het vrijdag.

Mijn oma is tweeënvijftig jaar ouder dan ik. Maar ze voelt voor mij als een moeder en daarom heb ik haar in huis genomen om voor haar te zorgen zoals zij dat voor mij heeft gedaan. De afgelopen tijd zijn we uit elkaar gegroeid. Ze heeft strikte opvattingen over het leven. Het liefste ziet ze dat ik trouw met een lieve man en kinderen krijg. Dat is haar idee van vrouwelijk geluk. Diep van binnen wil ik dat ook, maar nu nog niet. Ik heb meer verlangens. Ik wil veel geld verdienen en avonturen beleven. En dan pas wil ik me settelen en liefst een groot gezin hebben.

Jack heb ik een kans gegeven. Maar hij heeft definitief iets in mij kapotgemaakt. Ik gruw van het idee dat hij mij nog steeds als de zijne ziet.

Ik ben geboren in een van de plaatsen langs de voormalige Zuiderzee. Dit stadje vormde achttien jaar lang mijn horizon. Een wereld waaruit ontsnapping onmogelijk leek. Als ik aan mijn jeugd denk, komen weinig fijne herinneringen naar boven. Het enige dat de monotonie van mijn bestaan doorbrak, waren de uitstapjes van NCRV *Kerkepad* waarbij ik mijn oma vergezelde. Zoals die keer dat we met de trein naar Kampen en IJsselmuiden gingen. Dat waren bepaald geen uitjes waar mijn hart sneller van ging kloppen. In die tijd droomde ik al van verre landen en avontuur. Aardrijkskunde, vooral topografie, was mijn favoriete vak op school. Hoe schril het contrast met de werkelijkheid!

We leefden constant op de armoedegrens. Mijn opa was visser die de voltooiing van de Afsluitdijk meemaakte. In de jaren daarvoor was de Zuiderzeevisserij op z'n hoogtepunt. Na de afsluiting braken moeilijke jaren aan. In het zeewater, dat elk jaar zoeter werd, verdwenen de vissoorten waarop altijd was gevist. De haring verdween. De garnaal verdween. Alleen de bot hield nog stand. Het IJsselmeer leek een dode zee te worden. Het ene visbedrijf na het andere – allemaal familiebedrijven die van vader op zoon waren overgegaan – moest het onderspit delven. Wie niet rond kon komen, leefde van een uitkering die op basis van de Zuiderzee-steunwet werd gegeven. Maar mijn opa was iemand die niet van opgeven hield. Met allerlei bijbaantjes probeerde hij de eindjes aan elkaar te knopen, tot het tij begon te keren. De visstand nam weer toe. Ook al waren het andere soorten waarop nu gevist kon worden. De paling gedijde goed in het zoete water, evenals de spiering en de snoekbaars. Mijn opa had weer perspectief om zijn bedrijf op te bouwen. Hij kocht een nieuwe botter die papa later overnam.

Lang duurde de opleving niet. Na de Tweede Wereldoorlog werd begonnen met de aanleg van de Flevopolders. Waar vroeger goede visgronden waren, ontstond een nieuw land. Het was een verloren zaak. Maar het kon papa er niet van weerhouden koppig vol te houden tot hij zich genoodzaakt zag de botter te verkopen. Ik was toen nog niet geboren.

Mijn eerste herinneringen stammen uit de tijd dat mijn opa overleed. Na een avonddienst in de kerk waar hij ouderling was, was hij onderweg naar huis door een dronken automobilist geschept. Die gebeurtenis maakte diepe indruk op mij, want in die tijd woonde ik al bij mijn grootouders.

Mijn moeder kende ik alleen uit wat ik mondjesmaat van mijn oma te horen heb gekregen. Zij was een nerveuze vrouw die niet was opgewassen tegen het leven als vrouw van een visser en het sobere bestaan dat erbij hoorde. Vooral na de geboorte van mijn broertje Hans was duidelijk geworden dat ze het geestelijk niet langer trok. Toen Hans ziek werd, kreeg ze een inzinking die ze niet te boven kwam. Om haar taak als moeder te verlichten, ging ik in die tijd bij mijn grootouders wonen. Een jaar later keerde mijn moeder terug naar Groningen. Ten minste, dat heb ik altijd te horen gekregen. Dat was de stad waar zij altijd had gewoond voor ze papa ontmoette.

Zo groeide ik op bij mijn grootouders en ik hield hen voor mijn echte ouders. Met papa had ik weinig contact. Hij was werkloos geraakt. Soms had hij tijdelijk een baantje. Bij een boer, in de bosbouw. Maar lang duurde het nooit. Hij raakte aan de drank, kon zijn afspraken niet nakomen, en had een opvliegend karakter. Soms zag ik hem op de strekdam slenteren, starend naar onze botter die hij aan een studentenvereniging in Apeldoorn had verkocht. Andere keren tuurde hij over het water dat hij eens had bedwongen en waarachter nu het nieuwe land lag. Als ik hem aansprak, leken mijn woorden nauwelijks tot hem door te dringen. Alleen bij bijzondere gelegenheden kwam hij op bezoek. Een goed contact kwam daarmee niet tot stand. Vaak had hij meer belangstelling voor de Enkhuizer Almanak, alsof hij hoopte dat hij binnenkort weer kon uitvaren. 'Hij mist de vrijheid en de ruimte om zich heen', zei mijn oma altijd. Ik begreep dat toen nog niet. Ik voelde me afgewezen en huilde aan een stuk door.

In die dagen werd ik gepest. Vanwege mijn moeder. Vanwege het uiterlijk van Hans. Toch lieten de jaren met mijn broertje een onvergetelijke indruk op mij na. Mijn broertje was een vrolijk jongetje dat de harten van iedereen kon winnen. Op school had hij meer vriendinnetjes dan ik. Er waren dagen dat ik het er moeilijk mee had dat hij meer aandacht kreeg dan ik.

Toen ik opgroeide begon de verstikkende atmosfeer van mijn geboorteplaats mij meer en meer tegen te staan. Ik snakte naar een leven in anonimiteit. Ik wilde weg, de wereld in. Inmiddels was ik van school af. Na de dood van mijn broertje kampte ik met concentratieproblemen, zodat doorleren geen zin had. Ik kreeg een baantje in de winkel van een bakkerij. Het beviel me niet, maar het was tenminste iets. Ik droomde van een leven in weelde en veel mensen om mij heen.

Toen ontmoette ik Jack.

De datum staat in mijn geheugen gegrift. Negentien september 1979. Een halfjaar later vertrok ik naar Amsterdam om bij hem in te trekken. Ik liet een bezorgde oma achter.

Ik zit in een onmogelijke situatie. Eigenlijk kan mijn oma geen moment alleen worden gelaten. Omdat ik mijn eigen handel niet van huis uit wil organiseren, ben ik soms de hele dag weg. Als oma hulp nodig heeft, ben ik onbereikbaar en vaak ver van huis. Als ik voor Frans ga werken, zal ik eerst in de Buggie komen te staan. Daar ben ik telefonisch bereikbaar en als er wat is, kan ik binnen vijf minuten thuis zijn. Dat vooruitzicht staat me erg aan. En ik krijg een vast inkomen waardoor ik het me kan veroorloven iemand te betalen die mijn oma verzorgt.

Ik heb besloten. Ik ga het aanbod van Frans van Arkel aanvaarden.

En toch...

Ik ben er allerminst gerust op dat het een succes wordt. Ik moet telkens denken aan de woorden van Eugène dat Frans mij leuk vindt. Ik weet dat Frans het bed deelt met Bea, de voormalige Indonesische schoonheidskoningin die tevens zijn compagnon is. Als ik ergens geen zin in heb, is het dat ik zijn nieuwste scharrel word. Dat vertik ik. Hoe behandelt hij mij zodra hij op me uitgekeken is? Waarschijnlijk is hij dan niet zo edelmoedig meer als hij zich nu voordoet.

5

Op vrijdagochtend bel ik Frans om hem over mijn besluit te vertellen. Ik verwacht een blije reactie, enthousiasme. Maar hij lijkt zijn gedachten er niet bij te hebben. Als ik vraag of er iets aan de hand is, gaat hij er niet op in. In plaats daarvan zegt hij dat ik op maandag kan beginnen en hij noemt de tijd waarop ik word verwacht. Ik zal worden opgevangen en ingewerkt door Wilco, die de Buggie runt. Zijn zakelijke toon doet me afvragen of Eugène zich heeft vergist. Na een korte groet beëindigt Frans het gesprek. Ik blijf nog een minuut met de hoorn in mijn hand zitten tot de tuutjes ophouden.

'Wie was het?', vraagt oma.

Ik heb gebruik gemaakt van de korte ogenblikken dat zij naar het toilet was. Nu staat ze met haar looprek in de deuropening van de achterkamer. Ik leg de hoorn op de haak en vertel dat ik de winkel heb gebeld en dat ik maandag kan beginnen. Sinds ze weet dat ik een vaste baan aangeboden heb gekregen, is mijn oma in een opgelaten stemming.

Maar zij is ook mijn zwakste schakel. Ik moet er niet aan denken wat er kan gebeuren als uitlekt dat ik met haar samenwoon. Ik maak me geen illusies over het wereldje waarin ik actief ben. Bedreiging van familieleden is geen onbekend fenomeen. Als Jack niet op tijd betaalde, werd hem gedreigd dat mij iets zou worden aangedaan. Ik hoor ook over familieleden die worden ontvoerd als reactie op een ripdeal. Als mijn oma zoiets overkomt, zal ik het mezelf nooit vergeven.

Toch heb ik er geen spijt van dat ze bij me is komen wonen. Zij is de enige van mijn familie om wie ik geef. Sinds zij bij me ingetrokken is, ben ik mijn woning als een thuis gaan ervaren. Overdag zit ze in de achterkamer. Daar binnenstappen is voor mij het betreden van het verleden. Ze heeft er haar radio, haar eigen meubilair, haar breigarnituur en de boeken met preken van haar vader waarin ze graag bladert. En natuurlijk de televisie die vroeger ondenkbaar zou zijn geweest en waarop ze naar *Kerkepad* en *U Zij De Glorie* van de NCRV kijkt. 's Avonds help ik haar de trap af naar het souterrain waar een ander looprek klaarstaat. We hebben elk een eigen slaapkamer. Soms vraag ik me af of oma spijt heeft dat ze op mijn aanbod is ingegaan. Ik heb haar immers uit het stadje gehaald waar ze sinds haar twintigste woonde, waar ze trouwde en kinderen kreeg. Maar ze klaagt nooit. Het enige dat haar dwarszit, is het leven dat ik leid. Daarom denk ik dat ze zo blij is nu ze weet dat ik een normale baan heb gekregen. Ik heb haar verteld dat ik bij een soort drogist ga werken waar medicijnen tegen stress verkocht worden. En in zekere zin is dat ook zo, hoewel de keuze in de coffeeshop beperkt is.

Nu ik nog drie vrije dagen voor me heb, besluit ik zoveel mogelijk tijd met mijn oma door te brengen. We praten over vroeger, scrabbelen en rummikubben, en ik leg haar mijn plan voor iemand aan te nemen die regelmatig bij haar komt kijken. Zij heeft daar haar bedenkingen over. Kun je het je wel veroorloven, Chantal? Waar vindt je zo iemand? In haar ogen zie ik dat ze het niet ziet zitten een vreemde in huis te laten. Maar ik weet haar ervan te overtuigen dat het handig is als er nog iemand is die naar haar omkijkt. De Jacob van Lennepstraat met de Buggie is dichtbij, maar ik ben de hele dag weg, zes dagen per week.

Aan het eind van de vrijdagmiddag wordt er aangebeld door een jonge man. Ik vertel hem dat ik niets meer verkoop en dat hij in de Buggie terecht kan, als hij duidelijk maakt dat hij de huisarts is. Met een vreemde blik in zijn ogen stapt hij langs mij naar binnen.

Veel kan hij niet doen voor mijn oma. Hij neemt haar temperatuur op, meet haar bloeddruk en luistert naar haar hart. Zijn bezoek duurt nog geen tien minuten en hij vertrekt met de opmerking dat hij iemand zal sturen die bloed komt afnemen. Dit betekent dat het nog langer duurt voor mijn oma wordt geholpen. Omdat het al vrijdagmiddag is, zal de verpleegster pas maandag of dinsdag komen. Maar maandag moet ik beginnen en mijn oma is nauwelijks in staat zelfstandig de voordeur te openen.

Terwijl ik de stad in ga om boodschappen te doen, pieker ik me suf hoe ik dit probleem kan oplossen. Ik heb me net voorgenomen om Frans af te bellen, als me iets te binnen schiet.

Op zondag rijd ik mijn oma naar de kerk. Het is een van de toezeggingen die ik haar heb gedaan toen ik haar vroeg naar de hoofdstad te komen. Het heeft een paar weken geduurd voor ze de kerk vond die haar aanstond. Elke zondag breng ik haar naar het gebouw zonder zelf naar binnen te gaan. Ikzelf heb de belangstelling voor de kerk al jaren geleden verloren en ik vraag me soms af of ik nog geloof. Na alles wat ik in de afgelopen maanden heb gedaan, mag het een wonder heten als God nog belangstelling voor mij heeft. Mijn oma denkt er anders over en elke keer nodigt ze me uit mee te komen. Het is lief bedoeld, maar ik ga er niet op in. Behalve vandaag. Ik doe het niet uit sentimentele overwegingen of omdat ik spijt heb van de dingen die ik heb gedaan. Ik ben hier voor mijn oma.

We zijn ruim voor aanvang van de kerkdienst aanwezig en de zaal is nauwelijks tot de helft gevuld, voornamelijk met oudere mensen. Het geroezemoes om mij heen roept veel herinneringen op aan vroeger toen ik met oma en Hans tweemaal op zondag naar de kerk ging. Als andere kerkgangers Hans of mij met schuine ogen aankeken, ging mijn oma de confrontatie aan. Meestal sloegen ze dan hun ogen neer.

Zodra mijn oma in de kerkbank zit, loop ik naar de koster. Kerken vormen sociale schakels in de samenleving. Als ik iemand wil vinden die mijn oma kan helpen en die aansluit bij haar belevingswereld, dan moet ik hier zijn. Ik leg de koster onze situatie uit.

'Mag ik u vragen waar u en uw oma wonen?', vraagt hij beleefd.

Ik noem het adres en hij knikt enthousiast.

'Dan kunt u het best aan Marga Tuerlings vragen. Daar komt ze juist binnen.'

Hij wijst een vrouw van middelbare leeftijd met een fors postuur en een blozend gezicht aan die in het voorportaal is verschenen. Haar kleding is sober: een donkerbruin jasje met daaronder een witte bloes, een donkerbruine lange rok en een hoedje in dezelfde kleur. Ze sluit de rij van het gezin dat de kerk binnenkomt. Haar man gaat voorop, gevolgd door vier kinderen.

Marga Tuerlings is precies de persoon die ik zoek. Als de koster mij aan haar voorstelt en uitlegt wat mijn bedoeling is, is ze meteen bereid om mij te helpen. Ze maakt ook kennis met mijn oma en het klikt direct tussen hen. De familie Tuerlings schuift aan in onze bank in afwachting van het begin van de dienst. Na afloop worden we uitgenodigd bij hen koffie te komen drinken. Het is net alsof ik in mijn geboorteplaats terug ben en mijn oma leeft helemaal op. Als ik Marga voor de zoveelste keer bedank, wuift ze mijn woorden weg.

'Het is zo ontzettend fijn om medechristenen te ontmoeten', zegt ze opgetogen tegen mij. 'Zeker in een stad als Amsterdam.'

'Inderdaad', zeg ik.

6

Het regent als ik op maandagmorgen naar de Jacob van Lennepstraat ga. Mijn eerste werkdag! De regen komt in dikke stralen neer en bedekt de stad met een mistige sluier. Mijn gedachten zijn thuisgebleven. Vannacht heeft mijn oma weer een aanval gehad. Dit keer heeft ze haar bewustzijn verloren terwijl ze opstond om naar het toilet te gaan. Ze is gevallen en heeft haar hoofd tegen het nachtkastje gestoten. Hoewel ik niet gerust ben dat het vandaag goed gaat, is het een geruststelling dat Marga er is. Nadat zij haar kinderen naar school heeft gebracht, is ze naar de Nassaukade gekomen. We hebben afgesproken dat ze ook huishoudelijk werk doet. We zijn daarbij een prijs overeengekomen. Goedkoop is ze niet, maar ik ben allang blij dat ze er voor mijn oma is.

Op maandag gaat de Buggie om elf uur open maar ik ben er een uur eerder om te worden ingewerkt door Wilco. Ik had echter net zo goed later kunnen komen, want die ochtend zien we bijna geen klant en heeft Wilco alle tijd om mij alle ins & outs te vertellen. Veel van wat ik te horen krijg, is mij al bekend. Ik krijg uitleg over de verschillende varianten hasj die de Buggie verkoopt, waarvan er enkele nieuw voor mij zijn. Ook vertelt Wilco me hoe de administratie in zijn werk gaat.

Wilco is een aardige man. Hij is vijftien jaar ouder dan ik en ziet eruit als een hippie. Zijn lichtblonde haar draagt hij in een lange staart. Zijn T-shirt is in bonte kleuren geverfd. Hij rookt aan een stuk door en al binnen een halfuur staat de Buggie blauw van de rook en ik rook gezellig met hem mee. Hij rookt de handelswaar, maar ik houd het bij mijn Gauloises. Het valt me op dat er niet in cocaïne of heroïne wordt gedeald, ook niet onder de toonbank. Frans wil dat niet hebben, zegt Wilco daarover. Als ik doorvraag, kom ik erachter dat Frans van Arkel verwacht dat de handel in hasj legaal wordt. Tegen die tijd heeft hij een miljoenenbedrijf. Volgens de verwachting zullen harddrugs nooit een legale status krijgen en dat verwondert mij niets. Vrijwel elke week hoor ik van junks die dood zijn gevonden, soms met de injectienaalden nog in hun lichaam.

Nu al wordt de handel in de winkel gedoogd. Dat ontdek ik als tegen het middaguur twee agenten binnenkomen schuilen voor de regen. Ze maken een praatje en bekijken onze handelswaar. Er wordt niets in beslag genomen. Eén van hen bekent af en toe een joint te roken, waarop de ander hardop lacht.

'Af en toe? Je stinkt de hele dag naar die troep!'

Er zijn die dag momenten dat ik alleen in de winkel sta, als Wilco nieuwe voorraden haalt of iets anders te doen heeft. Aan het begin van de ochtend heeft hij me uitgelegd welke beveiligingsmaatregelen zijn getroffen. Er is altijd iemand in het kantoortje die te hulp kan schieten. En als het moet, ligt er een pistool onder de toonbank die zo weggestopt is dat je hem alleen ontdekt als je goed zoekt. Ik hoop dat ik hem nooit hoef te gebruiken. Mijn oma zou een hartverzakking krijgen als ze me zou hebben gezien met dat wapen in mijn hand. De hele dag denk ik nog het meest aan haar en een paar keer bel ik naar huis om te horen of de verpleegster is gekomen. Pas aan het begin van de middag krijg ik te horen dat dit het geval is. Gelukkig gaat alles goed, ook tussen mijn oma en haar nieuwe oppas Marga, net zoals het goed klikt tussen Wilco en mij.

's Middags klaart het buiten op en slentert de ene na de andere klant de winkel binnen en doen we goede zaken. Frans van Arkel zie ik de hele dag niet.

'Misschien zit hij in het buitenland', opper ik.

Maar Wilco schudt zijn hoofd.

'De Lange was vanochtend nog in Amsterdam.'

In de dagen die volgen maak ik kennis met verschillende personen uit de groep van Frans. Behalve Eugène, Wilco, Giel en Dries ontmoet ik Bea. Zij is de verfijndheid zelve. De vriendin van Frans draagt een mantelpakje van uitstekende kwaliteit en ik zie meteen hoe goed ze bij Frans past. Ze begroet me alsof ik haar verloren gewaande zus ben. Maar we lijken in niets op elkaar. Ik voel me met mijn spijkerbroek en goedkope bloes nietig bij haar. Zij is een echte schoonheid. Maar ze maakt zich teveel op waardoor het effect enigszins verloren gaat.

Behalve zij komen er anderen in de Buggie, soms alleen maar om te babbelen. Onder hen is Keith, een vijfentwintigjarige student. Als hij binnenkomt kun je erop rekenen dat er een smeuïg verhaal aan zit te komen. Hij doet niets liever dan de laatste roddels doorgeven. Keith is een Amerikaan die al het grootste deel van zijn leven in Nederland woont en de taal vloeiend spreekt. Hoewel ik niet weet of ik zijn verhalen moet geloven, mag ik hem graag. Ik weet niet waarom. Misschien is het die guitige blik in zijn donkere ogen als hij lacht, of de manier waarop zijn donkere haar golft en hem een jongensachtige uitstraling geeft.

Zo verlopen de dagen alsof ik nooit iets anders heb gedaan dan met Wilco werken. We wisselen zijn rockmuziek af met mijn cassettebandjes met disco. Als ik de Bee Gees hoor, voel ik me in mijn element en zing ik vrolijk mee met de deuntjes uit *Saturday Night Fever* en swing ik de winkel rond op de muziek. De nummers roepen bij mij altijd een gevoel van vrijheid en avontuur op. Zowel dansen als de bioscoop waren taboe in mijn jeugd. Nu vind ik niets heerlijker dan die twee dingen en dat is waarom ik van Amsterdam houd. Je kunt altijd en overal uit je dak gaan en er is niemand die er raar van opkijkt.

Op donderdagochtend sta ik te dansen op *More than a woman* als er iemand binnenkomt.

'Ik zie dat je het naar je zin hebt', zegt hij en dan pas zie ik dat het Frans is. 'Je hoeft niet te stoppen omdat ik er ben. Doe waar je zin in hebt. Ik hoor van Wilco dat jullie het goed met elkaar kunnen vinden. Je bent de eerste die het voor mekaar krijgt om dat verrekte rockgedreun te vervangen. Het is nog geen Bach, maar ik vind het een verbetering.'

'Ik ben gek op disco!'

'Misschien moet je dan eens met ons mee naar 't Kompas. Dat is een dancing waar we op vrijdag naartoe gaan.'

Het is alsof er geen week voorbij gegaan is sinds de laatste keer dat we elkaar zagen. Hij babbelt vrolijk en wie niet beter weet, zal denken dat we de beste maatjes zijn. Frans praat door over zijn voorkeur voor Franse chansons en klassieke muziek als hij plotseling op een ander onderwerp overschakelt. Hij houdt zijn hand op.

'Ik wil je sleutel hebben.'

'Mijn sleutel?'

'Van je huis.'

Ogenblikkelijk voel ik mijn maag zich samentrekken en ik sta stil alsof de Bee Gees hun stem verloren hebben.

'Waarvoor heb je die nodig?'

Hij bemerkt mijn aarzeling en legt uit dat er net een nieuw transport is binnengekomen.

'Ik kan nog wel wat opslagruimte gebruiken want alle stashes zitten vol. Heb jij nog plek?'

'Jawel, maar...'

'Geef me dan je sleutel, dan rijd ik meteen door.'

Maar ik pieker er niet over hem toegang te geven tot mijn woning. Dat hij denkt dat hij over mijn huis kan beschikken, staat me niet aan. Ik ben nog maar net begonnen en nu gaat hij al zijn eisen stellen. Maar hoe moet ik hem duidelijk maken dat ik niet wil?

Aan de toon van zijn stem hoor ik dat hij geen uitvluchten verwacht.

'Liever niet', probeer ik.

Hij kijkt me een ogenblik verwonderd aan. Dan verandert zijn blik.

7

'Je wilt het zelf doen?'

'Liever wel.'

'Oké, geen probleem.' Nu is hij het die mij een sleutel toewerpt. Hij gebaart naar de donkerblauwe BMW die voor de Buggie staat geparkeerd. De motorkap glimt in de ochtendzon. 'Het zit in de kofferbak. Ik hoop dat je er plek voor hebt. Het is niet meer dan honderd kilo!'

Ik loop naar de buitendeur alsof het de normaalste zaak van de wereld is om even honderd kilo hasj weg te brengen. Maar mijn hart gaat te keer. Honderd kilo. In gedachten maak ik snel een rekensommetje en ik duizel ervan. Het is meer dan ik ooit bij elkaar heb gezien. Dat heeft hij mij zojuist toevertrouwd samen met zijn auto. Verwonderd stap ik in de BMW die ruikt alsof hij gisteren nog in de showroom van de dealer stond. De stoel heeft leren bekleding waar ik in wegzak als in een comfortabele ligstoel. Voor ik de motor start, moet ik de stoel eerst naar voren schuiven om bij de pedalen te komen. Zachtjes glijd ik in de juiste positie. Daarna steek ik de sleutel in het contact. De motor komt krachtig tot leven zonder dat alles wordt overstemd zoals in mijn eigen wagentje. Niemand weerhoudt mij ervan om nu weg te rijden en nooit meer terug te komen.

Maar ik schud die gedachte van mij af als ik de Jacob van Lennepstraat uitrijd en aan mijn oma denk. Tegelijkertijd dringt tot mij door dat Frans mij op de proef stelt om erachter te komen of ik te vertrouwen ben. Geweldig! Heb ik mezelf in de kaarten laten kijken door te laten merken dat ik hém niet vertrouw. Maar ik had geen keuze.

Het is net elf uur geweest en dat betekent dat Marga er is. Mijn oma kan ik nog wel omzeilen, maar haar niet. Dat ze er is, zie ik aan de fiets met het kinderzitje die tegen de gevel staat. Ik parkeer de BMW voor het huis en ga eerst naar de voordeur om te zien of ik gelegenheid heb ongemerkt de hasj naar binnen te smokkelen. De geur van boenwas komt mij tegemoet als ik de voordeur open. De afgelopen dagen heeft Marga het hele huis een beurt gegeven. De tapijttegels in de hal zijn gezogen, ramen zijn gelapt en meubels zijn in de boenwas gezet. Zelfs de tegels in de douche blinken en het putje is grondig schoongemaakt. Zo keurig als mijn woning er nu uitziet, zo goed heeft het er nooit eerder eruit gezien, ook niet op de dag dat ik bij Jack introk.

Als ik aan die dag denk, zie ik in gedachten weer de chaos voor me, op straat, en hoor ik het rumoer. Het kost me geen enkele moeite voor de geest te halen hoe ik aan mezelf begon te twijfelen en aan mijn besluit om naar Amsterdam te gaan. Een halfjaar eerder had ik Jack leren kennen toen hij naar mijn geboortestad kwam. Papa was vier jaar daarvoor verdwenen. Jack beweerde hem te hebben gekend. Om zijn bewering kracht bij te zetten overhandigde hij mijn oma een tas en vertelde erbij dat hij al jaren van plan was geweest om de spulletjes te komen brengen. In de tas zaten een zakmes, een portretfoto van een jonge vrouw, een gebreide muts en een bankboekje; allemaal spulletjes die stuk voor stuk van papa waren geweest en die hij bij Jack had laten liggen. De jonge vrouw was mijn moeder. De muts had mijn oma gebreid in tijd dat mijn papa het IJsselmeer bevoer. Ik zie nog voor me hoe Jack alles uitstalde op de eettafel in de kamer en ik de spulletjes herkende die van papa waren geweest.

Daarna keek ik naar Jack en wist ik dat ik verloren was. Ik viel voor de vrolijke twinkeling in zijn ogen en zijn keurig geknipte bakkebaarden. Hij nam me met die donkerbruine ogen goedkeurend op. Ik viel met de passie van een naïef meisje. Mijn oma moest het ook hebben gemerkt. Kortaf bedankte ze Jack en vroeg hem te vertrekken. Geen goed volk, zei ze later tegen mij. Maar ik was helemaal weg van hem. Hij had lieve ogen. Misschien dat ik zo verkikkerd raakte omdat hij de eerste man was die zoveel aandacht aan mij schonk. Maar het was meer dan dat.

Een paar dagen later ontving ik zijn eerste brief. Wat hij schreef deed mijn hart sneller en vuriger kloppen dan ooit. Hij vond het jammer dat hij niet meer tijd had gehad om de dochter van zijn vriend te leren kennen. In lange zinnen beschreef hij welke indruk ik op hem had achtergelaten. Ik herkende mezelf nauwelijks in de bewondering die er uit zijn woorden sprak en met de brief in de hand stond ik urenlang naakt voor de badkamerspiegel om mezelf te bekijken en zijn woorden te herlezen. Ik koesterde deze brief en alle anderen die erop volgden.

Hij wilde dat ik naar Amsterdam kwam. Hij spiegelde mij een leven voor waarvan ik tot dan toe alleen had gedroomd. In mijn antwoorden aan hem vertelde ik over mijn dorre bestaan. Over papa kwam ik niets te weten dat nog niet bekend was. Ik voelde haarfijn aan dat Jack meer wist dan hij wilde schrijven, maar hoe ik ook aandrong, hij zweeg.

Drugs, zei mijn oma. Daar zit hij in. Daarom wilde zij niets van hem weten. Drugs waren de oorzaak van de verdwijning van papa. Dat drama was nog een smet op het blazoen van de familie en ze vreesde een nieuwe als ik naar Amsterdam vertrok. Mijn oma hield zich sterk, maar ik wist dat zij papa net zo miste als ik. Zij veronderstelde dat hij dood was. Ik heb de hoop echter nooit opgegeven dat hij op een dag terugkeert.

Maandenlang wist mijn oma mij ervan te weerhouden Jack op te zoeken. Twee keer probeerde hij ons te bezoeken maar elke keer werd hij door mijn oma beslist de deur gewezen. Soms verdacht ik haar ervan dat ze zijn brieven probeerde te onderscheppen en daarom had ik hem geschreven het adres van de bakkerswinkel waar ik werkte op de envelop te zetten. Daar zocht hij me half februari op, een dag na mijn verjaardag. Opnieuw vroeg hij me naar Amsterdam te komen. Die dag pakte ik een tas in. Maar mijn oma wist me er opnieuw van te weerhouden. Keer op keer praatte ze op mij in.

'Hij is niet goed voor je.'

'Ik hou van hem!'

'Hij is zeker tien jaar ouder dan jij en hij zit in de drugshandel.'

Maar dat kon mij niets schelen. De eerste keer dat hij ons bezocht, had hij een Mercedes voor de deur geparkeerd. Aan alles was te merken dat hij iemand was die het breed heeft. Was dat niet wat ik het liefst wilde? Ik had het helemaal gehad met het naargeestige leven in de provincie en hunkerde naar een ander leven waarin al mijn verlangens zouden worden vervuld.

In het voorjaar barstte de bom. Ik kreeg een hoogoplopende ruzie met mijn oma. Ik was zo kwaad dat ik haar bezwoer dat ik niets meer met haar te maken wilde hebben. Ik stampte de trap op, griste wat kleding bij elkaar en propte die met Jacks brieven en de portretfoto van mijn moeder in een tas. Vervolgens rende ik naar het station, belde ik Jack en hijgde in de hoorn dat ik eraan kwam.

In Amsterdam wachtte mij een cultuurschok. Op het Centraal Station merkte ik dat er een gespannen sfeer in de stad hing. De hoofdstad leek in rep en roer. Ik had verwacht dat Jack mij hier zou oppikken, zoals hij had beloofd, maar hij was nergens te bekennen. In een telefooncel belde ik hem, maar hij nam niet op. Ik liet me nog niet ontmoedigen. Ik vroeg aan voorbijgangers welke tram ik moest hebben. Met luid klingelende bel trokken we de stad in. Ik keek mijn ogen uit naar de gebouwen en de verschillende bontgeklede mensen.

Ik begon te twijfelen of ik in de goede tram zat toen we plotseling niet verder konden. De straat voor ons was volgelopen met jongelui. Er klonk geschreeuw en een zwaar gedreun. Met mijn tas stapte ik uit te midden van het gewoel. Voor ik wist wat me overkwam, werd ik opgenomen door de massa en meegesleept. De eerste persoon die ik aansprak zei dat ik links moest om bij de Nassaukade te komen. De tweede vertelde dat ik juist rechts moest. Maar ik kon geen kant op. Verward drong ik door de mensenmassa's. Het gedreun werd steeds luider tot ik zag dat er legerwagens door de straten reden. Verbijsterd keek ik toe hoe een joelende menigte de gepantserde wagens te lijf ging met stokken en straatstenen. Vanuit een zijstraat dook een politiemacht op en voor ik het wist was ik in de boeien geslagen en werd hardhandig een busje in geduwd.

Ik was kwaad. Op de politie die me zomaar had opgepakt. Op Jack die niet was komen opdagen. Op mezelf. In het gewoel was ik mijn tas met kleding en brieven kwijtgeraakt. Ik kon wel janken. Ik dacht: had ik maar naar oma geluisterd. Ik werd in een volgepropt arrestantenbusje weggevoerd en met elke seconde die voorbijging voelde ik me verder verwijderd van alles wat mij dierbaar was geweest. Ik wilde naar huis terug. Maar ik wist dat ik het bij mijn oma verbruid had. Er was geen weg terug.

Een agent op het politiebureau had in de gaten dat ik niet bij de oproerkraaiers hoorde en ontfermde zich over mij. Martin stelde zichzelf voor en legde uit wat er in de stad aan de hand was. Een kraakpand aan de Vondelstraat werd uitgerookt. De hele kraakbeweging was in opstand gekomen. Ik had geen ongelukkiger moment kunnen uitkiezen om naar Amsterdam te komen. Martin stelde voor dat hij me naar de Nassaukade zou begeleiden, dan zou alles goed komen.

Voor hij me in een politiewagen wegbracht, mocht ik Jack bellen. Dit keer nam hij wel op en nog voordat ik kon vertellen wat er was gebeurd, vroeg hij waar ik was. Zijn ongerustheid deed mij goed. Hij was mij op het Centraal Station misgelopen omdat hij in het verkeer vast was komen te zitten. Niet wetend wat te doen was hij naar huis teruggekeerd.

Ik tref Marga en mijn oma op het dakterras aan waar ze in de najaarszon als oude vriendinnen zitten te kletsen. Het is half oktober. Voor de tijd van het jaar is het bijzonder warm weer zodat je met een vest aan buiten kunt zitten. Mijn oma zit een truitje te breien. Ze glimlacht als ik vanuit de achterkamer het terras opstap en vraagt of ik even vrij heb gekregen.

'Ik zit je oma net te vertellen over morgenavond', zegt Marga. 'Ik zing in het kerkkoor. Morgenavond hebben we een optreden.'

'Waar?'

Ze noemt een kerkgebouw in Alkmaar.

'Kun je mij daar naartoe rijden, Chantal?', vraagt mijn oma hoopvol. 'Het concert begint om halfnegen. Het lijkt me fijn om dat mee te maken.'

Ik knik.

'Mooi zo', zegt Marga en staat op. 'Dan is dat geregeld. Dan ga ik nu.'

Haar vlotte vertrek komt mij goed uit, maar ik wil eerst zeker zijn dat ze echt weg is. Daarom loop ik met haar mee en zwaai haar na als ze de Nassaukade op fietst. Ik heb ondertussen na kunnen denken over de plek waar ik de hasj zal verstoppen. Marga is fantastisch, maar ze komt overal in het huis. Ik kan me haar reactie voorstellen als ze op een dag op de hasj stuit. Ik hoop maar dat de partij goed is ingepakt, anders stinkt straks het hele huis.

De enige bergplaats die in aanmerking komt, is mijn slaapkamer. Ook hier is Marga geweest. Vanochtend heeft ze mijn bed opgemaakt. Daar moet ik iets op verzinnen. Zal ik voortaan mijn deur afsluiten? Maar dan zal ze denken dat ik iets te verbergen heb. Het enige wat ik kan bedenken, is de hutkoffer waarin ik de kleding van Jack heb opgeborgen. Daar zit een slot op. Ik til het deksel op en gooi alles eruit. Straks breng ik Jacks spulletjes naar het Leger des Heils. Nu haal ik eerst een lege vuilniszak uit de keuken en loop ermee naar de BMW. De geur van hasj vult mijn neusgaten als ik de kofferbak open. Het lijkt me verstandig alles luchtdicht te verpakken.

Het kost me een kwartier om de partij naar mijn slaapkamer over te brengen. De hasj ligt dan diep weggeborgen in de hutkoffer onder een extra laag vuilniszakken. De lucht die in mijn slaapkamer blijft hangen, is nauwelijks herkenbaar als een hasjlucht. Voor de zekerheid haal ik de spuitbus met dennenlucht uit het toilet en spuit in de rondte. Ik neem mij voor een paar sterk geurende planten te kopen. Dat moet genoeg zijn.

Een uur is verstreken sinds mijn vertrek als ik de Buggie inloop en Frans de sleutels overhandig.

'Is het gelukt, Chantal?, vraagt hij.

'Ja, hoor.'

'Mooi zo. Zeg, heb je nog nagedacht over 't Kompas? Die dancing waar ik het over had? Vrijdagavond gaan we er met de hele groep heen. Jij gaat toch ook, hè! Betje komt ook.'

'Betje?'

'Bea.'

Ik heb er zin in. Ik wil Wilco wel eens op een dansvloer zien.

'Ik heb al een afspraakje', zeg ik.

'O', zegt Frans, duidelijk teleurgesteld.

'Met een vriendin.'

8

Op zaterdagochtend hoor ik alle enthousiaste reacties gelaten aan. Hetzelfde enthousiasme kan ik niet opbrengen voor mijn uitstapje. Ik heb me twee uur stierlijk verveeld. Maar als Frans vraagt hoe mijn avondje was, reageer ik opgetogen en verzin iets. Terwijl we praten, vraag ik me af of het waar is dat hij verliefd op mij is. Ik begin meer en meer te geloven dat het inderdaad zo is. Sinds hij terug is, komt hij om de haverklap naar de Buggie om even te babbelen. Zelfs als hij met anderen in gesprek is, zie ik hem voortdurend mijn kant op kijken en glimlachen. Ik voel me vereerd. Frans van Arkel is een aantrekkelijke man en hij heeft smaak. Zijn levensenergie werkt aanstekelijk. Ik voel niet hetzelfde voor hem, maar zijn verliefdheid komt mij goed uit. Het heeft mij deze baan opgeleverd en daarmee zijn een aantal van mijn zorgen verleden tijd. Ik heb nu anderen om op terug te vallen als er gevaar dreigt. Dat is een luxe die ik niet meer kende sinds Jack wegviel.

's Middags komt Frans opeens weer binnenvallen. Deze keer met zijn helpers Giel, Dries en Eugène.

'We hebben een hete container.'

Wilco vloekt. 'Waar?'

'De parkeerplaats bij Loenersloot.'

'Wat is dat, een hete container?'

Ik zie Giel me aankijken met een blik van 'wie is dat onnozele kind?', maar Frans legt uit dat het een partij is waar de politie een oogje op heeft. Eén van de medewerkers is al naar de A2 gereden om het terrein te verkennen door zijn hondje Robbedoes uit te laten. Daar heeft hij de agenten gezien die de container in de gaten houden. De politie hoopt zowel de partij als de handelaren te pakken te krijgen.

'Dus die partij is verloren', zeg ik.

'Niet voor Lange Frans', zegt Giel met een grijnslach en handenwrijvend. Er zit een avontuur aan te komen en hij heeft er duidelijk zin in. 'Let maar eens op!'

'Jij wilde toch zo graag dansen?', begint Frans tegen mij. 'We gaan namelijk een feestje vieren.'

Ik denk dat hij een grapje maakt, maar daarna begint hij het plan serieus uit de doeken te doen. Hij geeft Eugène de opdracht klaar te staan met bestelbusjes om de partij over te laden. Frans vertelt hem waar hij een snijbrander kan halen om de container te openen. Dries is verantwoordelijk voor de muziek, de hapjes en de drankjes van het feestje. Frans legt een plattegrond op de toonbank en geeft aan waar de container staat en waar de agenten zich hebben opgesteld. Daartussenin moet het gaan gebeuren. Giel moet voorkomen dat de politie een andere positie in kan nemen. Ik sta versteld over de vindingrijkheid waarmee dit probleem wordt opgelost. In de container zit anderhalve ton Pakistaanse hasj.

Zodra Dries en Eugène zijn vertrokken, trekt Frans zich met Giel in het kantoor achter terug om zoveel mogelijk mensen op te trommelen. Het levert weinig problemen op studenten enthousiast te maken voor een spontaan feestje waar de drank gratis is. Anderhalf uur later vertrek ik in de BMW van Frans waarmee Giel ons in vlot tempo door het Amsterdamse verkeer loodst. Als we op de parkeerplaats aankomen, is Dries met de opbouw bezig terwijl er al vijftien studenten zijn aangekomen. Meer worden er nog verwacht. Bij de oprit naar de snelweg zagen we twee studenten staan liften met een bordje waarop Loenersloot staat. Dit is slechts de voorhoede.

Binnen een kwartier is de parkeerplaats volgelopen. Ik verbaas me erover hoe snel Frans dit georganiseerd heeft gekregen. En het werkt. Door de toestroom van auto's kan de auto met de agenten geen kant meer op. Zij zijn daarom uitgestapt en komen naar de auto gelopen waarin Dries zijn geluidsinstallatie heeft opgesteld. Er ligt een mengeling van nieuwsgierigheid en ergernis op hun gezichten. Op hun komst is gerekend en meteen worden ze in het feestgedruis opgenomen en krijgen ze een pilsje aangeboden. De jongste van de twee neemt het glas onwennig aan. De ander weigert. Hij vraagt wie het feest organiseert en daarop komt Frans naar voren. Hij glundert.

'Mijn vrouw is vorige week op deze plek bevallen van een dochter', roept hij boven de stampende discomuziek uit. 'Dat wil ik met mijn vrienden vieren.'

Giel slentert naar het drietal toe. Met de ene hand heft hij zijn bierglas. Met de andere klopt hij Frans joviaal op de schouder.

'Gefeliciteerd met Evelientje, Frans!'

'Ik hoop niet dat ik problemen krijg door dit studentenfeestje. Ik heb geen vergunning.'

'Hoelang denken jullie hiermee door te gaan', zegt de oudste van de twee agenten.

'Tot alles op is. Toch een biertje?'

De tactiek werkt. Door de drukte en de herrie heeft Eugène gelegenheid om een bestelbusje achter de container te rijden. Met hulp van drie anderen gaat hij aan de slag. Als ik een halfuur later kom kijken, zijn ze alweer vertrokken. Het feest gaat onverminderd door en Frans is nu helemaal niet meer te stoppen. Hij klimt op Dries' auto en maakt, met in de ene hand een biertje en in de andere een joint, een vreugdedansje. Anderen volgen zijn voorbeeld.

Ik glimlach als ik aan het feest terugdenk. Het is maandag en een nieuwe werkweek ligt voor me. Ik heb er zin in. Het is lang geleden dat ik me zo vermaakt heb als afgelopen zaterdagmiddag. Anderhalve ton hasj is gered en dat betekent dat er weer volop werk aan de winkel is. Ik sta voor mijn kledingkast na te denken wat ik vandaag aan zal trekken. Nu twijfel ik niet langer aan wat Frans mij in het begin vertelde en wat ik voor grootspraak hield. Zijn bedrijf is een grote in de drugshandel en ik voel trots dat ik er deel van mag uit maken.

Ik heb mijn keuze gemaakt en trek een gemakkelijke witte broek aan en een witroze gestreepte bloes. Ik druk het laatste knoopje door het gaatje als ik buiten luid getoeter hoor. Ik ga op bed zitten en trek mijn schoenen aan. Er wordt opnieuw getoeterd. Als ik naar buiten kijk, zie ik een blauwe auto op de stoep staan. Het raampje aan de bestuurderskant is geopend en ik zie Frans achter het stuur zitten. Hij heeft zijn hoofd naar buiten gestoken om te kijken of ik er al aankom.

'Hoi Sjan!', roept hij zodra ik de buitendeur opendoe. 'Wat vind je van deze?'

Vol bewondering bekijk ik zijn nieuwe auto. Frans' gezicht glimt al net zo als de velgen. Ik zie dat het een Porsche is. Ik ben geen kenner van auto's, maar weet wel dat dit een duur merk is. Het is een leuk sportautootje.

'Na het mazzeltje van zaterdag kan dit er wel vanaf', zegt hij. 'Stap je in?'

Even later schieten we de weg op en babbelt Frans aan een stuk door over zijn nieuwe aanwinst. Ik steek een sigaret op en luister naar alle details die hij noemt. Zoals het aantal pk's, de cilinderinhoud en de topsnelheid. Frans vertelt dat dit een Turbo Coupé is uit de 911 serie van Porsche. Het zegt me allemaal niets. Ik begrijp alleen dat het gaat om het nieuwste van het nieuwste van een van de beste merken ter wereld.

De rit is wat mij betreft te snel voorbij als we de Jacob van Lennepstraat in rijden. Voor de Buggie komen we tot stilstand en springt Frans uit de auto, sprint eromheen en opent het portier voor mij. Hij lijkt erop uit indruk op mij te maken en daar is hij tot dusver moeiteloos in geslaagd. Als ik naar de coffeeshop wil lopen, roept hij me na.

'Hé Sjan! Vangen!'

Met die woorden werpt hij mij de sleutels toe.

'Deze is voortaan van jou.'

Ik ben beduusd. 'Voor mij?'

'Of heb je liever een cabriootje? Je moet het zeggen, Chantal, want ik kan hem nog omwisselen.'

Ik kijk van het autootje naar Frans en een blij gevoel maakt zich van mij meester.

'Nou, wat wil je, Sjan? Zal ik hem ruilen?'

'Ben je gek, deze is geweldig!'

'Je vindt het toch niet erg als ik je Sjan noem?'

'Nee hoor. Zolang je me maar niet spetter noemt.'

'Spetter? Is daar een speciale reden voor?'

'Niet echt.'

'Goed zo. Ik heb wel een voorwaarde voor die auto.'

'O, en dat is?'

'Dat je vrijdag met ons meegaat stappen.'

Nadat Frans van Arkel vertrokken is, blijf ik in de Buggie achter met de vraag waaraan ik dit cadeautje te danken heb. Een week geleden ben ik bij Frans begonnen en ik word nu al rijkelijk beloond. Frans moet wel meer dan een beetje verliefd zijn. Maar tot nu toe heeft hij zich daarover niet uitgesproken. Met zijn goede manieren is hij een verademing in de hoofdstad. Zelfs Jack heeft nooit zoveel indruk op mij weten te maken. Uit zijn manieren was op te maken dat zijn wortels in het penozewereldje lagen. Zijn vader en moeder hadden een café in de Warmoesstraat gehad waar ze onder de bar gestolen goederen verhandelden. Met zijn neef Joop zette Jack zijn eerste stappen op het criminele pad. Frans is totaal anders. Zijn jeugdig enthousiasme, zijn manieren en zijn keurige voorkomen doen mij versteld staan en ik weet niet waar ik hem moet plaatsen.

Tijdens het werk in de Buggie vertelt Wilco dat Frans rijke ouders in het Gooi heeft en dat is alles wat ik uit hem krijg. Vanochtend hebben we weinig tijd om te babbelen want de ene na de andere klant dient zich aan. Het feestje van zaterdag is goed voor onze klandizie geweest. Dit is dus ook een vorm van klantenbinding waar Frans zo gedreven over kan praten. In hoog tempo schieten we door onze voorraden heen. Dat de hasjhandel zo leuk kan zijn, is een nieuwe ervaring voor mij. Met Jack was dat wel anders.

Een maand nadat ik bij Jack was ingetrokken, verloor hij zijn rijbewijs nadat hij voor de vierde keer dronken achter het stuur had gezeten. Hij had een ongeluk veroorzaakt waarbij zijn Mercedes total loss raakte. 'Jij moet nu voor mij rijden', zei hij toen. De eerste weken van mijn leven in Amsterdam waren geweldig geweest. Ik werd door Jack vertroeteld. Aan niets ontbrak het mij en ik hoefde niet te werken. Elke dag gingen we uit eten en daardoor leerde ik elk restaurantje in de stad kennen. Hij kocht nieuwe kleren voor me en we gingen veel uit.

De eerste film waarvan Jack per se wilde dat ik die zou zien, was *Spetters*. Ik vond het zowel mooi en grappig als vreselijk. Mooi omdat ik mezelf in de hoofdpersonen herkende. En ik moest heel erg lachen om de idiote kapriolen van Hans op de motorcrossbaan. Vreselijk vond ik de film door al die seksscènes, want dat was ik niet gewend. En dan nog de verkrachting van Eef door vier homo's. Dit was het rauwe soort film waar Jack van hield en daarna wilde hij dat ik mijn haren blondeerde en net zo liet krullen als Renée Soutendijk in de film. Ik was zo volgzaam dat ik onmiddellijk deed wat hij verlangde.

Hij leerde me rijden in het Amsterdamse Bos met een tweedehands Dafje die hij van zijn neef had gekregen. De lessen gingen voorspoedig zodat ik binnen een maand mijn rijbewijs haalde. Vanaf dat moment werd ik continu door Jack ingeschakeld bij zijn werk. Ik leerde snel bij. Woorden die ik vroeger niet had durven uitspreken, hoorde ik nu dagelijks om mij heen en ik betrapte mezelf erop dat ik ze ook gebruikte. En ik leerde wat uitdrukkingen als penoze, stash en platte agenten betekenden. Ik vond het vreselijk om met Jack op pad te gaan, want ik had al gezien met welk soort types hij omging. De krakers waar ik op de eerste dag van geschrokken was, waren zijn klanten. Hij dealde ook in harddrugs. Dagelijks zag ik wat heroïne met junks deed. Overal in de stad zag ik hun uitgemergelde lichamen en ingevallen gezichten waardoor het leek alsof hun ogen uitpuilden. Als ik mopperde, lachte hij erom. Zo is het leven, zei hij dan. Net een kroket! Als je weet wat erin zit, wil je er niks van weten. Ik trok een gezicht alsof ik op hondenbrokken had zitten knabbelen.

Zijn klanten kwamen ook bij ons binnen. Voor het geval het uit de hand liep, had hij in de achterkamer een honkbalknuppel liggen. Als hij mij het afgesproken signaal gaf, moest ik hem daarmee te hulp schieten. Eén keer deed zo'n situatie zich voor en daarna smeekte ik Jack om te stoppen. Pas na dagenlang zeuren ging hij overstag.

Daarna trad er enige verbetering op in onze levenssituatie, maar zo gelukkig als in het begin werd ik niet meer. Jack begon zijn eisen te stellen. Er moest geld verdiend worden. Met de handel haalde hij veel binnen, maar hij gaf het tegelijkertijd met handenvol weer uit. Ik verlangde terug naar het stadje van mijn jeugd. Maar na de ruzie met mijn oma had ik geen contact meer met haar gehad en ik dacht dat er geen weg terug was. Nu moest ik mezelf zien te redden.

In de zomer kreeg ik nieuwe hoop toen ik erachter kwam dat ik in verwachting was. Dit zou ons leven veranderen. Dat zou Jack inzien. We zouden geld sparen om straks voor ons baby'tje te kunnen zorgen. Dagenlang was ik overgelukkig. Ik wachtte op het juiste moment om Jack op de hoogte te brengen van ons geluk. Die gelegenheid kwam een week later tijdens een romantisch dineetje.

Nadat ik hem mijn heugelijke nieuws had medegedeeld, werd hij bleek en sprak geen woord. Daarna stond hij op, legde een biljet van honderd gulden bij zijn bord en trok mij aan mijn bovenarm mee, het restaurant uit. Buiten kafferde hij me uit.

Hij verweet mij dat ik stom was geweest. Ik had me door hem niet moeten laten neuken zonder de pil te gebruiken, riep hij. Daarna beende hij naar huis zonder mij een blik waardig te gunnen.

Later probeerde hij het goed te maken. Hij gaf toe dat hij mij niet kwijt wilde raken. Wat was ik jong en naïef om hem te geloven. In de weken daarna zou ik snel bijleren.

Jack stond erop dat ik het kind liet weghalen. Ik wist niet wat ik hoorde. Ons baby'tje weghalen? Hoe kon hij zo gevoelloos reageren! De gedachte dat we ons kindje kwijt zouden raken, vervulde mij met ontzetting.

'Ik eis een abortus!', zei hij keer op keer.

Een week ging voorbij waarin hij afwisselend boos tegen mij was, en daarna lief om het goed te maken. Er waren momenten waarin hij mij vertroetelde als in de eerste dagen. Dan probeerde hij uit te leggen dat onze woning niet de omgeving was om een kind te laten opgroeien. Wat hij van mij vroeg, was uit bezorgdheid voor de baby. Ik werd heen en weer geslingerd tussen de angst mijn baby te verliezen en de angst dat Jack genoeg van mij zou krijgen. Wie zou ik dan nog hebben? Uiteindelijk brak ik. Hij nam de telefoon, draaide het nummer van een abortuskliniek in Heemstede en liet mij een afspraak maken. Ondertussen dacht ik aan mijn broertje Hans die ik veel te jong verloren had en ik huilde urenlang om hem en om mijn baby.

Vanaf dat moment was Jack weer lief voor mij.

In dezelfde week ontving ik een brief van mijn oma. Tussen de spulletjes die ik in mijn haast had achtergelaten, had ze een brief van Jack gevonden waarop ons adres stond. Ze schreef me dat mijn moeder was verongelukt. Ze had het bericht zelf op de dag dat ze de brief schreef ontvangen en had besloten dat ik het moest weten. Op een enkelspoortraject tussen Winsum en Sauwerd in Groningen waren twee stoptreinen op elkaar gebotst tijdens een dikke mist. Ik had op de radio van het ongeluk gehoord en dat er negen doden waren gevallen. Mijn moeder was één van hen. Voor het eerst las ik de naam van mijn moeder. Maar die drong niet tot mij door. Alles waar ik aan kon denken, was de abortus die ik zou ondergaan.

Op de ochtend van de dag dat het zou gebeuren deed Jack mij in bed een belofte. Hij was van plan het huis op mijn naam te laten zetten. Het zou vanaf dat moment van mij zijn. Het was de waarborg die hij wilde geven voor een gezamenlijke toekomst. Ik was ontroerd en vertelde hem over de brief die ik had ontvangen. Daarna vertelde ik hem over het leven dat ik geleid had voor ik hem leerde kennen; zonder papa, zonder mama, zonder broertje. Daarom, legde ik hem uit, was het mijn grootste wens zelf het gezin te vormen dat ik nooit had gehad. Jack knikte terwijl ik sprak en zei dat hij er begrip voor had.

'Maar niet nu, mijn Spettertje. Niet onder deze omstandigheden.'

9

Met het kwastje breng ik nog wat roze oogschaduw aan en bekijk het resultaat. Ik zit aan de kaptafel in mijn slaapkamer. Vanavond gaan we met z'n allen uit en ik verheug me erop. Ik ben nu vier weken bij Frans van Arkel in dienst en dit wordt de tweede keer dat ik met hem en de anderen ga stappen. De eerste keer heb ik alleen de sfeer in 't Kompas opgesnoven omdat ik niet lang kon blijven. Maar de kennismaking is mij goed bevallen. Er hangt een aparte sfeer in 't Kompas.

De dancing is het verzamelpunt van de penozewereld. Iedereen die ertoe doet, komt er. De eerste keer zag ik Robert de Keizer die mijn auto in het havengebied had geramd, de Amerikaanse student Keith, de Brit Paul Jenkins die met Frans samenwerkt en die voor gesprekken in Amsterdam was, en ene Orlando Bresser, een Antilliaan die volgens Frans een legaal transportbedrijf heeft dat fruit uit het Middellandse Zeegebied importeert – en meer dan dat. Zelf heeft Orlando het over sinaasappelen van extra kwaliteit. Ik praatte ook met Bea van het hoofdkantoor met wie het steeds beter klikt. We babbelden een tijdje tot een man met een haarcoupe die van plastic leek haar lastigviel. Dat was Theo, vertelde ze met draaiende ogen. Haar ex én een concurrent van Frans. Ook Ronnie Cox was er die mij een pond hasj voor de prijs van twee kilo had verkocht. Maar hij ging me uit de weg. Later hoorde ik dat Frans hem had gedwongen de vijftienhonderd gulden te betalen die hij mij had voorgeschoten. Dat is wat er gebeurt als je bij Frans hoort. Wie hem dwarszit kan rekenen op zijn woede en kruipt weg. Maar aan de blikken die Ronnie hem toewierp heb ik gezien dat hij wacht op een kans wraak te nemen.

En er zijn vele anderen. Een man die aan de bar zat, was volgens Frans betrokken bij een ontvoering van een zakenman een paar jaar geleden. De politie weet dat hij in het complot zat, maar heeft hem laten lopen omdat de rechercheurs te druk zijn om elkaar van corruptie te beschuldigen. Dat de politie niets klaar weet te spelen, was mij de eerste avond in 't Kompas al duidelijk. Aan de bar wordt openlijk cocaïne gesnoven terwijl de politie er met de neus bovenop staat. Letterlijk in het geval van Martin, de agent die mij indertijd naar de Nassaukade reed. Hij is goede maatjes met Ronnie Cox en andere penozejongens.

't Kompas is in een zeker opzicht net een showroom. Er hangt een opschepperige sfeer waarin met geld wordt gesmeten. De grote drugsdealers worden omringd door mooie meiden en bij de ingang worden dure auto's geshowd. Het is allemaal zo doorzichtig dat het op mijn lachspieren werkt. Maar ik stoor me er niet aan want er hangt bovenal een vrolijke sfeer waarin wordt gedanst, gezongen en gelachen en waar hapjes en drankjes voor de dames gratis zijn. Ik weet dat ik me vanavond uitstekend zal vermaken.

Ik stift mijn lippen en werk het resultaat nog bij met mondpotlood. Tevreden kijk ik in de spiegel. Daarna pak ik het flesje Magie Noire van Lancôme dat ik vandaag van Frans heb gekregen. Ik zie dat het halfelf is. Over een kwartier ga ik richting de Amstelstraat, maar eerst help ik oma naar bed. Ik heb haar verteld dat ik ga stappen met collega's en dat ik niet weet hoe laat het wordt.

Het is al gezellig druk als ik de bardancing binnenstap. Een lucht van parfum, sigarettenrook en alcohol komt mij tegemoet. De eerste persoon die ik herken is Dries. Hij staat op de dansvloer rond te springen op de muziek van K.C. & The Sunshine Band, terwijl anderen een veilig heenkomen zoeken. Het lijkt er meer op dat hij pasjes oefent voor in de boksring. Dries is Nederlands kampioen kickboksen.

Ik vind Frans, Bea, Wilco, Giel en de anderen van onze groep aan een tafeltje niet ver van de bar. Ik word enthousiast begroet en krijg een plaatsje aangeboden direct naast Frans. Een ogenblik later staat er een cocktail voor me. Voorzichtig nip ik van het drankje en laat mijn blik door de zaal gaan. De kopstukken uit de onderwereld zijn weer allemaal aanwezig.

'Al die mensen ga ik bundelen', fluistert Frans in mijn oor. 'Ze denken dat ze mij niet serieus hoeven te nemen. Maar op een dag worden wij de grootste criminele organisatie van Nederland en kunnen zij niet meer om ons heen.'

'Ook Ronnie Cox?'

'Nee, hij niet. Weet je wat hij tegen Eugène heeft gezegd? Dat hij mij gaat kidnappen. Hij denkt dat ik dan wel een toontje lager ga zingen.'

'Hierop wil ik een toontje hóger zingen', zeg ik als ik de openingsnoten van *Voulez-vous* van Abba hoor. Ik kan niet blijven stilzitten. Ik druk mijn Gauloise uit en sta op. De muziek is hier zo overheersend dat ik de beat tot diep in mijn lijf voel en ik geniet volop van Abba en het blije gevoel dat zich van mij meester maakt.

Opeens voel ik dat er iemand achter me staat. Ik voel een hete adem in mijn nek en dan is er een fluisterstem, vlak bij mijn oor. Tegelijkertijd pakken twee harige mannenarmen mij stevig om mijn middel. Ik word tegen zijn lichaam getrokken, tegen zijn kruis.

'Jij hebt een lekker pijpmondje, weet je dat?'

Ik probeer mijn hoofd te draaien en zie een gezicht dat ik maar al te goed herken. Direct probeer ik me uit zijn greep te bevrijden, maar hij laat me nog niet los. Joop grijnst zijn vergeelde tanden bloot. Een smerige sigarenlucht slaat me in het gezicht en beneemt me de adem. Hij lacht en zijn onderkin trilt als een vette pudding. Daarna flitsen zijn ogen.

'Wat vindt Jack ervan dat je heult met die student?'

'Ik heb niets met Frans.'

'Nee, nee.'

'Laat me los, Joop.'

Maar hij laat me niet gaan. Nog niet. Waarom komt niemand mij te hulp? Joop heeft mij omarmd alsof we oude geliefden zijn en zijn dikke lijf schermt mij af van de anderen op de dansvloer.

Ik wil hem in het gezicht krabben, maar sta met de rug naar hem toe. Ik trap achteruit en raak hem want ik hoor hem kreunen. Maar het klinkt alsof hij er juist van geniet.

'Jij bent altijd een lekker kutje geweest, Spettertje. Ik moet je spreken.'

'Ik jou niet.'

'Morgenavond. Ik ben in de 't Swarte Schaep. Negen uur. Niet vergeten.'

Hij laat me los nadat hij me een kus in de hals heeft gegeven. Ik voel de natte plek waar zijn vieze lippen mij hebben aangeraakt en ik vlucht weg richting het toilet.

Mijn hart gaat tekeer. In de spiegel zie ik mijn huid glinsteren waar zijn mond mij raakte. Bij het fonteintje spoel ik mijn hals uit en gooi daarna water in mijn gezicht. Als ik opkijk, zie ik dat de mascara is uitgelopen. Maar ik heb mijn handtasje bij het tafeltje in de zaal laten liggen. Een hoertje dat met Robert de Keizer is meegekomen leent me haar make-up. Als ik er weer toonbaar uitzie verlaat ik de toiletruimte. Ik kijk eerst behoedzaam rond voor ik de zaal betreed. Joop zie ik niet meer en ik steek over naar het tafeltje van Frans.

'Ken je Dikke Joop?', vraagt hij.

'Heb je ons dan gezien?'

'Ik zag jullie dansen.'

'Joop is een neef van Jack.'

Ik twijfel of ik Frans zal vertellen wat er is gebeurd. Hij heeft kennelijk niets gezien en daarom besluit ik erover te zwijgen. 'Joop heeft een sekstheater op de Wallen.'

'Ik weet het,' zegt Frans opgetogen. 'Daar valt ook veel poen in te verdienen en het wordt allemaal gedoogd. Een mooie handel.'

10

'Ik zit erover te denken je over te plaatsen naar het hoofdkan-toor', zegt Frans. Het is zaterdagmiddag en met een kater zit ik in het kantoortje achter de Buggie. Vannacht heb ik meer gedronken dan verstandig was. Toen ik vanochtend wakker werd, was de bedorven lucht die zich in mijn haren had genesteld het eerste dat ik rook. Er was een langdurige douche voor nodig om er vanaf te komen, maar de gebeurtenissen van gisteravond staan me nog helder voor geest. 'Het hangt er vanaf of je iets voor mij kunt regelen. Weet je nog wat ik je gisteravond heb verteld? Over de plannen die ik heb? Ik wil dat wij de grootste organisatie van Nederland opbouwen. Dat betekent dat we met de firma moeten uitbreiden, nieuwe markten aanboren, nieuwe kansen benutten. Investeren. Dikke Joop heeft contacten die ik nodig heb.'

'Joop wil niets van jou weten.'

'Ik weet het, Sjan, ik weet het. Daarom heb ik jou nodig.'

'Ik heb liever niets met hem te maken.'

'O, maar ik dacht...', abrupt sluit hij zijn mond. 'Ik dacht dat je met hem danste.'

'Hij wil mij spreken.'

'Dat komt goed uit, Sjan. Als je dat voor mij wilt doen. Zonder jou krijg ik het nooit voor mekaar. Ik weet zeker dat je het op het hoofdkantoor naar je zin zult hebben. Jij en Betje kunnen goed met elkaar opschieten, toch? Goed, dan is dat geregeld.'

Frans staat op en draait zich om.

Ik bedwing de neiging om op te staan en hem te zeggen dat ik weiger Jacks neef te ontmoeten. Ik blijf alleen achter in het kan-toortje en overpeins wat ik te horen heb gekregen. Frans vraagt mij het onmogelijke te doen. Hij heeft eens met Jack in de clinch gelegen waardoor mijn ex een stel Turken achter zich aan kreeg. Sindsdien zijn ze aartsrivalen waarbij Joop partij heeft gekozen voor zijn neef. Zij beschouwen Frans als een Gooise indringer in hun wereldje, de penoze van Amsterdam.

Maar het vooruitzicht om naar het hoofdkantoor te worden overgeplaatst, staat me zeer aan. Dat is promotie. En dat al na vier weken! Ik ben vastbesloten. In het restaurant zal Joop mij niet lastigvallen. Bovendien, ik ben niet op mijn mondje gevallen. Niet meer, in elk geval.

Ik leerde Joop Melissen een week na mijn abortus kennen. Daarvoor had ik Jack al tientallen keren over zijn neef horen praten alsof hij het over de koning van de Wallen had. Het was een bloedhete dag toen hij opeens voor de deur stond. Jack had opengedaan en bracht zijn neef naar de voorkamer waar ik op dat moment de brief van mijn oma herlas. De begrafenis van mijn moeder had ik gemist en ik was niet van plan naar het noorden te reizen. Niettemin verlangde ik terug naar mijn oma en de brief gaf me het gevoel dat ze dichtbij me was.

In de deuropening verscheen een man met een bol, ongeschoren gezicht, vlezige lippen, en een onderkin die als een dikke kraag om zijn nek lag. Het was niet te zien waar de romp eindigde en het hoofd begon. Hij was zo dik dat hij zijn armen vooruit moest steken om door de deuropening te kunnen. Hij droeg een mouwloos T-shirt dat te klein was om zijn omvangrijke buik te bedekken. Zijn borstelige snor maakte een onverzorgde indruk. Jack drentelde achter hem aan.

'Wie hebben we daar?', gromde de man. 'Is dit haar, Jack?'

Ik stond op om hem te begroeten want hij stak beide armen al naar mij uit. Maar in plaats van mijn hand te schudden, pakte hij mijn borsten beet en bevoelde ze als een koopman die zijn appels keurt. Ik was te beduusd om te reageren.

'Ze heeft goeie tieten, weet je dat?', zei hij tegen Jack. 'Ze kan wel voor mij gaan werken.'

'Blijf met je poten van haar af, Joop.'

'Met haar kun je een goede extra verdienste maken.'

'Ze is niet te koop.'

'En jij zei dat haar moeder een hoertje was?'

Joop Melissen lachte schamper. Jack duwde hem echter naar de gang.

'Sorry, Spettertje van me. Joop is hier om zaken te bespreken. We gaan wel naar de achterkamer.'

Joop draaide zich om met een grijns op zijn gezicht.

'Spettertje? Weet je, Jack, jij hebt het dit keer echt te pakken!'

Toen ze zich allebei in de achterkamer hadden teruggetrokken, haastte ik me naar beneden. Vijf maanden was ik bij Jack en nu had ik er schoon genoeg van. Ik begreep niet waarom Jack zijn neef niet wegstuurde. Dat Joop geen verontschuldigingen hoefde aan te bieden. Ik had al te lang over me heen laten lopen en nu zou ik gaan. Voorgoed.

Op de bodem van de kledingkast vond ik een sporttas van Jack waarin ik al mijn spulletjes stopte. In het nachtkastje vond ik nog een paar honderd gulden die ik in mijn broekzak stak. Daarna keek ik rond of ik nog iets miste. Ik zag de cassettebandjes en het setje met make-upspulletjes op mijn kaptafel. Toen ik zeker wist dat ik alles had, rende ik de trap op om de brief van mijn oma uit de voorkamer te halen. Op dat moment ging de deur van de achterkamer open en kwamen Joop en Jack de gang in. Ik trok de deur van de voorkamer achter me dicht in de hoop dat ze me niet hadden gezien. Ik hoorde hun stemmen. Enkele ogenblikken later hoorde ik de voordeur dichtvallen.

'Wat ben jij van plan?', vroeg Jack toen hij mij met de weekendtas op de trap zag.

'Ik ga weg.'

'Waarom? Vanwege Joop?'

'Ja.'

'O, Spettertje, doe het niet', verzuchtte hij. Met een paar stappen stond hij voor me en pakte me vast zodat ik geen voet kon verzetten. 'Alsjeblieft, Chantal. Blijf bij me. Ik kan niet zonder je. Ik weet het, dit had niet mogen gebeuren. Maar ik deed het voor jou, lieverd.'

'Voor mij?'

'Joop kan van elke knaak een daalder maken. In een paar weken. Als we met hem samenwerken, kunnen we stoppen met de handel. Dat is toch ook wat jij wilt, Spettertje van me? Joop bedoelt het niet slecht. Het is zijn manier om iemand uit te proberen. Volgens mij mag hij je zelfs. Je moet je niet zoveel van hem aantrekken. Hij heeft een grote mond. Maar hij heeft een klein hartje. Echt, waar!'

Ik schudde mijn hoofd. Jack kon me nog meer vertellen. Misschien was hij een leuke neef om mee uit te gaan. Maar niet voor mij. Ja, misschien wilde hij me uitproberen, maar dan op een andere manier dan Jack dacht. Aan de bezitterige blik in zijn ogen kon ik zien wat Joop het liefst wilde.

Ik was vastbesloten om voor één keer mijn zin door te drijven. Ik wilde terug naar mijn geboortestad. Ik wilde mijn oma zien. Jack sputterde tegen maar ging akkoord nadat ik had beloofd na een week terug te komen. Hij gaf me zelfs de sleutels van de Daf.

Zoals ik gewend was, liep ik achterom om door de achterdeur naar binnen te gaan. Ik was benieuwd hoe oma zou reageren als ik binnenkwam. Haar brief had me hoop gegeven dat ik welkom was. Vanuit de keuken kwamen mij etensgeurtjes tegemoet en ik opende de deur en wilde vrolijk binnenstappen, toen ik zag dat er iemand anders achter het fornuis stond. Ik herkende de buurvrouw.

'Wat is er aan de hand?', riep ik verbaasd.

'Je oma is ziek.'

'Ziek?'

'Ze ligt boven te rusten.'

Ik liet de weekendtas vallen en spurtte het huis door naar boven. De deur van oma's slaapkamer stond op een kier. Voor ik de kamer binnenging, hoorde ik haar zware ademhaling en stilletjes liep ik verder. Op het eerste gezicht lag ze vredig te slapen. Haar lange, grijze haar lag in strengen langs haar hoofd en haar gezicht had een gezonde blos. Maar toch was er iets anders en het duurde even voor ik het zag. Haar gezicht was scheefgetrokken. De linkermondhoek hing naar beneden en haar linkerwang leek op een uitgelubberde broek.

De spanning was haar teveel geworden en ze had een beroerte gekregen.

Ik hoorde iemand achter me en zag de buurvrouw in de deuropening.

'Wanneer is het gebeurd?'

'Vijf dagen geleden. Ze is net terug uit het ziekenhuis. Ze wilde daar niet blijven.'

'Hoe gaat het met haar?'

'Het gaat vooruit. In het begin was ze er vreselijk aan toe. Het praten gaat nog moeilijk en ze kan nauwelijks lopen. We moeten afwachten of ze volledig hersteld. Je oma is zeventig en dan speelt de leeftijd ook een rol.'

Aan het begin van de avond werd ze wakker. Haar gezicht klaarde op toen ze me zag en ik zei dat er veel was veranderd tijdens mijn afwezigheid. Ze zag dat ik ook was veranderd. Ik hoefde niet te proberen voor haar te verbergen dat ik was gaan roken. Dat was het eerste dat ze opmerkte toen ze bijkwam. En ze zag de make-up die ik gebruikte. Daarna vroeg ze of ik trouwplannen had. Dat was in haar ogen nog altijd beter dan ongehuwd samenwonen zoals mijn ouders dat tot haar grote ongenoegen hadden gedaan. Samenhokken noemde ze het. In haar stem hoorde ik teleurstelling toen ik ontkennend reageerde. Ze zou me hebben begrepen als ik haar had verteld wat me de afgelopen maanden was overkomen. Nu ik uit Amsterdam weg was, leek het een nare droom. Maar ik kon het niet over mijn hart krijgen over de abortus te beginnen. Het was nog te pril. Ik wist dat mijn oma tegen abortus was. Kort nadat de eerste abortuskliniek was opengegaan, meldde ze zich aan als donateur van de Vereniging ter Bescherming van het Ongeboren Kind. Ze was die dag helemaal van streek, zo erg vond ze het dat vrouwen een kind in hun baar-moeder lieten doden. Ik wist nu uit eigen ervaring hoe het was en ik had geen behoefte om mijn oma te vertellen hoe mijn kindje uit mij werd weggezogen. Zij leed al genoeg en ik merkte dat ze het al moeilijk vond om naar Jack te vragen.

Ik had hem kort na mijn aankomst gebeld en uitgelegd hoe de situatie ervoor stond. Hij reageerde heel lief en bezorgd. Hij bood aan om naar ons toe te komen. Maar dat leek me geen goed idee. Ik vertelde mijn oma dat Jack een nette baan had gevonden en dat we samen gelukkig waren. Ik kreeg niet de indruk dat ze me geloofde. Ze murmelde wat over papa en over het soort mensen met wie hij omging, en ik dacht weer aan Dikke Joop.

De ene week die ik Jack had beloofd, werden drie weken. Elke dag hing hij aan de lijn, bezorgd, maar ook met de vraag wanneer ik terugkwam. Ondanks alles wat er was voorgevallen, begon ik hem en Amsterdam te missen. Jack vertelde dat zijn neef niet meer langs was gekomen en dat stelde me gerust. Toch kon ik mijn oma niet in de steek laten. Zij had mij nu nodig, maar Jack had daar steeds minder begrip voor. Ik begon te vrezen dat hij op een dag voor de deur zou staan om mij naar huis te slepen.

Toen belde Joop.

Hij vertelde dat Jack een akkefietje had gehad. Wat het was, wilde hij niet vertellen. Als hij niet zo ernstig had gesproken, had ik gedacht dat het een smoes was om mij naar Amsterdam te lok-ken. Ik vroeg hem of ik Jack kon spreken.

'Dat kan niet meer.'

'Niet meer?'

'Volgens mij kun je beter naar Amsterdam komen.'

Hij heeft een ongeluk gehad, dacht ik terwijl ik met de Daf richting de hoofdstad racete. Of hij is door een junk doodgesto-ken. Het moet iets zijn dat Joop niet over de telefoon kan vertel-len. Jack is, hoe dan ook, dood. Joop had niet gezegd waar ik werd verwacht – in een ziekenhuis of een mortuarium – en daarom reed ik eerst naar huis. Ik was daar nauwelijks aangekomen of Joop belde aan en duwde mij opzij om binnen te komen.

'Ik kom de stash leeghalen', zei hij. 'Waar bewaarde Jack zijn stuff?'

'Is Jack dood?'

'Hij is gearresteerd. De politie is nog niet geweest. Als ze zijn stuff vinden, is hij de lul.'

'Wat is er gebeurd?'

'Hij heeft in zijn stamkroeg een vechtpartij uitgelokt. Hij heeft twee Japanse toeristen aan gort geslagen, de lul. Iemand ligt half-dood in het ziekenhuis. Als jij niet was weggegaan, was dit niet gebeurd!'

De laatste keer dat ik Joop zag, was twee dagen daarna. De stash die ik hem had laten zien, bleek leeg. Maar pas later bedacht ik dat Jack een andere bergplaats had en daarin trof ik anderhalve kilo zwarte Paak aan, Pakistaanse hasj van uitstekende kwaliteit met een straatwaarde van minstens zesduizend gulden. Ik had het in een impuls weg willen gooien. Een dag later stond een van de klanten aan de deur en ik stuurde hem weg. Daarna wilde ik boodschappen doen en ontdekte ik dat ik zonder geld zat. Voorheen stopte Jack mij een paar briefjes van honderd toe om kleding te gaan kopen of uit te gaan. Nu had ik niets. Toen daarna een tweede klant aan de deur kwam vragen waarom Jack en ik niet naar de vaste ontmoetingsplek waren gekomen, besloot ik te gaan dealen.

Met mijn eerste eigen verdienste wilde ik de stad in gaan en terwijl ik de voordeur achter me dichttrok, zag ik dat Joop was gekomen. Hij stond met zijn zware lijf tegen zijn auto aangeleund.

'Jack heeft mij gevraagd op zijn bezittingen te passen', zei hij, waarbij hij gebaarde naar het huis. Maar zijn blik was op mij gericht. 'Jack wil weten waarom jij hem niet op het bureau hebt opgezocht. Hij mist je.'

'Geen tijd gehad.'

'Geef mij de sleutel.'

'Nee, dat vertik ik. Ik kan zelf wel op het huis passen. Daar heb ik jou niet voor nodig.'

'Kalm aan, schat, ik mag van Jack niet aan je zitten.'

'Rot op!'

Met boze stappen liep ik van hem weg, stapte in mijn auto en reed de Nassaukade op. In de achteruitkijkspiegel zag ik dat hij mij hoofdschuddend nakeek. Ik nam mij voor naar mijn oma terug te keren als ik de boodschappen had gedaan. Maar ik was niet van plan het huis op te geven. Het stond nu op mijn naam en ik wilde dat zo houden.

Een uur later keerde ik terug. Nadat ik de inkopen had opgeborgen, liep ik naar beneden om mij om te kleden. Ik knoopte mijn bloes los en liet die op het bed vallen. Daarna begon ik mijn broek uit te trekken. Opeens kreeg ik de schrik van mijn leven toen ik een stem hoorde.

'Je ziet er lekker uit, weet je dat?'

Joop stond tegen de deurpost geleund en liet zijn blik over mijn lichaam glijden.

Ik wilde vloeken, maar slikte de woorden in.

'Hufter! Wat doe je hier? Hoe kom je binnen?'

'Met de sleutel', grijnsde hij. 'Van Jack gekregen. Ik zei toch al dat ik voor Jacks spullen zou zorgen. Als je wilt, regel ik dat je niets tekort komt. Er zijn dingen waar ik veel bedrevener in ben dan Jack.'

'Rot op, viezerik!'

Weer liet hij zijn grijnslach zien. Maar ik pikte het niet meer. Ik was kwaad op hem, dat hij mijn woning was binnengedrongen en me had begluurd in de slaapkamer. Ik was kwaad op Jack, dat hij mij niet vertrouwde terwijl hij wist wat zijn neef eerder had gedaan. Mijn woede gaf mij kracht. Ik gaf Joop een duw en krijste dat hij moest opduvelen. Ik ging zo tekeer dat de buren het wel moesten horen. Dat werkte, want Joop droop af. Nooit meer zou ik toestaan dat hij in mijn huis kwam.

11

Het eerste wat ik zie als ik 't Swarte Schaep binnenloop, is zijn grijns. Voor de gelegenheid heeft Joop zich in een pak met stropdas gestoken. Ik zie de triomf in zijn ogen blinken als hij opstaat om mij te begroeten. De hand die hij uitsteekt, negeer ik. Ik heb besloten hem te laten merken dat ik me niet meer door hem laat intimideren. Zodra hij vervelend wordt, zal ik hem gelijk afkappen. Ik ben niet meer de Chantal die hij in augustus leerde kennen.

'Dus, hij heeft je gestuurd', zegt hij nadat de ober onze bestelling heeft opgenomen. 'Wat wil hij van me?'

'Eerst jij.'

'Ik denk dat je wel weet waarom ik je wil spreken.'

'Jack?'

'Natuurlijk, Spetter.'

'Ik wil niet dat je me zo noemt.'

'Mag alleen Jack dat?', grijnst hij. Maar ik ga er niet op in. 'Goed', zegt hij dan. 'Hoe wil je dat ik je noem?'

'Alleen Chantal. Als je iets anders zegt, ben ik weg.'

'Vindt Frans dat goed?'

'Frans moet het maar nemen zoals het is.'

Joop lacht zo luid dat zijn onderkin begint te trillen. 'Jij hebt je grenzen bepaald. Goed. Ik mag dat wel.'

Hij leunt achterover in zijn stoel en steekt een sigaar op. Hij biedt mij er ook een aan maar ik sla het aanbod af. Ik excuseer mezelf en loop richting het toilet. Na geplast te hebben, werk ik mijn make-up bij en spoel mijn mond. Ik heb vanavond felle oogschaduw en knalrode lippen om een ongenaakbare, bijna afstotelijke uitstraling te krijgen. Het resultaat vind ik geslaagd. In de spiegel bestudeer ik mijn gezicht en probeer verschillende houdingen en gezichtsuitdrukkingen. Een paar minuten later keer ik naar het restaurant terug. Ik steek een Gauloise op om de stank van zijn sigaar niet te hoeven ruiken.

Het gesprek tussen ons komt pas weer op gang als het voorgerecht, een romige aspergesoep, is geserveerd. Zoals ik al vreesde, wil hij het over Jack hebben. Zijn neef klaagt dat ik hem nooit meer opzoek en ik heb geen andere reden dan dat ik het heb gehad met hem. Maar dat kan ik Joop niet zeggen. Ik heb Jack alleen gesproken toen hij in voorarrest zat. Hij mopperde dat ik drie weken was weggeweest, twee weken langer dan we hadden afgesproken.

'Voor ik het weet ben jij ook weg', zei Jack. 'En wie kijkt er dan naar mijn woning om?'

'Míjn woning? Ik dacht dat het huis op mijn naam stond, niet de jouwe.'

Nu dreigt deze discussie zich met Joop te herhalen – in verhevigde mate. Maar ik laat mijn oma en mij niet uit het huis zetten dat ik sinds maart bewoon. Erin komt hij sowieso niet meer. Na de keer dat hij opeens in mijn slaapkamer stond, heb ik nieuwe sloten laten aanbrengen en een geheim telefoonnummer genomen. Hij kan me niets maken. Maar hij heeft veel invloed in de stad en kan zo een knokploegje samenstellen om met geweld zijn doel te bereiken. Ik kan alleen maar hopen dat Frans bereid is mij in bescherming te nemen, zoals hij dat al eerder heeft gedaan. Joop lijkt echter niet veel respect te hebben voor Frans. Mijn missie om hem voor Frans te winnen, lijkt bij voorbaat kansloos. Ik wil niettemin mijn best doen. Misschien heeft Frans iemand achter me aan gestuurd die hem straks verslag uitbrengt. Ik denk aan de promotie die mij in het vooruitzicht is gesteld.

'Het enige wat Jack wil,' zegt Joop, 'is de garantie dat hij straks zijn huis in kan.'

Ik lepel van de soep voor ik antwoord geef.

'Daar moet ik over nadenken.'

'Nadenken, Chantal? Dat huis is ook van hem, weet je nog?'

'Jij kiest dus partij voor hem', probeer ik.

'Hij is mijn neef. Waarom zou ik voor jou kiezen? Om je mooie ogen?'

'Misschien heb ik een voorstel van Frans dat je op andere gedachten brengt. Het gaat om een heleboel geld.'

Joop slurpt van zijn soep. Er blijft vocht in zijn snor hangen dat op de tafel drupt. Ik kijk een andere kant op.

'Hoeveel?', vraagt hij.

'Twee miljoen.'

'Dat is niets. Als ik moet kiezen tussen dat bedrag en jou, dan is de keuze snel gemaakt.'

'Ik ga niet voor jou werken.'

'Niet voor mij werken. Ik wil je niet als een van mijn hoertjes. Ik bied je veel meer. Ik wil Jacks plaats innemen. Niet meteen boos worden, Chantal. Luister. Je kunt bij mij wonen. Je krijgt een eigen kamer en ik geef je maandelijks tienduizend gulden die je mag besteden zoals je wilt. Jack is niet goed voor je geweest. Hij heeft je gebruikt. Ik ben van plan dat heel anders te doen. Ik zal jouw de plek geven die je verdient.'

Ik kan niet geloven dat hij dit zegt.

'Waarom zou je?'

'Omdat je klasse hebt, Chantal. Je hebt manieren. En niet op zo'n opzichtige manier als Frans. Hij is een bekakte gozer die vroeg of laat keihard op zijn bek gaat. Ik wil niets met hem te maken hebben. Met jou is het anders. Ik ontvang soms buitenlandse gasten en ik wil iemand naast me hebben met stijl. Denk er eens over na.'

'Tienduizend gulden is niets, vergeleken bij twee miljoen.'

Joop grijnst.

'Probeer het maar eens op te maken. En elke maand kun je zoveel op je rekening krijgen.'

'Nee, dank je!'

'Zeg dan maar tegen Klaas dat ik ook geen belangstelling heb.'

'Klaas?'

'Ja. Klaas. Klaas Bruinsma. Je weet toch wel dat hij zo heet? Nou, nou, blijkbaar houdt hij ervan om geheimen te bewaren. Ik vraag me af wat hij nog meer voor je verzwijgt. Frans is een

Bruinsma. Zijn vader maakte vroeger van die prikdrankjes: niet te zuipen. Hij heeft zijn kakmaniertjes in het Gooi geleerd. Drugshandel is een hobby voor hem. Jij hebt toch geen relatie met hem, hè?'

Ik schud mijn hoofd.

'Dat is maar goed ook.'

Thuis sta ik een halfuur onder de douche om de lucht van het restaurant kwijt te raken. Op het laatst raakte Joop mijn hand aan en zei dat hij mij de zijne wil maken. Ik deed alsof ik wel van zijn avances gecharmeerd was in de hoop dat hij nog eens over het voorstel van Frans nadenkt.

Er wordt op de badkamerdeur geklopt. Mijn oma is naar beneden gekomen. Dat moet haar ongelofelijk veel moeite hebben gekost. De gedachte dat er iets ernstigs aan de hand moet zijn schiet door me heen.

'Chantal, er is telefoon voor je.'

'Wie?'

'Frans.'

Gauw droog ik me af en schiet in mijn badjas. Op badslippers trippel ik naar de achterkamer. Ondertussen gaat er van alles door mijn hoofd. Frans is achter mijn telefoonnummer gekomen en nu weet hij dat ik niet alleen woon. Ik had kunnen weten dat het ooit eens uit zou lekken. Ik vraag me af waarom hij belt want hij klinkt geïrriteerd als ik de hoorn heb opgenomen.

'Sjan? Ik wil dat je onmiddellijk naar de Buggie komt.'

'Wat is er?'

'Kom nu maar.'

Het kost me tien minuten om me aan te kleden en naar de Jacob van Lennepstraat te rijden.

Ik word zonder zijn gebruikelijke vriendelijkheid door Wilco binnengelaten. Met een knoop in mijn maag loop ik door de winkel richting het kantoortje. Daar loopt Frans met een rood hoofd stampvoetend heen en weer. Ook zijn helpers Eugène, Giel en

Dries zijn aanwezig. Hun gezichten staan grimmig. Het is alsof ik voor een vuurpeloton sta.

Frans komt tot stilstand en kijkt me indringend aan.

'Gelukkig, daar ben je. Ik was al bang dat je met Joop was meegegaan.'

'Wat is er?'

Wilco is degene die me inlicht. Ronnie Cox is weer eens bezig geweest. Dit keer heeft hij Frans in aanwezigheid van anderen in het gezicht geslagen. Dat kan niet ongestraft blijven. Maar Ronnie Cox is spoorloos verdwenen en omdat ik hem ken, wordt mij naar ontmoetingsplekken gevraagd waar Ronnie zou kunnen zijn. Als ik een paar adressen heb genoemd, vertrekken Eugène en Giel. Frans vraagt Dries om ene Branco op te roepen.

'Zeg hem dat ik een klus voor hem heb.'

Ik blijf met Frans en Wilco in het kantoor achter. Ze vragen hoe het etentje met Joop is gegaan. Terwijl ze allebei een joint draaien, besluit ik volledige openheid van zaken te geven. Ik ben nog niet eens uitgesproken als Wilco met zijn vuist op het bureau slaat en vloekt.

'Die klootzak wil alleen met ons in zee als jij hem neukt!'

'We moeten iets anders bedenken om hem over de streep te trekken', zegt Frans. 'Dit is belangrijk voor ons. Wil je wel het contact met hem warm houden?'

Ik denk er even over na. Ik heb er geen zin in.

'Doe het voor mij', zegt Frans.

'Vooruit.'

'Mooi zo, Sjan! Als we hem zover krijgen, kunnen we onze business uitbreiden. En als we groot genoeg zijn, dan nemen we de zijne over. Kan hij voortaan tomaten verkopen op de Albert Cuyp!'

'Dat heeft Dikke Joop vroeger gedaan', verduidelijkt Wilco.

12

In de week die volgt hoor ik regelmatig dat Ronnie getraceerd is. Het gerucht gaat dat Frans drie ton premie op zijn hoofd heeft gezet. Ik betwijfel of dat waar is. Het lijkt me erg veel geld voor een nietsnut als Ronnie Cox. Dit soort geruchten helpen wel om hem ervan te overtuigen dat hij zich voorlopig beter gedeisd kan houden. Op vrijdag verschijnt hij niet in 't Kompas voor het wekelijkse showrondje. Joop is er wel. Als Frans en Bea de dansvloer op gaan, komt hij even aan ons tafeltje zitten om een praatje te maken. We hebben het niet meer over de wederzijdse voorstellen en hij doet geen opzichtige pogingen mij te versieren. Pas als hij opstaat, vraagt hij of ik nog een keer met hem uit eten wil. Hij noemt de naam van een luxe restaurant en ik doe alsof ik me laat overhalen. Maar ik heb al besloten. Het vooruitzicht dat Joop tomatenverkoper wordt, staat me zeer aan.

Het etentje vindt tien dagen later plaats. Vooraf heeft Frans gevraagd of ik de pil gebruik. Hij doet het uit bezorgdheid, niet om mij aan te moedigen met Joop naar bed te gaan. Maar ik heb geen aanmoediging nodig om de pil te gebruiken. Wat ik met Jack heb meegemaakt, wil ik niet nog eens doormaken.

Tijdens het diner mag ik namens Frans een nieuw voorstel doen. Frans is bereid drie miljoen te investeren in het seksimperium van Joop, een miljoen meer dan het oude bod. Jacks neef is echter alleen bereid het voorstel te overwegen als het tussen ons wat wordt. Hij beseft dat ik niets voor hem voel en dat ik niet met hem wil samenleven, en daarom komt hij met een nieuw voorstel. Hij wil een lat-relatie met me: ik mag mijn eigen leven leiden en aan de Nassaukade blijven wonen als ik dat wil, als ik maar met hem uitga alsof ik zijn vriendin ben, en ik zijn gastvrouw wil zijn als hij gasten ontvangt. Het bod van tienduizend gulden blijft staan.

Ik doe moeite om niet in lachen uit te barsten. Voor het eerst zie ik hem met andere ogen. Met al zijn bravoure is de koning van de Wallen eigenlijk maar een eenzaam jongetje. Zijn tweede voorstel is een knieval vergeleken bij zijn eerste. Nu hij in de gaten heeft dat ik echt geen belangstelling heb, hoef ik zelfs niet met hem naar bed al laat hij merken dat hij dat het liefst wil. Hij heeft immers tientallen vrouwen die voor hem werken en hij is niet gewend afgewezen te worden.

Toch gebeurt dat opnieuw, want ik weiger.

'Wat wil je dan? Meer poen?'

'Veel meer.'

Met het servet veegt hij zijn snor af en kijkt me aan alsof ik het meen. Hij krijgt opeens zijn oude zelfverzekerdheid terug, want dit is wat hij kent: een vrouw die te koop is. Hij tast in zijn colbert en haalt het doosje sigaren tevoorschijn. Nadat hij het deksel heeft opengeslagen, laat hij zijn vingertoppen over de sigaren glijden, pakt er een en ruikt eraan. Bij elke beweging is zijn blik op mij gericht alsof hij een seksuele handeling verricht. Dan steekt hij zijn vette lippen naar voren als iemand die gaat kussen en duwt de sigaar ertussen.

'Elfduizend', biedt hij dan.

'Dat is niets.'

'Twaalfduizend.'

'Meer.'

'Mijn laatste bod', zegt hij, terwijl hij de sigaar aansteekt. 'Vijftienduizend.'

Ik kijk in zijn ogen of er meer in zit en ik ontdek de begeerte die in zijn blik is geslopen. Hij weet dat ik binnen handbereik ben en is bereid de prijs te betalen. Bovendien kan hij straks van Frans drie miljoen gulden tegemoet zien en daarbij vergeleken valt mijn prijs in het niet. Met een onverschillig gezicht steek ik een sigaret op.

'Ik ga niet lager dan twintig.'

'Twintig, dat kun je niet menen!'

'Op voorwaarde dat ik de relatie kan beëindigen als ik het wil en dat ik voor Frans kan blijven werken. En jij gaat met Frans praten. Twintigduizend per maand, en ik ben bereid elke avond met je uit eten te gaan of te stappen. Wat jij maar wil.'

Sneller dan ik had verwacht, zegt hij: 'Goed, akkoord.'

'En ik wil een voorschot van tienduizend.'

'Dat regel ik. Je hebt me zojuist heel erg blij gemaakt, Chantal.'

Vier dagen later schrijd ik aan de arm van een glunderende Joop 't Kompas binnen. Ik glimlach alsof ik het geweldig vind bij hem te zijn maar ondertussen denk ik vooral aan mijn overwinning. Ik heb hem al tienduizend gulden lichter gemaakt en mijn promotie is binnen. Zodra Frans met hem in zaken is gegaan, voel ik me vrij om de relatie stop te zetten. Ik kan bijna niet geloven dat Joop zo'n sukkel is dat hij er met open ogen is ingetrapt.

Frans reageerde laaiend enthousiast toen ik hem vertelde hoe het gesprek was verlopen. Ik kan niet meer stuk bij hem en ook zijn compagnon Bea is onder de indruk. Ze moedigen me aan Joop voorlopig aan het lijntje te houden. Iedereen in het wereldje van de penoze weet nu dat Joop en ik een stel zijn en dat hij met Frans gaat samenwerken. De onderhandelingen daarover zijn al van start gegaan. Joop probeert er zoveel mogelijk voor zichzelf uit te slepen en laat geen gelegenheid onbenut om mij te laten merken dat hij op Frans neerkijkt.

De organisatie van Frans van Arkel dijt wekelijks verder uit. Nu ik op het hoofdkantoor aan de Hudsonstraat zit, ben ik me daar meer dan ooit van bewust. Van de detailhandel ben ik nu overgegaan naar de groothandel. In de Buggie handelden we in grammen, hier in kilo's. De hasj gaat soms met tientallen kilo's tegelijk de deur uit en de geldbedragen zijn enorm. Frans besteedt daarom veel aandacht aan veiligheid. De hasj wordt nooit op het hoofdkantoor bewaard en het binnenkomende geld wordt over speciale bergplaatsen in de stad verspreid.

Toch vreest Frans de politie niet. Volgens hem kan die niets klaar krijgen.

'Hier in Amsterdam heeft de moordbrigade informatie over mij,' zei hij een keer tegen mij. 'Maar ze weten niet dat de narcoticabrigade ook inlichtingen heeft ingewonnen. Als ze alles zouden combineren, zag het er voor ons veel slechter uit. Maar dat doen ze niet. Weet je waarom niet? Omdat de ene afdeling niet wil dat de andere de eer opstrijkt. En de rijkspolitie weet ook het een en ander. Maar daar zullen ze nooit mee samenwerken omdat de gemeentepolitie de rijkspolitie als rivaal ziet. Piepeltjes zijn het!'

Vooralsnog verricht ik alleen hand- en spandiensten voor Bea en haar assistent Fred Simons, terwijl zij de telefonische bestellingen opnemen. Ik ontvang klanten die naar de Hudsonstraat komen. Meestal zijn het mensen van buiten de stad. Ik schenk ze koffie in of iets anders en stel ze op hun gemak terwijl ze wachten op de levering. Ook onderhoud ik contacten met onze twee koeriers die ik met de semafoon kan oppiepen. Terwijl de klant in de Hudsonstraat wacht, halen zij de gewenste soort hasj uit een stash. Nieuwe klanten willen de hasj eerst zien voor ze betalen, maar de vaste klantjes betalen direct. Anderen krijgen op krediet geleverd. De bestelling wordt nooit in het kantoor zelf overhandigd, zodat we nog geen grammetje binnen hebben. Mocht er een politie-inval plaatsvinden, dan zal men niets vinden. Klanten in de stad krijgen hun bestelling thuis afgeleverd. Daarvoor geef ik de koeriers een codenaam door. Wie de klant is, krijg zelfs ik niet te horen. Bea houdt er een nauwgezette administratie in code op na die ze mij gaat leren. Als ik eenmaal lekker meedraai, mag ik ook bestellingen opnemen.

In 't Kompas wil Joop de hele tijd aan me zitten en ik moet het spel wel meespelen. Aan ons tafeltje heeft hij zijn arm om mijn schouder geslagen en drukt mij tegen zich aan. Zijn andere hand ligt op mijn dijbeen. Ook hij heeft een soort hofhouding – allemaal pooiers en bevoorrechte hoertjes waar ik me te goed voor voel – die de hele avond rond ons hangt. Aan hen wil hij zijn nieuwste overwinning laten zien. Als hij me op de mond wil kussen, kus ik hem terug. Ondertussen houd ik mijn adem in om de lucht van zijn sigaren niet te hoeven ruiken. Vervelender vind ik het als hij aan mijn borsten wil zitten of als zijn hand richting mijn kruis glijdt. Ik heb bewust een broek aangetrokken om het hem moeilijker te maken, maar als ik naakt was geweest had ik het niet minder gênant gevonden. Ik bedenk dat hij dit doet omdat er niet meer voor hem inzit. Want seks met hem vertik ik. Maar het wordt elk uur erger naarmate hij meer heeft gedronken.

Ik stoor me aan zijn bezitterige gedrag. Een paar keer staan we op de dansvloer en dan laat hij me niet met anderen dansen. Pas tegen sluitingstijd krijg ik gelegenheid om iemand te spreken als Joop te dronken is om nog langer op mij te letten.

De drukte begint af te nemen als ik bij het tafeltje van Frans aanschuif. Ik wil hem spreken. Het is me opgevallen dat Ronnie Cox vanavond weer niet is komen opdagen en ik wil weten hoe het is afgelopen.

'Die rotzak is gepakt.'

'Door wie?'

'Door de politie. Maar ik krijg hem nog wel.'

13

Tien dagen later is Joop nog steeds met Frans in onderhandeling. Ik weet zeker dat hij tijd rekt. Ik zie hem nu elke dag en Frans informeert of ik het vol kan houden. Zonder zijn medeleven zou ik het na een week hebben opgegeven. Hoe langer onze relatie duurt, hoe meer Joop denkt dat hij aanspraak op mij kan maken. Eén keer heeft hij me uitgenodigd voor een etentje bij hem thuis en daarna probeerde de hufter mij zijn bed in te praten. Doe het voor één keertje, Chantal, zei hij. Soms denk ik dat het de enige manier is om hem zover te krijgen dat hij het contract met Frans tekent, zodat ik eindelijk door kan gaan met mijn leven. Hij begint me op de zenuwen te werken. Om de dag laat hij iets bij het hoofdkantoor aan de Hudsonstraat bezorgen. Een bos bloemen, een doos bonbons, een lingeriesetje of een liefdesverklaring. Misschien denkt hij dat hij kans maakt vanwege de lieve woordjes die ik tegen hem gebruik als er anderen bij zijn. Veelzeggender zijn de woorden die niet tussen ons worden gesproken. Gelukkig heeft hij tot nu toe mijn privacy gerespecteerd en dat is meer dan ik had verwacht.

Ik heb weinig tijd voor mijn oma. We zien elkaar eigenlijk alleen tijdens het ontbijt. Ik heb nauwelijks gelegenheid boodschappen te doen en daarom heeft Marga dat van mij overgenomen. Zij komt dagelijks een paar uur naar de Nassaukade en dat haalt een enorme last van mijn schouders. Toch probeer ik haar zoveel mogelijk te ontlopen. Haar houding tegenover mij verandert nu ze doorheeft dat ik nooit in de kerk kom. Ze zegt wel dat ze me heeft gemist, maar dat klinkt als een verwijt.

Soms vraag ik me af waarom ik doorga. Met Joop. Met het werk dat ik doe. Om het geld alleen hoef ik het niet meer te doen. Ik verdien op een dag nu meer dan in de Buggie in een week en afgezien van aan Marga geef ik nauwelijks iets uit, want Joop betaalt alles voor me. Ik hoef maar belangstelling voor iets te tonen, al is het maar een prulletje, of hij koopt het.

'Jeetje, Chantal, wat heb je vandaag weer gekregen?', vraagt Bea als ik op een donderdagochtend het kantoor binnenloop met alweer een cadeau van Joop. Er is een grote doos afgeleverd en ik zet hem op het bureau waar Bea achter zit. Fred luistert nagelbijtend naar iemand aan de telefoon en heeft geen aandacht voor ons. 'Misschien is het weer een doos bonbons. Lekker!'

De doos is verzegeld met verpakkingstape. Met de punt van de schaar snij ik door de gleuf tussen de twee flappen en vervolgens trek ik de doos open. In de doos zit een tweede doos en ik zie aan de afbeelding op de verpakking wat Joop mij heeft gezonden. Bea begint te gniffelen en roept: 'Hij geeft het niet op, hè!'

Ik voel dat ik een kleur krijg. Joop heeft mij een vibrator gestuurd. In de doos zit ook een briefje dat ik verscheur voor Bea het pakt. Zij neemt de verpakkingsdoos uit de grote doos en maakt hem open. Even later toont zij trots de inhoud.

'Je wordt echt wel verwend, Chantal.'

'Lach maar. Jij hebt tenminste Frans.'

'Die stuurt mij zoiets niet.'

'Hij zal je wel op anderen manieren verwennen.'

Bea kijkt me nu met een schuine blik aan. 'Jeetje, Chantal. Je moet niet alles geloven wat anderen over ons zeggen. Ik heb niets met Frans.'

'Dus jullie hebben geen relatie meer?'

'Méér? Er is nooit een relatie geweest. Dat mocht Frans willen! Ik heb er helemaal geen behoefte aan. Ik heb genoeg gedonder met mijn ex.'

'O', zeg ik alleen.

'Ach gut, volgens mij ben je jaloers. Nou, je kunt Frans van mij hebben, hoor!'

De telefoon op haar bureau gaat over en ik maak van het moment gebruik om de massagestaaf in de verpakking terug te duwen en de grote doos af te plakken. Als een van de koeriers terugkomt, vraag ik hem de doos bij Joop terug te bezorgen.

Die middag komt Frans fluitend het hoofdkantoor binnen en meldt dat hij een goede slag heeft geslagen. Mijn hart maakt een vreugdesprongetje. Hij heeft de deal met Joop eindelijk rond, denk ik. Maar ik krijg een teleurstelling te verwerken want het gaat alleen maar om een transport. Vanochtend heeft een kotter vijf ton Gele Libanon in het waddengebied aan land gebracht. Frans heeft er een kleur van gekregen en zijn ogen glinsteren.

'Dit ga ik vieren', zegt hij.

'Krijgen we een bonus?', vraagt bodyguard Dries.

'Natuurlijk. Betje, heb jij vanavond zin in een etentje bij mij thuis? En jij Chantal? Als jij Joop meeneemt dan zijn we met z'n vieren.' Zowel Bea als ik hebben er zin in en Frans knikt goedkeurend. 'Dan ga ik nu inkopen doen. Vind je het leuk om mee te komen, Sjan?'

Ik kijk voor goedkeuring naar Bea.

'Het lukt ons wel een middagje zonder jou.'

'Oké, dan gaan we!'

Als we even later op de achterbank van zijn BMW zitten en Giel ons door de stad rijdt, vraag ik hoe het met de onderhandeling met Joop staat. Zoals ik vreesde, is er nog steeds geen overeenkomst. Joop doet moeilijk over details.

'Hij is bang dat ik teveel invloed krijg en zijn zaak geleidelijk aan overneem.'

'Dat is toch het plan?'

Frans lacht. 'Maar dat hoeft hij niet te weten.'

'Ik zou hem niet vertrouwen als ik jou was. Hij kijkt op je neer.'

'Dat is geen nieuws. Ik heb zijn neef Jack een keer een hak gezet en dat hebben ze me nooit vergeven. Ze denken dat ik een keer op mijn bek ga. Nou, dat hebben ze mis. Ik doe dit werk nu al zes jaar en de zaak loopt als een trein. Dat weet hij ook wel, anders zou ik niet in zijn zaak kunnen investeren. Hij is jaloers. En dat is omdat hij niet mijn talenten heeft. Mensen als Joop en zijn neef zijn geen moneymakers. Als je ver wilt komen, moet je creatief zijn. Je kunt wat dat betreft veel leren van de Romeinen. Niet voor niets wisten zij de halve wereld te veroveren. Ik vind mijn inspiratie in Pompeius. Hij dreef de zeerovers van de Middellandse Zee naar een uithoek en stelde ze voor de keus om mee te werken of te sterven. Dat is wat ik in Amsterdam van plan ben. Samen met anderen worden we de grootste in de business.'

'Vind je dat ik genoeg doe?'

'Om Joop aan te moedigen? Natuurlijk, Sjan! Ik ben trots op je dat het je gelukt is om Joop met mij in contact te brengen. Alles wat je hierna bereikt, is een mooie opsteker. Maar je hebt al meer dan genoeg gedaan. Ik hoop dat je het nog even volhoudt.'

Frans besluit eerst de kledingwinkels af te gaan. Hij laat ons naar de Van Baerlestraat rijden waar we The Society Shop aandoen. Daar laat hij zich nieuwe kostuums aanmeten en ik mag mijn mening geven. Frans heeft een dure smaak. Alleen pakken van de beste Italiaanse merken kunnen zijn goedkeuring krijgen. Met geen enkel pak neemt hij zonder meer genoegen. Als het wat kost, zegt hij, wil ik het beste hebben. Dat betekent dat de pakken voor hem op maat gemaakt moeten worden. Ook al heeft hij er zes uitgekozen, voor het etentje van vanavond zit een nieuw pak er niet in. Over een week zijn ze klaar.

Hij staat erop dat ik ook iets uitkies en daarom lopen we door naar de damesafdeling. Daar laat Frans me het ene na het andere mantelpakje passen en als iets hem bevalt, wil hij dat ik het neem. Ik betaal, zegt hij. Daarna gaan we naar de rekken met jurkjes. Ook hier dringt hij erop aan dat ik ga passen. Eén jurkje van lichtroze satijn met bloemmotief vindt hij me zo goed staan dat hij vindt dat ik het vanavond moet dragen. Als ik mezelf in de spiegel bekijk, ben ik het met hem eens. Gewend als ik ben aan mijn spijkerbroeken en gemakkelijk zittende bloesjes, herken ik mezelf amper. Het flatteert je, zegt Frans. Ik begrijp wat hij bedoelt want het jurkje lijkt voor mij gemaakt. Het doet al mijn lichaamsvormen tot hun recht komen. Het diepe decolleté geeft mij een frivole uitstraling en zo voel ik me ook door het enthousiasme van Frans.

Als we anderhalf uur later de winkel verlaten, zeult Giel niet minder dan vijf mantelpakjes, zes jurkjes, twee paar schoenen, een satijnen kamerjas voor Frans en een tas van Gucci voor mij met zich mee. In die anderhalf uur heeft Frans het complete maandsalaris uitgegeven dat ik van Joop ontvang. Ik heb een compleet nieuwe garderobe en ik ben van plan van nu af mijn nieuwe pakjes te dragen en niet alleen om Frans daarmee een plezier te doen.

Na The Society Shop bezoeken we nog een paar kledingzaken,

waarna Frans voorstelt een pauze in te lassen voor koffie en gebak, voor we doorgaan met de inkoop voor vanavond. Delicatessenwinkel Dikker & Thijs staat nog op het programma.

'Joop vertelde mij dat je echte naam Klaas Bruinsma is', begin ik als we in een restaurant aangeschoven zijn aan een tafeltje bij het raam. Een serveerster brengt ons een cappuccino met Schwarzwalder Kirsch. Frans heeft een joint opgestoken.

'Ah, dus je weet dat mijn vader directeur was van de Raak-fabriek?'

'Dat zegt Joop, ja.'

'Jij denkt natuurlijk dat ik een fijne jeugd heb gehad en dat ik alles kreeg wat ik wilde. Nou, denk dat maar niet.'

Na deze op verbitterde toon uitgesproken woorden zwijgt hij. Zijn blik is verstard en ik besef dat ik niet door moet vragen. Minuten verstrijken waarin niets wordt gezegd. Ik doe alsof het gebakje al mijn aandacht nodig heeft en ik kijk alleen op om te kijken naar het winkelend publiek dat aan ons voorbij trekt. Frans rookt onverstoorbaar verder.

Pas als hij van zijn koffie heeft geproefd, neemt hij het woord.

'Wie was dat eigenlijk die ik laatst aan de telefoon kreeg toen ik jou belde? Je hospita?'

Mijn hart slaat opeens over. Ik besluit openhartig te zijn.

'Je oma?', reageert hij verbaasd terwijl hij het stompje van zijn joint in de asbak uitdrukt. Als ik hem vervolgens uitleg waarom ik haar in huis heb genomen, knikt hij goedkeurend. 'Goh, ik wist niet dat jij bij je grootouders bent opgegroeid. Ik heb ook een tijd-je bij mijn oma gewoond. Zij is een paar jaar geleden overleden. Ik kon niet bij de begrafenis zijn.'

Opnieuw zwijgt hij, maar het is een ander soort stilte. Ik heb het gevoel dat ik Frans nooit eerder zo kwetsbaar heb gezien. Ik weet dat hij een paar keer een veroordeling heeft gehad en ver-moed dat hij moet hebben vastgezeten toen zijn oma overleed. Gevoelens die hij niet voor zijn vader kan opbrengen, heeft hij wel voor haar ook al zal hij ze nooit tonen. Ik leg mijn hand op de zijne en streel hem zachtjes. Hij slaat zijn ogen naar mij op en glimlacht.

'Maar als je mijn vader een keer wilt zien, dan heb je volgende week de gelegenheid', zegt hij. 'Ik heb met hem in het Amstel Hotel afgesproken.'

Het etentje met Frans, Joop en Bea vindt om halfnegen plaats in Frans' appartement aan de Langestraat. Het is een eenvoudige woning met een open keuken en een slaapkamer. Een opgezette reiger met een paling in zijn snavel staat opgesteld naast de open haard waar een vuur in knappert. Frans heeft zijn best gedaan om er een gezellige avond van te maken en hij bedient ons zelf. Zijn humeur is uitstekend. Terwijl hij ons ontvangt, legt hij de laatste hand aan de dinertafel en maakt ondertussen het ene na het andere grapje. Ook Joop is in zijn beste stemming. Voor de gelegenheid heeft hij weer eens zijn pak aangetrokken, hoewel hij met zijn forse postuur en goedkope kleding een sjofele indruk maakt als hij naast Frans staat. De lichten zijn gedimd en op tafel branden kaarsen. Het kaarslicht flikkert op in de donkere ogen en de zilveren oorhangers van Bea. Zij ziet er met haar zwarte jurkje met vetersluiting verbluffend mooi uit en ik voel een steek jaloezie tot ik besef dat ik met mijn nieuwe aanwinsten niet voor haar onder doe.

Nadat we zijn gaan zitten, serveert Frans ons een scampisoep met groenten. De kruidige geur doet het water in mijn mond lopen. Ik zit naast Joop en tegenover Frans die naast Bea heeft plaatsgenomen. Een borstbeeld van Napoleon staart mij heldhaftig aan vanaf een antiek bureau achter Frans en Bea. Ik negeer het uitdrukkelijke geslurp van Joop en probeer van de soep te genieten. Als een echte gastheer probeert Frans ons te vermaken met een verslag van zijn belevenissen van afgelopen ochtend.

'Je bedoelt vijf tonnen vol', zegt Joop die het niet wil geloven als Frans zegt hoeveel hasj hij het land heeft binnengesmokkeld. 'Regentonnen of haringtonnen?'

'Dat maakt mij niet uit, als ik er maar twee miljoen mee verdien.'

'In Italiaanse lires dus.'

'Ik denk eerder aan dollars. Deze partij is voor de Amerikaanse markt. Ik vond het wel een goede reden om het met dit dineetje te vieren. En vanmiddag hebben Sjan en ik heerlijk gewinkeld. Wat vinden jullie van haar nieuwe jurkje?'

'Heeft Frans voor mij gekocht', zeg ik.

'Dit moet je vaker dragen', vindt Bea.

'Heel mooi', zegt Joop.

Vanuit mijn ooghoek zie ik dat hij de lepel heeft laten zakken. Zijn vingers hebben zich om het metaal gekromd en hij knijpt zo hard dat de huid onder de bovenste rand van zijn duimnagel wit wegtrekt. Hij kijkt strak naar zijn bord. Frans knipoogt naar me. 'Het was ontzettend gezellig, hè Sjan?'

'Ik wil niet dat hij jurken voor jou koopt', zegt Joop na afloop. Hij loopt met mij op naar mijn auto. Ik ben niet van plan lang met hem te praten want ik heb het koud. De winter is in aantocht en daar ben ik met mijn kleding niet op berekend. Een frisse oostenwind jaagt de laatste bladeren van de bomen. 'Als je iets nodig hebt, kan ik het voor je kopen.'

'Je hoeft niet jaloers te zijn. Frans is mijn werkgever, niet mijn minnaar.'

'Dan heeft hij het toch beter dan ik. Hij ziet je de hele dag.'

'Ik wilde hem een plezier doen.'

'Doe mij dat dan ook. Ik betaal je er genoeg voor.'

'Alsjeblieft, Joop, niet nu.'

'Wanneer dan wel? Ben ik niet goed genoeg voor jou? Ik wil je alles geven wat je begeert. Alles! Maar je laat je door hem allerlei troetelnamen geven. Sjan dit, Sjan dat. Ik weet dat ik in het begin een slechte indruk op je gemaakt heb. Dat moet je vergeten. Jij bent voor mij meer dan een wijf met lekkere tieten, Chantal. Veel meer.'

In stilzwijgen bereiken we mijn auto. Ik steek de sleutel in het portierslot als hij me ruw tegen zich aantrekt en op de lippen kust. Mijn armen houd ik krampachtig tegen mijn lijf en ik heb mijn ogen gesloten.

Hij fluistert in mijn oor.

'Ik zou je gelukkig kunnen maken als je me de kans gaf. Maar zoals het nu gaat, weet ik niet of ik het kan winnen van jouw Frans.' Ineens laat hij me los en doet een stap naar achteren. 'Misschien moet ik hem vertellen dat ik met de onderhandelingen stop. Zo heeft het geen zin meer!'

14

Vandaag heb ik hem laten begaan. Ik kon er niet langer tegen en besloot dat er maar één manier is om dit zo snel mogelijk achter de rug te krijgen. Terwijl we in zijn appartement op de bank televisie keken heb ik hem in de waan gekregen dat ik voor hem ben gaan voelen en heb daarna mijzelf aan hem aangeboden door me tegen hem aan te vleien en de knoopjes van zijn overhemd los te knopen. Meer had hij niet nodig om het initiatief over te nemen. Vanaf dat moment liet ik mij door hem meevoeren door alle stadia van de lust. Alles deed ik voor hem, zolang hij gelukkig was. Maar nu veracht ik mezelf om wat ik heb gedaan.

Mijn lichaam heeft mij verraden en ik walg ervan. Mijn verstand liet zich niet op nul zetten zodat ik me van elk walgelijk moment bewust was. Ik wilde vluchten in mijn gedachten, wilde ontkomen aan het moment dat hij zijn vette vingers op mij legde en mij snel en meedogenloos uitkleedde en tot zich nam. Ik wilde er niet aan denken hoe vaak hij tot vandaag zijn lusten op zijn hoertjes had botgevierd. Maar mijn lijf reageerde anders. Dit monster maakte gevoelens in mij los waarvan ik geen idee had dat ik ze had. Maar ik wilde niet dat hij die losmaakte. Niet hij.

Nu ben ik thuis en sta onder de douche. Het water spoelt het vuil met mijn tranen door het afvoerputje. Maar hoe ik ook met zeep en spons boen, het vieze gevoel raak ik niet meer kwijt. Het is hem gelukt mij terug te brengen tot een gat waar hij zijn pik in kan steken. Dit moet ophouden, herhaal ik telkens in mijn hoofd. Dit moet ophouden. Maar het houdt niet op. En het ergste is dat Joop denkt dat hij me voortaan altijd kan claimen. Ik denk aan Eef uit de film *Spetters*. Bij mij is mijn afkeer niet omgeslagen in belangstelling, verre van dat. Ik denk ook aan mijn oma en ben blij dat zij op bed ligt zodat ze dit niet hoeft mee te maken. De drang om te bidden om van Joop verlost te worden, is bijna onweerstaanbaar. Maar mijn gebeden als kind voor mijn zieke broertje werden niet verhoord en daarom zie ik er vanaf.

Het moet ophouden, denk ik weer.

Maar het houdt ook niet op als ik naar bed ga. Uren kruipen voorbij en rusteloos woel ik heen en weer, heen en weer. Ik zie het drie uur worden. Halfvier. Kwart voor vier. Vier uur. En ik blijf liggen draaien. Van mijn linkerzij op de rechter. Van de rechter op de linker. In mijn hoofd herbeleef ik mijn verkrachting keer op keer. Er komen ook andere herinneringen naar boven. Uit mijn schooltijd. Toen jongens dachten dat ik een gemakkelijke prooi was en ik me liet verleiden door hun plotselinge aandacht. In mijn gedachten vloek ik. Ik vloek en sta op om nog een keer te douchen, want ik stink. Maar als ik in de gang het gestamp van het looprek hoor, kruip ik opnieuw in bed. Pas als mijn oma lang en breed van het toilet is, loop ik de badkamer in. Een kwartier later ben ik terug en ik kan pas weer in bed als ik het heb verschoond.

Om half zes word ik opnieuw wakker. Ik voel me nog beroerder dan tevoren. Daarna dommel ik keer op keer in om korte momenten te ontwaken. Tegen het eind van de nacht heeft zich een bonkende hoofdpijn ontwikkeld en mijn spieren doen zeer. Ik slik twee aspirientjes achter elkaar. En ik besluit me ziek te melden. Onder de huidige omstandigheden weet ik niet of ik het vijf minuten uithoud. Ik wil Fred en Bea niet onder ogen komen en Frans al helemaal niet. Ik weet dat ze aan mij kunnen zien wat er is gebeurd en ik wil ze dat besparen.

Mijn oma is geweldig voor me. Ik ben in bed gebleven en zodra zij in de gaten kreeg dat ik vanochtend niet was opgestaan, heeft ze me een bordje met twee beschuiten en een kop thee gebracht. Hoe ze dat met haar looprek voor mekaar heeft gekregen, is mij een raadsel. Nu houdt ze me gezelschap. Ik ben ontroerd. Ondanks dat ze slecht kan lopen, doet ze dit voor mij. Ik waardeer haar meer dan ooit. Ze is altijd de onverwoestbare vissersvrouw gebleven en heeft daarbij een hart van goud. Het breekt míjn hart als ze erachter komt waarom ik ziek ben.

'Jij kijkt naar mij om, en ik naar jou', zegt ze met een glimlach.

Ik wil iets zeggen maar zij steekt haar hand op.

'Ik geloof dat ik de deurbel hoorde.'

Op de klok zie ik dat het tien uur is maar het kan Marga niet zijn. Het is vandaag donderdag en dat is de enige dag dat ze alleen 's middags komt. Bovendien heeft zij inmiddels ook een sleutel van de voordeur. Laat het Joop niet zijn, denk ik. Misschien heeft hij gehoord dat ik ziek ben. Het is twee uur geleden dat ik naar de Hudsonstraat belde. Ik wil hem niet in huis hebben en helemaal niet in mijn slaapkamer. Maar mijn oma is degene die vandaag de deur opent en ik kan haar niet meer uitleggen waarom ze mijn vriend moet afschepen. Ze is al naar boven.

Na een paar minuten hoor ik haar op de gang praten.

'Je vriend is er, Chantal', zegt ze als ze de slaapkamerdeur openduwt.

Ze stapt opzij om de bezoeker toegang te geven. Mijn hart slaat een slag over als ik zie wie er met een bezorgd gezicht en een fruitmand in de deuropening staat. Ik zie Frans en naast hem mijn stralende oma.

'Ik ben meteen gekomen', zegt hij. Hij komt mijn slaapkamer binnen en nu zie ik hoe kolossaal de fruitmand is. Hij is overladen met appels, bananen, druiventrossen, kiwi's en ander fruit dat met doorzichtig plastic is overdekt en versierd met kleurige linten die in krullen tot op de grond hangen. Frans zet hem op de stoel waarop mijn oma heeft gezeten en buigt zich voorover en kust me op het voorhoofd. 'Ik hoop dat je gauw opknapt.'

'Ik zal jullie alleen laten', zegt mijn oma. 'Dan ga ik de bloemen in een vaas zetten.'

'Bloemen?'

'Voor je oma.' Frans sluit de deur en gaat op de rand van het bed zitten. Hij neemt mijn hand in zijn beide handen en wrijft hem zachtjes op. Je bent helemaal koud, lieverd. Betje vertelde me dat je griep hebt.'

'Het gaat al een beetje beter.'

'Daar ben ik blij om. Je wordt goed verzorgd door je oma. Wat een lief mens is dat.'

'Zij denkt dat jij mijn vriend bent.'

'Dat ben ik toch ook? Ik zag trouwens in de hal een schaakset. Schaak je?'

'Hij is van mijn opa geweest.'

'En jij schaakt niet? Nee? Jammer, anders hadden we een potje kunnen spelen. Niet nu. Want ik zie dat je daarvoor te ziek bent. Misschien leer ik het je nog eens. Ik speel al mijn hele leven. Het is een van de weinige goede dingen die ik van mijn vader heb geleerd. Op de middelbare school speelde ik met mijn docent Latijn. En met Eric, een kameraad uit die tijd. Het is gek hoe bepaalde herinneringen je hele leven bij je blijven. Als ik vroeger ziek was, speelde ik in gedachten schaak met hem.'

'Ik denk aan mijn oma en wat we vroeger deden.'

'Wat dan?'

'Spelletjes.'

'Zoals?'

'Scrabbelen.'

'Wat is de woordwaarde van overeenkomst?'

'Overeenkomst? Twintig?'

'Goed zo! Ik zie dat je al opknapt. En ik heb een nieuwtje dat je goed zal doen. Ik werd vanochtend gebeld door Joop. Hij zei dat hij nog eens heeft nagedacht. Hij wil opnieuw naar mijn laatste voorstel kijken. Hij denkt dat we binnenkort een overeenkomst kunnen sluiten. Is dat niet fantastisch, Sjan?'

Frans blijft een uur bij me zitten en als hij vertrekt, voel ik me enorm opgeknapt. Het begint tot mij door te dringen dat wat ik gisteravond heb ondergaan, niet voor niets is geweest. Overmorgen wordt er opnieuw onderhandeld over de invulling van de laatste details en daarna wordt het contract opgesteld. Frans zit dan in Pakistan en als hij terugkomt, kan alles getekend worden. Tien dagen duurt het nog en zolang moet ik het kunnen volhouden. Dat ben ik nu wel van plan als ik daarmee de dankbaarheid in Frans' ogen zal zien blinken. Ik weet dat ik het voor hem doe – en daarmee voor ons.

Twee dagen later voel ik me voldoende hersteld om weer aan het werk te gaan. Bea en Fred ontvangen me met blijken van medeleven, maar ik wuif hun bezorgde reacties weg. Twee bezoekjes van Frans en twee dagen zonder Joop vormden de beste kuur voor mijn kwaal. Ik laat me niet meer klein krijgen door een zeikerd als Joop, ook al kan ik er niet onder uit hem vandaag weer te ontmoeten. Gisteren heb ik hem zelf gebeld. Het leek me beter om het initiatief te nemen om te voorkomen dat hij denkt dat ik hem ontloop. Zolang de overeenkomst niet is getekend, duim ik voor de goede afloop en daarom zal ik vandaag met hem dineren in een restaurant van mijn keuze. Maar waar ik me op verheug is de lunch.

Frans heeft mij gevraagd om met hem naar het Amstel Hotel te gaan. Daar heeft hij met zijn vader afgesproken en hij wil dat ik getuige ben van hun ontmoeting. Voor het zover is, haalt hij de pakken op die hij heeft laten vermaken en ik moet beslist van hem mee. Ik moet hem vertellen welk pak hij moet dragen. Hij wil vandaag imponeren en dat begint al met de auto.

Frans rijdt zelf. Terwijl de bodyguards voorop gaan in de BMW, volgen wij hen in de gloednieuwe Ferrari Mondial van Frans. Overal in de stad zie ik de blikken van voorbijgangers onweerstaanbaar naar onze auto worden getrokken. Het is jammer dat het geen stralende dag is, maar een druilerige december-dag. Heel Amsterdam loopt weggedoken onder paraplu's en achter opgestoken kragen zodat ik de gezichten niet zie. Het is niettemin druk in de Van Baerlestraat en alle parkeerplaatsen zijn vol. De BMW voor ons rijdt de Society Shop voorbij, maar Frans remt af en stopt midden op de weg, midden op de tramrails.

'Wacht maar even hier', zegt hij zonder de motor af te zetten.

'We staan op de rails!'

'O, maak je daar geen zorgen over. Er komt hier voorlopig geen tram. Ik ken de dienstregeling uit mijn hoofd. Ik ben binnen een minuut terug!'

Met de kraag opgetrokken rent hij van de auto naar de ingang van de winkel. Ik kijk vooruit en achteruit en zie inderdaad geen tram. Maar ik trek wel veel bekijks en daar zal Frans op uit zijn. Ik doe alsof het mij allemaal niet interesseert en pak mijn hand-tasje om mijn nagels bij te vijlen.

Als ik geklingel hoor, laat ik van schrik het vijltje vallen. Het is niet te geloven. De tram komt eraan en als ik niet gauw weg ben, word ik geramd. Ik weet niet hoe snel ik uit de auto moet komen. Ik ben net op tijd. Het gepiep van de remmen is oorverdovend en even denk ik dat de auto verloren is, maar de tram komt net op tijd tot stilstand. De trambestuurder steekt vloekend en scheldend zijn hoofd naar buiten.

'Opduvelen met die kar!'

Op mijn hoge hakken trippel ik om de auto heen en stap aan de bestuurderskant in. Met mijn pumps kan ik geen gas geven en daarom trek ik ze snel uit en gooi ze op de achterbank. En terwijl ik dat doe, zie ik dat Frans de winkel uitkomt. Zonder zich iets aan te trekken van de tram, komt hij aangelopen en stapt in.

Meteen trap ik het gaspedaal in waardoor we met slippende wielen vooruit schieten.

'Ik dacht dat jij de dienstregeling kende.'

'Dat is waar ook. Dit is de tram van vijf over. Glad vergeten!'

'Je vindt het nog een grap ook!', zeg ik met gespeelde boosheid.

'Ik dacht dat ik eraan ging. Iedereen in de straat stond toe te kijken. Die trambestuurder sprong zowat uit zijn vel.'

'Ach, die vent moet niet lullen. We hebben toch maar mooi de rails voor hem droog gehouden.'

Frans heeft mij gevraagd te observeren. Ik heb een tafeltje bij het raam en ik wissel mijn blikken in hun richting af met een geveinsde belangstelling voor de boten die op de Amstel dobberen. Frans heeft voor vandaag een van de luxe suites van het hotel gehuurd en daar heeft hij alle kostuums aangetrokken zodat ik kon beslissen welke hij tijdens de lunch zou dragen. Zijn vader is ook keurig gekleed in een pak van uitstekende kwaliteit, maar deze hangt te los om hem heen om het hem goed te laten staan. Ik zit zó ten opzichte van hen dat ik hun beider gezichten kan zien. Frans kijkt geen enkel moment in mijn richting, terwijl zijn vader hem lijkt uit te horen. Ik kan er niets van verstaan en mijn gedachten dwalen af.

Frans heeft een andere achtergrond dan ik en daarom vraag ik me af waarom hij in de drugshandel is gegaan. Met zo'n rijke vader had hij het leven van een rijkeluiszoon kunnen leven, zonder alle risico's die hij tegenwoordig neemt. Het lijkt me het heerlijkst van alles om bij hem te zijn, met hem de wereld te zien, met hem te genieten van onze verdiensten. Weg van alle gedonder in het wereldje van de penoze. In de suite heeft hij me tijdens het omkleden beetje bij beetje zijn familiegeschiedenis verteld en ik weet nu dat ik weinig reden heb om jaloers te zijn.

Zijn vader Ton kocht na de Tweede Wereldoorlog een brouwerij op, vastbesloten zijn fortuin te maken. Daarvoor richtte hij

Bruinsma's Advocaat- en Limonadefabriek NV op. Door hard werken en vindingrijkheid wist hij deze firma uit te bouwen tot een miljoenenbedrijf. Hij was de eerste die de literfles introduceerde en dat werd een daverend succes. Hij maakte lange dagen en had geen aandacht voor zijn gezin. Integendeel, zijn vier kinderen werden in het weekend ingezet om de siroopdoppen en advocaatkurken in de badkuip schoon te wassen. Hun opvoeding was Spartaans en hun vader iemand die alleen door zijn ambitie de grootste te worden gedreven werd. Hij verwaarloosde zijn gezin en zette de moeder het huis uit. Daarna volgde de ene vriendin na de andere. Frans heeft me verteld over de vechtpartijen die zijn vader voor zijn plezier uitlokte, bedoeld om zijn kinderen te harden voor het leven dat hun te wachten zou staan. Zijn vader heeft hem jarenlang vernederd waardoor hij tot de middelbare school regelmatig in zijn broek plaste. Frans was doodsbang voor hem.

Wat de meeste indruk op me heeft gemaakt is wat hij zei over zijn schoolprestaties. Toen hij met een rapport vol negens thuiskwam, wilde zijn vader het niet geloven. Daarom belde hij eerst de school om navraag te doen. En toen bleek dat er niet was gesjoemeld, weigerde hij Frans te complimenteren. Nooit deed Frans het goed genoeg voor hem. Het kon altijd beter. Frans moest tot het uiterste gaan. Vanaf dat moment zakten zijn schoolprestaties in en begon hij zich meer en meer bezig te houden met het verhandelen van hasj onder klasgenoten.

Ik besef nu dat Frans niet zozeer wil dat ik zijn vader bekijk, als wel dat ik zie hoe zijn vader op hem reageert. Zo ben ik getuige van de afkeer die zich op zijn gezicht aftekent als Frans op het eind afrekent en daarbij een stapel briefjes van duizend een voor een op de lunchtafel neertelt tot hij er nog één in handen heeft die hij de ober overhandigt.

'Hou het wisselgeld maar', hoor ik hem zeggen.

Na afloop drinken Frans en ik in zijn suite een glas champagne op de goede afloop.

'We lijken wel een stel', zegt hij. 'Jij hebt mijn vader gezien en ik heb je oma leren kennen.'

Hij is opgetogen dat hij zijn vader een hak heeft gezet door hem te laten zien dat hij op zijn manier rijk is worden. Sneller dan zijn vader met de fabriek, en rijker ook. Het mooist vindt hij nog dat zijn vader zijn levensstijl afkeurt.

'Dat kwam harder aan dan alle klappen die hij mij vroeger gaf', zegt hij trots.

15

Het is allemaal voor niets geweest. Alles wat ik heb ondergaan heeft geen enkel nut gehad want Joop belde om het met mij uit te maken. Ik ben te verbijsterd om het te geloven. Gistermiddag had hij met Frans onderhandeld. Daarna ben ik voor de tweede keer met hem naar bed geweest. Vervolgens beloofde hij dat hij de deal met Frans zou sluiten. Maar de overeenkomst zal ongetekend blijven want hij heeft vanochtend gehoord dat ik met Frans in het Amstel Hotel ben geweest.

'Bij jou sta ik altijd op de tweede plaats', verweet hij me.

'Nietwaar. Er is niets tussen Frans en mij. Ik hou van jou!'

'Jij wil dat ik dat contract teken. Dat kun je vergeten. Ik zal zorgen dat Frans gigantisch op zijn bek gaat. Let maar op!'

Ik probeerde met hem in gesprek te blijven om hem op andere gedachten te brengen. Maar zijn jaloezie was sterker dan mijn overtuigingskracht en uiteindelijk vervloekte hij Frans en verbrak de verbinding. Daarna wilde ik Frans bellen om hem op de hoogte te brengen, maar hij is niet meer in het land. Vanochtend is hij voor onderhandelingen voor een drugstransport naar Karachi gevlogen. Hij komt pas over drie dagen terug in de verwachting dat de overeenkomst voor hem klaarligt en hij alleen nog hoeft te tekenen.

Op het hoofdkantoor vertel ik wat er is gebeurd. Bea is geweldig. Zij is vol begrip en zegt dat ik niet bang hoef te zijn dat Frans vindt dat ik hem teleurgesteld heb. Volgens haar ben ik verder gegaan dan zij in mijn situatie zou hebben gedaan. Maar ik ben pas gerustgesteld als ze naar het hotel in Pakistan belt, het uitlegt en Frans aangeeft dat hij me wil spreken. Het doet me ontzettend goed zijn stem te horen. Hij verwijt me niets en zegt dat ik gedaan heb wat ik kon. Bovendien zit hij er niet mee dat de overeenkomst van de baan is.

'Dikke Joop zou ons toch last hebben bezorgd', zegt hij. 'Het is alleen zonde van de tijd. Die had ik beter kunnen besteden.'

'Hij wil jou kapotmaken.'

'Hij doet z'n best maar. Ik ben niet bang voor hem.'

De volgende dag wacht mij een schok. Bea is weg. Ik word bij de deur opgewacht door een nerveuze Fred die vertelt dat hij Bea nergens kan vinden en dat is vreemd. In het pand aan de Hudsonstraat bevindt zich ook het appartement waarin zij woont. De deur van haar appartement is niet afgesloten en bij het betreden van haar kamers zie ik dat die verlaten zijn. Als ik in haar slaapkamer kijk, heb ik de indruk dat ze de nacht hier niet heeft doorgebracht. Het bed is opgemaakt. Dat op zich hoeft niet verontrustend te zijn maar na de voorspellingen van Joop ben ik dat wel. Bea is Frans' compagnon en door haar te treffen, treft Joop Frans. Ik voel me hier verantwoordelijk voor. Fred vertelt ondertussen dat haar auto weg is. We wachten een paar uur voor we actie ondernemen en dan is Joop de eerste die ik bel.

'Is ze weg?', zegt hij verbouwereerd.

'Jij hebt het gedaan!'

'Ik weet van niets, Chantal. Wat er ook met haar is gebeurd, ik weet van niets. Frans is degene die ik wil pakken, niet Bea.'

'Ik geloof je niet.'

'Dan kom je maar eens langs. Je mag al mijn panden doorzoeken. Ik heb Bea hier niet.'

Hij zegt het zo overtuigend dat ik hem wel moet geloven. Is het dan een toevallige samenloop van omstandigheden? Fred oppert dat Bea misschien een ongeluk heeft gehad en daarom bellen we alle ziekenhuizen. We bellen zelfs de politie om te vragen of er ongelukken zijn geweest. Maar we bereiken er niets mee. Daarna bellen we alle bekenden van Bea, inclusief haar ex Theo. Niemand heeft haar gezien. Uiteindelijk geven we het op want het werk moet doorgaan. Klanten blijven bellen en langskomen voor hun bestellingen. Maar elke keer als de telefoon overgaat of als er wordt aangebeld, hopen we dat het Bea is.

'Zal ik Frans op de hoogte brengen?', vraagt Fred aan het eind van de dag.

'Liever niet', zeg ik meteen. Ik wil niet nóg een onaangenaam bericht doorgeven. Ik kan de gedachte niet van me afzetten dat Bea's verdwijning te maken heeft met de breuk tussen Joop en mij. Ik kan het niet verklaren. Maar het laatste wat ik wil, is dat Frans hetzelfde denkt. 'Het is in Pakistan al nacht. Misschien is ze morgen terug.'

'En als ze niet komt?'

'Ze komt terug', zeg ik.

'Waarom heeft ze dan niets laten horen?'

'Weet ik veel!'

'Hoe weet je dan dat ze terugkomt?'

'Dat weet ik niet.'

'We moeten Frans bellen.'

'Maar niet nu!'

Als ik de volgende ochtend naar de Hudsonstraat rijd, hoop ik dat als ik de deur open doe Bea mij opgewekt zal begroeten zoals ze dat elke ochtend doet. Maar als ik mijn auto voor het pand parkeer, zie ik dat het Fred is die door de lamellen naar buiten gluurt. Ik stel hem voor nog een telefoonrondje te doen. Maar dan belt Wilco. Hij heeft Bea's auto op de Herengracht gezien. Zij zelf is nergens te bekennen. Van een buurtbewoner heeft hij te horen gekregen dat de auto daar gisteren ook al de hele dag stond. Fred vindt daarom dat we Frans nu echt moeten bellen.

Ik probeer hem over te halen daar nog vanaf te zien en ik krijg zijn vriendin Mandy aan mijn kant. Zij is een jeugdvriendin van Bea. Zij is van mening dat Bea ook niet zou willen dat we Frans op de hoogte brengen. We moeten zelf initiatief tonen om dit op te lossen, zegt zij. Uiteindelijk sluiten we het compromis dat we een vriend van Bea en Frans vragen wat we moeten doen. Fred belt hem op en hij zegt dat hij onmiddellijk naar het hoofdkantoor komt om de crisissituatie te bespreken. Een kwartier later hoor ik de deur opengaan en ik wil opstaan om de nieuwkomer te spreken voor Fred de kans krijgt.

Maar hij is niet degene die binnen is gekomen. Bea staat in het halletje.

Ik schrik van haar. Ik vraag me af wat er met haar gebeurd kan zijn, want ze ziet er vreselijk uit. Haar lange haar zit vol klitten en haar mantelpakje is bevlekt en gescheurd. Haar gezicht ziet er zo afgeleefd uit, dat ik het waarschijnlijk acht dat ze beide nachten dat ze weg was, niet heeft geslapen. Het wit van haar ogen is bloeddoorlopen. Ik zie een blauwe plek, net boven haar rechteroog.

'Ik ben ziek geweest', kreunt ze.

'Ziek? Wie heeft je mishandeld?'

'Ik wil er niet over praten. Wie zijn er binnen?'

'Alleen Fred en Mandy.'

Bea is duidelijk opgelucht. 'Ik ga me opknappen.'

Zonder verdere verklaring laat ze me in het halletje achter. Vijf minuten later hoor ik van Mandy dat Bea zich in haar appartement aan het douchen is. Mandy heeft even met haar gesproken, maar ook aan haar heeft Bea niets losgelaten.

'Heeft dit met Joop te maken?', vraag ik haar een kwartier later.

Ze zit op de rand van haar bed nieuwe panty's aan te trekken.

In haar hals zie ik vlekken alsof hij heeft geprobeerd haar te wurgen.

'Nee, helemaal niets.'

'Je neemt hem in bescherming.'

'Jeetje, Chantal, geloof je me niet?'

'Je zegt dat je ziek bent geweest. Dát geloof ik niet. Ik wil zeker weten dat Joop er niets mee te maken heeft.'

Bea draait met haar ogen. 'Je wilt gewoon weten wat er is gebeurd.' Ze laat een diepe zucht ontsnappen. 'Theo heeft dit gedaan. Mijn ex. Die klootzak had gehoord dat we een triootje hadden gedaan in een seksclub. Jij, Frans en ik. Hij was helemaal over de rode. Hij sloot me op en zei dat er mensen zouden komen die gezien hadden dat wij een triootje deden. Maar er kwam niemand. Elke keer als ik hem op andere gedachten probeerde te brengen, ging hij weer tieren. Pas vanochtend wist ik te ontsnappen.'

'Triootje?'

'Ja, jij, Frans en ik. Zo wordt er achter onze rug om geroddeld. Dat is puur om ons kapot te maken. Die lul van een Theo gelooft alles wat ze hem vertellen. Maar ik wil niet dat Frans dit hoort. Dus, mondje dicht, hè! Met een beetje make-up ziet hij er niets van. En hij hoeft er niet achter te komen, als jij je mond houdt.'

Ik begrijp haar niet. Dit is niet de eerste keer dat ze problemen met haar ex heeft. Hij heeft haar al eens op straat op haar hoofd geslagen. Ze vertelde me dat ze op hem uitgekeken raakte toen hij zelf hasj begon te gebruiken en zijn karakter veranderde. Sindsdien vertrouwt ze hem niet meer, hoewel ze lange tijd nog een lat-relatie hadden. Frans weet vast wel iets te bedenken om hier voorgoed een einde aan te maken.. Hijzelf moppert regelmatig over Bea's ex. Theo heeft tal van keren klanten van ons lastiggevallen en geïntimideerd, in de hoop dat ze geen zaken meer met ons durfden te doen. Frans heeft hem al eens gewaarschuwd dat de maat vol is. Blijkbaar heeft dat niet geholpen.

Net als Bea heeft Theo wortels in Indonesië liggen. Hij werd in Jakarta geboren. Enkele jaren geleden was hij een drugshandelaar in opkomst, net zoals Frans dat nu is. Hij reed rond in een Jaguar en kon elk meisje krijgen. Hij koos voor Bea. Omdat hij een stuk ouder was dan zij, vond haar moeder het niets dat ze met hem ging. Bea trok zich daar niets van aan en ging met Theo samenwonen. Tegenwoordig ziet ze dat als de grootste inschattingsfout uit haar leven. Na een reeks van ruzies besloot ze de stekker uit de relatie te trekken. Hij op zijn beurt laat haar niet los. Ik vraag me af of dit mij ook te wachten staat met Joop, al zie ik in dat híj het heeft uitgemaakt, niet ik. Maar als Joop mij zou behandelen als Theo dat met Bea doet, ben ik niet van plan het zo lijdzaam te ondergaan.

Niettemin besluit ik mijn mond te houden. Dit is mijn zaak niet.

Twee dagen na de terugkeer van Frans ben ik vroeger dan anders op mijn werk. Bea wacht me met een boos gezicht op.

'Is er iets?'

'Heb jij met Frans gekletst?'

'Waarover?'

'Over Theo?'

'Nee.'

'Echt niet?'

'Wat is er dan gebeurd?'

'Een aanslag.'

'Wat? Is Frans...'

'Nee, niet Frans. Theo is te pakken genomen. Frans zit erachter. Ik zag hem gisteravond smoezelen met Dries. Het ging over die vriend van hem en een rekening die hij wilde vereffenen. Ik heb er niet naar gevraagd. Van sommige dingen kun je beter niets weten. Maar vanochtend werd ik gebeld dat er een bom was ontploft bij Theo's woning. We hebben nu een probleem.'

'En Theo? Is hij dood?'

'Helaas niet.'

'Helaas? Maar ik dacht...'

'Jij dacht dat ik niet wilde dat Frans iets zou doen. Ja, dat wilde ik ook niet. Dat is puur voor de veiligheid. Geweld lokt alleen meer geweld uit van Theo's handlangers. Maar nu hij het heeft overleefd, kun je er helemaal op rekenen dat hij terugslaat.'

'Wat doen we nu?'

16

'Als je de autosleutel geeft,' zeg ik, 'dan leggen we de vijf kilo in de kofferbak.'

De klant vloekt.

'Ik heb voor tien betaald!'

'Sorry, je hebt gelijk. Tien kilo! Ja, voor tien heb je betaald en tien krijg je.'

Ik ben mezelf niet. Sinds Bea me over de bomaanslag heeft verteld, kan ik me niet concentreren op mijn werk. Dit is de tweede keer vandaag dat ik een fout maak en Bea kijkt me al scherp aan. In ons vak draait het om vertrouwen, zeggen zij en Frans altijd. Als de klant weet dat we leveren wat we beloven, komen ze terug. Maar ik moet telkens denken aan wat ons te wachten staat. De aanslag vond twee avonden geleden plaats en het is sindsdien akelig stil. Het enige wat ik weet, hoor ik tijdens de gedempte gesprekken die Bea met Frans voert.

Theo heeft de aanslag overleefd omdat hij een kogelvrij vest droeg en omdat Dries en zijn vriend Branco de bom te vroeg lieten afgaan. Frans is woedend en weigert te betalen voor wat hij broddelwerk noemt. Hij eist dat de twee hun klus afmaken. Er wordt overal naar Theo uitgekeken. Volgens de laatste berichten is hij ondergedoken met twee van zijn bodyguards. Hij zit op de Veluwe, zegt de een. Hij is naar het buitenland, meent een ander. Maar niemand kan uitsluiten dat hij ergens in de hoofdstad zit, terwijl hij zich bezint op tegenmaatregelen.

De hele dag kijk ik uit het raam of ik iets verdachts zie. Zodra ik een automotor hoor, ben ik tot het uiterste gespannen. Het lijkt wel alsof jíj degene bent die Theo wil pakken, zei Bea een keer. Zij blijft er ontspannen bij zitten terwijl ze telefoontjes van klanten afhandelt. Geert de Reus is de hele dag bij ons voor de beveiliging. Hij is pas door Frans aangenomen. Hij kan tientallen manieren opsommen waarop Theo wraak kan nemen en elk daarvan is vreselijk om aan te horen. Vooral als hij vertelt wat iemand met een raketwerper kan aanrichten, word ik bang.

Hij geniet. Als bodyguard van Frans heeft hij normaal gesproken niet veel te doen. Dit is voor hem een verzetje, al zat hij liever met de BMW op de weg om zelf naar Theo te zoeken. Als het een moment rustig is, vertelt hij ons verhalen over zijn jeugd en hoe hij in de horeca werkte voor hij bij Frans in dienst kwam.

'Ik bood bescherming', zegt hij daarover.

'Ach gut, je perste ze af!'

'Wat een rotwoord. Nee, Bea, ik hielp die mensen. Ik hield verkeerde personen buiten de deur en daar werd graag voor betaald. Ik ben de beroerdste niet. Geweld pas ik zelden toe. Als iemand zijn vrijwillige bijdrage vergat, dan was ik zo goed om een gratis optreden te regelen. Een paar vrienden wilden me altijd helpen. En wat is er mooier dan in een restaurant een gratis bokswedstrijd meemaken? Zo'n eigenaar betaalde ons na afloop flink voor het optreden. Daar deed ik het voor. We hadden zoveel indruk gemaakt, dat-ie bleef dokken voor dat ene optreden. Nee, dat heeft met afpersen niets te maken!'

'Jij hebt een zachte inborst, Geert.'

'Dat vind ik nou ook!'

De dagen gaan voorbij zonder dat er iets gebeurt en geleidelijk aan hervind ik mijzelf. Het werk gaat door. Ik maak mezelf geen illusie wat er met Theo gebeurt zodra hij is opgespoord. Dat heeft hij aan zichzelf te danken. Ik hoop alleen dat hij eerder gepakt wordt dan één van ons door hem. Hoe eerder hoe beter, zodat alle extra veiligheidsmaatregelen kunnen worden opgeschort. Omdat er ook over mij geroddeld is, geeft Frans mij een escorte mee als ik van huis naar de Hudsonstraat rij en andersom. Zijn bezorgdheid doet mij goed, maar brengt me ook in problemen. Marga zag gisteren dat Dries mij opwachtte. Ik heb niet de indruk dat ze me geloofde toen ik haar vertelde dat hij een collega van het hoofdkantoor is. Ik geef haar geen ongelijk. Het moet een eigenaardig gezicht zijn geweest toen Dries met de BMW wegreed en ik hem in de Porsche volgde. Ze zal zich afvragen waar we het van betalen. Maar ze stelt nooit vragen. Ik durf er niet aan te denken of ze haar twijfels met oma deelt.

Met haar gaat het juist beter. Ze leert nog steeds dingen bij na haar hersenbloeding. Ze kan inmiddels zonder looprek bewegen en heeft mijn hulp bij het omkleden niet meer nodig. Marga doet alleen nog huishoudelijk werk en houdt haar gezelschap. Oma is altijd belangstellend over het werk dat ik doe en meestal weet ik weg te komen met een algemeen verhaal. Dat ik op het hoofdkantoor de winkels bevoorraad, dat ik telefoontjes aanneem, dat ik vrachtlijsten aan de chauffeurs geef, en ga zo maar door.

De laatste dagen heeft ze gemerkt dat ik gespannen ben. Nu wil ze meer weten. Ik vertel haar dat ik onenigheid heb met een collega en vervolgens wil ze weten hoe hij heet. Als ik dan een naam genoemd heb, wil ze weten wat voor een persoon hij is. Alleen als ik denk aan Fred en hem de karaktereigenschappen van Theo meegeef, red ik me eruit. Hoe eerder de affaire achter de rug is, hoe beter. Geen escorte meer, geen vragen. Ik wil met rust worden gelaten.

'Hij zit op de Veluwe', meldt Dries een week na de bomaanslag. Hij is in een vrolijke bui terwijl hij vertelt wat hij en zijn vriend hebben ontdekt. 'In een bungalowpark. Hij is zo stom geweest om zich in te schrijven onder zijn eigen naam.'

'Als het donker is, gaan we er naartoe', beslist Frans.

'Niet nodig. Branco denkt dat-ie het zelf aankan.'

'De vorige keer heeft hij het verknald.'

'Daarom juist.'

'Goed dan. Hij krijgt tot middernacht de tijd. Daarna neem ik het over.'

'Als het ons lukt, dan krijg ik mijn sportschool, toch?'

'Ja, ja, dat heb ik beloofd.'

'Schitterend! Dan ga ik nu die kant op. Zodra het gaat schemeren, graven we een gat in het bos om ze te dumpen.'

Bea's ex was kansloos. De volgende dag toont Frans Bea polaroids die Branco in de bungalow heeft gemaakt. Hij heeft Theo en zijn twee bodyguards als beesten afgemaakt. Bea wendt haar gezicht vol afschuw af als ze de foto's ziet. Ik vang over haar linkerschouder een glimp van de foto's op en zie de drie mannen op de grond liggen. En ik zie bloed. Heel veel bloed. Het zien ervan maakt me misselijk. Ik hol richting het toilet om te kokhalzen. Het beeld van de drie lijken blijft op mijn netvlies geplakt. Het is de prijs die ik betaal voor hun dood. Als ik me bij de anderen voeg, voel ik me tegelijkertijd opgelucht, alsof ik iets heb uitgebraakt, dat me ziek maakte. Hoe vreselijk ik het ook vind, ik blijf voor ogen houden dat er geen andere keuze was. Het was: zij eraan, of wij.

Nu is het voorbij.

Voor Dries is dit de dag van zijn leven. De kickbokskampioen krijgt van Frans de sportschool waar hij al jarenlang voor spaarde. Opgetogen danst hij rond en maakt in de lucht stootbewegingen tegen een onzichtbare tegenstander. Hij glundert. Voor zijn vriend Branco is er drie ton. Driehonderdduizend gulden die hij al twee keer was misgelopen. Samen met Dries vertrekt Frans om het geld uit een stash op te halen.

Donderdag 2 oktober –
Vrijdag 3 oktober 2003

Afgelopen juni maakte koningin Beatrix de verloving van haar middelste zoon, prins Johan Friso, met Mabel Wisse Smit bekend. Via internet heb ik meer informatie boven water gehaald. Met deze informatie duik ik in het verleden van het aanstaande bruidspaar en stuit daarbij op een wonderlijke parallel. Ik ben grootgebracht met het idee dat toeval niet bestaat, maar dat weiger ik te geloven. Alsof er een God is die alles bestiert. Is het dan Zijn wil dat Mabel met Johan Friso trouwt? In een tijd waarin de helft van alle nieuw gesloten huwelijken uiteindelijk strandt, vind ik dat moeilijk te geloven. Was het Zijn idee dat Mabel mijn Klaas ontmoette? Ik hoop van niet want ik weet nog maar al te goed waar die ontmoeting toe leidde.

Kees Los, de vader van Mabel, verdronk. Wat mij betreft is het toeval dat de man die zij wil huwen Johan Friso heet. Hij is vernoemd naar Johan Willem Friso, stadhouder van Groningen en Friesland. In het jaar 1711 verdronk ook hij.

~

Ik blader mijn fotoalbum door en kom bij een foto van Hans. Elke keer als ik hem zie, maakt een blij gevoel zich van mij meester. Al is hij al bijna dertig jaar dood, ik koester elke herinnering die ik aan hem heb. Ik vind het jammer dat er een vouw in de foto zit die precies over zijn gerimpelde gezichtje loopt. Die heb ik aan Jack te danken. Ik heb het negatief van deze foto niet, anders liet ik hem opnieuw afdrukken. Maar ik heb andere foto's van mijn broertje voor wie ik nu speciaal naar Nederland ben gekomen.

Vanuit de keuken hoor ik de klik die aangeeft dat het water kookt. Ik drink nog even een kop thee en ga dan snel mijn bed in.

De volgende dag sta ik op en probeer de nare dromen uit mijn verleden van me af te schudden. Ik wil niet denken aan de gruwelijke manier waarop Dries om het leven is gekomen. Ik richt me op de toekomst. Daarom heb ik ook een besluit genomen. Ik pak mijn Samsonite uit en installeer mezelf in de woonkamer achter mijn laptop.

Die schat van een Natasja heeft aan alles gedacht. Niet alleen heeft zij boodschappen gedaan zodat ik een volle koelkast heb, ze heeft ook haar internetabonnement aangehouden. Ik hoef de laptop alleen maar aan te sluiten op het modem en ik heb verbinding. Eerst kijk ik of ik e-mail heb ontvangen en vind een lief berichtje van Dino. Het doet me goed om te lezen dat mijn Amerikaanse vriend me mist. De volgende keer dat ik naar Amsterdam ga, moet hij beslist mee.

Nadat ik een mail terug heb geschreven, begin ik mijn zoektocht naar meer informatie over de aanstaande prinses. Ik lees dat de uitzending van gisteravond veel heeft losgemaakt. Via Google vind ik verschillende verwijzingen naar de uitspraken die Carlos heeft gedaan. Maar ik wil meer weten en daarom zoek ik Wikipedia op. Op deze en nog een internetpagina lees ik over Mabel en haar levensgeschiedenis. Ze werd in 1968 geboren en ging naar het Gemeentelijk Gymnasium in Hilversum waar ze in 1986 haar diploma haalde. Daarna volgde haar studie aan de Universiteit van Amsterdam. Ze zat dus in haar derde jaar toen ze in het leven van Klaas kwam.

Ik herinner me nog dat ze twee studies deed en op internet zie ik welke het waren. Economie en politieke wetenschappen. In 1993 studeerde ze cum laude af en dat verbaast me eigenlijk niets voor het type meisje dat ze toen was. Ik weet nog goed hoe Klaas in haar ban raakte. Haar verloving met Johan Friso past in het ambitieuze verwachtingspatroon dat zij oproept. Misschien zijn de woorden van de koningin bij de bekendmaking daarom zo typerend.

'Ik ben blij in Mabel een lieve en begaafde schoondochter te krijgen,' zei ze 'die haar plek in ons gezin al op een natuurlijke manier heeft veroverd.'

Veroverd. Dat woord geeft precies aan wat ze met Klaas deed. Maar niet alleen met hem. Ik lees op een andere website dat Mabel halverwege de jaren negentig ook een relatie had met een getrouwde man. Muhamed Sacirbegovic. Hij was minister van Bosnië. Maar hij wordt er nu van beschuldigd dat hij miljoenen aan hulpgelden heeft verduisterd. Mabel heeft daarover verklaard dat zij – toen ze dit hoorde – direct afstand van hem heeft genomen. Wat huichelachtig. Want hetzelfde zou ze in het geval van Klaas hebben gedaan.

Internet biedt een schat aan informatie. Hoewel Carlos nu volop in de belangstelling staat, is hij niet de eerste die onthulde dat Mabel mijn lief kende. Een paar maanden geleden heeft het tijdschrift Quote gemeld dat zij met drugsbaron Klaas Bruinsma naar een feest aan de rand van het Vondelpark is geweest. De Rijksvoorlichtingsdienst heeft daarna bekendgemaakt dat Mabel in haar studententijd inderdaad tot de bekenden van Bruinsma hoorde. Zij kwamen elkaar tegen bij zeilwedstrijden. Maar toen zij besefte wie hij was, verbrak zij direct het contract.

Nou, niet dus.

Was het maar waar geweest, dan had mijn lief nog gered kunnen worden.

De ophef die er nu is, komt mij wel heel goed uit. Er is vast een tijdschrift dat flink wil betalen voor mijn levensverhaal. Wat ik van 1980 tot begin jaren negentig heb gedaan, is allang verjaard. Er is geen reden waarom ik zou zwijgen. Mabel liegt en ik ben van plan haar verleden op te rakelen zodat iedereen weet wie zij werkelijk is. Orlando Bresser en Keith kunnen mijn verhaal bevestigen. Met de eerste wil ik geen contact hebben en daarom besluit ik Keith te bellen en met hem een afspraak te maken. Ongetwijfeld zal hij me tips kunnen geven. Maar eerst moet ik de komst van de makelaar afwachten.

Februari 1981

17

'Hij heeft Frans neergeschoten!' Schreeuwend en vloekend komt Geert binnengestormd. 'Frans is neergeschoten. Hij heeft hem in de val gelokt en neergeschoten. Die klootzak heeft ons verraden!'

Een ijzeren hand knijpt hard in mijn maag terwijl ik hem zo tekeer hoor gaan. Ik voel hoe het bloed uit mijn gezicht wegtrekt en ik moet me vasthouden niet flauw te vallen. De ene gedachte buitelt over de ander. Frans was door Branco uitgenodigd voor een etentje bij hem thuis om de succesvolle liquidatie van Theo te vieren. Een halfuur geleden is hij vertrokken. Ik kan niet geloven dat dit gebeurt. Heeft Branco hem neergeschoten? Is Frans dood?

Bea maant Geert tot kalmte. Vervolgens vraagt ze hem te vertellen wat zich heeft afgespeeld. Ik zie dat zij bleek is geworden. Haar handen trillen als ze de bodyguard een stoel aanwijst. Ook ik sta te trillen bij het nieuws. Ik durf niet te denken aan de gevolgen van Frans' dood. Ik kan me geen leven zonder hem indenken. Zonder zijn enthousiasme. Zonder zijn energie. Zonder zijn liefde.

Mijn God, denk ik, laat het niet zo zijn.

Met horten en stoten komt Geert met zijn verslag van de gebeurtenissen. Het etentje was een voorwendsel om Frans naar de woning van Branco te lokken. Branco was niet alleen. Frans werd opgewacht door hem en twee handlangers. Zij wilden hem ontvoeren. Frans trok daarop zijn wapen om weg te komen. Maar ook de anderen waren gewapend en voor hij het huis kon ontvluchten, werd hij neergeschoten.

'Eugène is met hem naar het ziekenhuis.'

'Hoe erg is het?', vragen Bea en ik tegelijk.

'Ik denk dat-ie doodgaat. Hij bloedde als een rund!'

'Dat valt wel mee', klinkt het onverwachts. Verbouwereerd kijken we naar de deuropening. Het is Frans. Hij heeft een verband om zijn hoofd. Zijn gezicht is spierwit. Maar zijn ogen glinsteren. Hij grijnst. 'Een schampschot. Meer is het niet. Jullie hadden de anderen moeten zien!'

'Branco is dood', zegt Eugène die achter Frans staat.

'Waarom heeft hij dit gedaan?'

'Dat zullen we van Dries moeten horen.'

Maar Dries is niet meer aanspreekbaar. Frans stuurt Eugène en Geert erop uit. Van hen krijgen we later te horen dat het nieuws van Branco's dood hun vooruitgesneld is. Dries is na de aanslag in het huis van zijn vriend Branco ondergedoken. Dit bericht schokt mij want dit lijkt een schuldbekentenis en dat lees ik ook in de ogen van Frans. Bea denkt er anders over.

'Dries was er toch niet bij?', zegt zij. 'Als hij zich tegen ons heeft gekeerd, zou hij erbij zijn geweest. Ik kan alleen niet begrijpen wat Branco heeft bezield om dit te doen. Dit is puur verraad. Hij heeft zijn drie ton gekregen. En jij zou voor Dries een sportschool kopen.'

'Die kan hij nu op zijn buik schrijven.'

'Wat ga je doen?'

'Ik ga praten met die vrienden van Branco die erbij waren.'

'Maar de politie...'

'Eén van hen is ook weggevlucht. De ander is bij Branco gebleven. Hem zullen ze wel aangehouden hebben. Maar die ander moet ik hebben. Als hij ook niet is ondergedoken. Zorg jij er ondertussen voor dat hier niets ligt dat ons in problemen kan brengen, Betje?'

De rust die kwam na de dood van Theo is van korte duur geweest. Nu loopt iedereen opnieuw te stressen. Wat gaat er gebeuren? Is er risico dat er nog een aanslag op Frans zal worden gepleegd? Waarom had Branco toegeslagen na het succes van Theo's liquidatie? Had hij Frans willen ontvoeren omdat hij drie ton nog te weinig vond? De vragen blijven vooralsnog onbeantwoord, terwijl de politie tegelijkertijd andere stelt. De recherche heeft de dood van Branco in onderzoek. Een buurtbewoner heeft Geert zien vluchten en het kenteken van zijn auto genoteerd. Daarom moet hij zich bij de politie verantwoorden. Hij heeft het geluk dat hun enige arrestant weigert te vertellen wat zich precies in de woning heeft afgespeeld. Voorlopig wordt hij verdacht van de dood van zijn vriend, en niet Geert of Frans.

Intern is afgesproken dat als het een probleem wordt, Geert alle schuld op zich zal nemen om Frans uit de wind te houden. Hij zal daar rijkelijk voor worden beloond. Onder de omstandigheden houd ik me goed. Dit keer voel ik me zelf niet bedreigd. Maar ik maak me wel zorgen om Frans. Nu hij aan de dood is ontsnapt, is hij vaak boos. Andere keren komt er geen stom woord uit hem en zit hij somber voor zich uit te staren. De anderen merken dat en laten hem met rust. Maar de volgende dag kan hij weer helemaal de oude zijn, rent hij van hot naar her en bruist van de plannen.

Twee weken gaan voorbij zonder dat zich nieuwe ontwikkelingen voordoen. Bij alle klanten die ons bezoeken vragen we naar Dries. Niemand schijnt hem gezien te hebben. Op sportschool Mejiro Gym waar hij altijd traint, is hij niet meer geweest. Zijn familie weet van niets. Frans laat aan iedereen weten, dat hij niet van plan is Dries iets aan te doen. Hij wil hem alleen spreken.

In de derde week van januari komt er een bericht dat de zaak op scherp zet. Een klant heeft iemand in de binnenstad gezien voor wie Frans grote belangstelling heeft. De beschrijving die de klant geeft, is zo treffend dat we eerst denken dat het om een dubbelganger gaat. Maar daarna komen er bevestigingen van anderen en beseffen we welk verraad Dries en Branco hebben gepleegd. Frans loopt met een rood hoofd stampvoetend heen en weer als ook Eugène zegt deze persoon gezien te hebben. Theo Darrol, de ex van Bea, is springlevend. Hij geeft in het uitgaanscentrum geld uit bij de vleet.

'Hij is dood!', zegt Frans.

'Nee, dat is hij niet', zegt Eugène en hij kijkt Frans doordringend aan. 'Jíj hebt je laten bedonderen door Branco.'

'Maar ik heb de foto's gezien van de lijken.'

'Laat mij ze eens zien.' Frans toont hem de polaroids. Zodra Eugène ze heeft bekeken, knikt hij. 'Dit lijkt me geen bloed. Volgens mij hebben ze met ketchup rondgegoten. Branco en Theo hebben dit allemaal zelf in scène gezet.'

'Om mij drie ton afhandig te maken!'

'Die hij nu in de stad uitgeeft.'

Frans vloekt. 'Ik moet die vriend van Branco spreken. En Dries. Onmiddellijk!'

Het nieuws dat Theo leeft, motiveert iedereen om met verdubbelde inzet te werken aan een revanche. Onze organisatie wordt hierop aangekeken. Op vrijdag worden we in 't Kompas uitgelachen omdat het zo simpel bleek te zijn ons op te lichten. En dat doet pijn. Frans heeft daarom een prijs op Dries gezet. Wie hem tipt waar hij is, kan een flinke beloning tegemoet zien. Binnen een week komt die tip er. Dries is in een café in Alkmaar gezien. Als Geert en Giel daar vervolgens kijken, vinden ze de weggelopen bodyguard. Onder dwang nemen ze hem mee naar het hoofdkantoor.

Als Dries wordt binnengeleid, staat hij te beven als een rietje.

'Ik heb er niets mee te maken. Echt niet!'

'Branco is – was – jouw vriend', zegt Frans. Met kille ogen kijkt hij Dries aan.

'Denk je dat ik mijn beloning zou riskeren voor zoiets? Hij heeft ook mij belazerd.'

'Je had niet moeten vluchten. Wie vlucht, is schuldig. Misschien dat ik genadig ben als je de waarheid hebt verteld.'

Dries knikt en doet aan ons zijn verhaal. Frans wil alles van hem weten. Op welk vakantiepark had Theo een bungalow gehuurd? Waar was het bosgraf gegraven? Hoe was de moord in scène gezet? Overal geeft Dries antwoord op. Maar hij beweert dat hij niets weet van het bedrog van zijn vriend. Toen hij naar de Veluwe vertrok in de verwachting dat hij samen met Branco Theo's graf zou graven, kreeg hij van hem te horen dat alles al afgehandeld was. Zijn vriend had Theo en zijn beide bodyguards vermoord en hen zelf begraven. Dries had het eerst niet geloofd. Tot hij de foto's te zien kreeg. Ze spraken af dat ze tegen Frans zouden zeggen dat ze het samen hadden gedaan, zodat ze allebei hun beloning zouden krijgen. Toen de aanslag op Frans plaatsvond, begreep Dries dat er iets fout zat. Hij raakte in paniek en sloeg op de vlucht.

'Door die kiekjes heeft hij ook mij belazerd! Je moet me geloven.'

'Goed. Als je zorgt dat je die drie ton terugbezorgt, beschouw ik dit als afgedaan.'

'Drie ton? Zoveel heb ik niet.'

'Dat regel je dan maar met Theo.'

'En als ik hem omleg?'

'Dan staan we quitte.'

18

'Sjan, ik wil je een gunst vragen', zegt Frans met een glimlach.

Hij heeft me uitgenodigd voor een diner in het Okura. Ik vind het heerlijk dat hij me zo verwent. We babbelen gezellig over het werk en wat ons interesseert en genieten ondertussen van ons eten. De laatste tijd spreken we steeds vaker samen af. Over enkele weken word ik negentien en dan wil ik hem voor een etentje bij mij thuis uitnodigen. Niet zo chique als dit, maar met een intiemere sfeer. Het zal de eerste keer in bijna tien jaar zijn dat ik mijn verjaardag vier.

'Het gaat om Dikke Joop.'

'O, nee hè! Je wilt toch niet dat ik weer met hem ga praten?'

'Het gaat om één gesprek, niet meer dan dat. Ik zou het je niet vragen als ik niet het volste vertrouwen zou hebben dat je zult slagen. Ik heb niemand anders die ik het kan vragen, Sjan. Wil je het voor me doen?'

Ik geef hem niet meteen antwoord. Wat hij van mij verlangt roept zoveel emoties op dat ik het liefst wil zeggen dat ik het vertik. Maar ik wil hem zo graag een plezier doen. Hij vraagt niet van me om opnieuw een relatie met Joop aan te gaan. Het is maar één gesprek en dat is te overzien.

'Over de overeenkomst?'

'Ja. Ik wil dat je hem vraagt daar nog eens over na te denken. Ik kom met een nieuw bod dat hij niet kan weigeren.'

'Goed dan, ik doe het!'

'Bij jou thuis.'

'Wat?'

'Het gesprek moet bij jou thuis plaatsvinden. Dat is echt belangrijk, Sjan. Ik weet wel dat je dat liever niet hebt. Maar dat is de enige manier waarop ik zeker weet dat hij met je wil praten. Hij is daar sinds de zomer niet meer geweest. Ik wil dat hij denkt dat jij weer met hem verder wilt.'

'Dat kan ik niet.'

'Het is de enige manier om hem zover te krijgen, Sjan. Als je dat voor mij wilt doen, kun je alles van me krijgen. Alles!'

Ik snij een stukje van het vlees en wentel het rond in de saus van gesmolten Parmezaanse kaas en steek de vork in mijn mond. Zachtjes glijdt het stukje van de vork. Een dikke klodder van de kaas glibbert over mijn tong. Ondertussen zie ik Frans mij met een onweerstaanbare blik aankijken. Ik weet dat hij gelijk heeft. De laatste keer dat ik in 't Kompas was, volgde Joop mij de hele tijd met zijn blik. Hij is nog steeds verkikkerd op mij. De kans om mij thuis te bezoeken zal hij niet laten schieten. Maar ik heb niet vergeten wat hij me heeft aangedaan.

Ik kan het niet aan. Dat weet ik zeker. Ik moet dit niet doen. Niet bij mij thuis. Dit kan ik mijzelf niet aandoen, en mijn oma al helemaal niet. Joop zal de gelegenheid aangrijpen om zich aan mij op te dringen. Dat hele contract interesseert hem geen sier want hij heeft Frans niet nodig.

'Het is echt belangrijk, Sjan', dringt Frans verder aan.

'Goed. Ik doe het.'

'Vanavond nog, als het kan.'

'Vanavond? Maar het is al negen uur!'

'Daarom juist. Hoe laat gaat je oma naar bed? Om tien uur, toch? Zij is beneden en hoeft er niets van te merken. Jij ontvangt hem, voert dat gesprek en dat is alles. Hij zal komen in de hoop met jou de nacht door te brengen. We spreken af dat als hij aan je zit je een teken geeft. Dan zorg ik dat er onmiddellijk wordt ingegrepen.'

Ik ben er helemaal stil van.

'Ik vraag heel veel van je. Doe je het?'

'Vooruit', zeg ik, zonder enthousiasme.

'Je bent fantastisch!'

Na het diner rijdt Frans met me mee naar de Nassaukade. In de tussentijd hebben we het gesprek geoefend dat ik met Joop over de telefoon zal voeren en dat hem naar mijn huis moet lokken. Ik heb dan wel ingestemd, maar ik begin steeds meer te twijfelen. Ik heb het onbehaaglijke voorgevoel dat Frans iets voor me achterhoudt. Hij heeft het erover dat binnenkort zijn leven in mijn handen ligt. Vreemd genoeg verschilt het voorstel dat ik Joop moet doen nauwelijks van het laatste dat door hem werd afgewezen. Het enige wat is is aangepast is het bedrag dat Frans wil investeren in Joop. Die informatie mag ik over de telefoon nog niet prijsgeven. Ik moet hem lekker maken zodat hij komt.

Oma is nog op als ik met Frans binnenkom. Zij is opgetogen als ze hem weer ziet. Ze meent nog steeds dat hij behalve mijn werkgever ook mijn vriend is. Ze spreekt haar bewondering uit voor het werk dat hij doet.

'Zoals u mensen helpt, dat is geweldig', vindt ze.

'Dank u wel, mevrouw. Niet iedereen denkt er zo over.'

'Chantal heeft me alles verteld. Over de winkel en wat u verkoopt. Toen mijn moeder nog leefde, gebruikte zij het ook.'

'Uw moeder?', zegt Frans.

Ik zie dat hij zijn verbazing nauwelijks weet te verbergen. Hij kijkt me vragend aan.

'Ik ben daarom blij dat u mijn kleindochter in dienst hebt genomen. Het werk wat ze voorheen deed was niet goed voor haar. Er kwamen zulke vreemde mensen aan de deur. Ik vond het vreselijk.'

'Dat geloof ik zeker.'

'Chantal zegt dat ze het zo naar haar zin heeft bij u.'

'Uw kleindochter doet het uitstekend.'

'O, dat is prachtig!', zegt zij met een glimlach.

'Waar had ze het over?', vraagt Frans als oma zich een kwartier later terugtrekt uit de achterkamer om naar bed te gaan. Ze heeft honderduit met Frans gepraat. Hij bewonderde een kastje dat van haar vader was geweest. Volgens hem stamt het uit de achttiende eeuw. Oma knipperde met haar ogen toen hij er tienduizend gulden voor bood. Is het zoveel waard, vroeg ze. Vervolgens spraken ze over antiek, wat een gezamenlijke interesse bleek te zijn. Een foto van mijn broertje Hans ontlokte Frans de vraag of hij mijn opa was, waarop zowel oma als ik moesten lachen. Hoe hij daarna zijn verontschuldigingen aanbood, was vertederend.

'Over de drogisterij waar ik werk.'

'Heb je haar dat wijsgemaakt?' Hij knipoogt naar me.

'We verkopen toch een kalmerend middel?'

'Als je het zo bekijkt wel, ja. Zullen we nu Joop bellen?'

Het is inmiddels half elf geworden. Ik probeer eerst Joops telefoonnummer thuis. Als daar niet opgenomen wordt, bel ik naar het sekstheater waar hij de meeste avonden doorbrengt. Daar heb ik meer geluk. Ik krijg eerst de receptioniste aan de lijn die me vraagt te wachten. Het duurt vijf minuten voor Joop opneemt. Ik vertel hem dat ik met hem wil afspreken.

'Dat geloof ik niet, Spetter', zegt hij.

'Ik wil het goedmaken tussen ons.'

'Moet je dat van Frans?'

'Nee. Ik wil je weer zien, Joop. Kunnen we niet ophouden elkaar af te zeiken? Ik heb nooit iets met Frans gehad. Waarom geloof je me niet?'

'Ik bewonder Frans, weet je dat? Hij zal er wel achter zitten dat je me nu belt. Want denk maar niet dat ik geloof dat jij één moment vrijwillig met mij doorbrengt. Dat hij dat voor elkaar krijgt. Knap. Bijzonder knap. Er zijn weinigen in dit vak die zo goed anderen weten te gebruiken.'

'Ik word niet gebruikt!'

'Dat denk jij! Ik hoefde maar even bij Frans over jou te mopperen en alles veranderde. Met een beetje peptalk van Frans laat jij je pijpmondje weer in actie komen.'

'Joop, wat ben je toch een botte hufter!'

'Weet je, jij houdt niet van mij. En ik kan je dat ook niet kwalijk nemen.'

Ik zie Frans knikken en zeg daarom: 'Ik hou wel van je, Joop.'

'Laten we het hier niet meer over hebben. Wat geweest is, is voorbij. Zeg me liever waarom je me belt.'

'Ik wil je spreken.'

'Namens Frans?'

'Wanneer kun je komen?'

'Komen? Bij jou thuis?' Het is even stil aan de andere kant.

'Ik kan over een halfuurtje bij je zijn. Is dat goed, Spetter?'

Ik wacht in de voorkamer waar ik Joop zal ontvangen. In het afgelopen halfuur heb ik al vier Gauloises opgerookt. Om de paar minuten loop ik naar het raam om te kijken of hij eraan komt. Er gaat voortdurend verkeer door de straat, maar geen Joop. Ik zie gigantisch tegen het gesprek op, maar ik heb het ervoor over. Ik doe het voor Frans. Nadat ik het telefoongesprek had beëindigd, nam hij me in zijn armen en hebben we gezoend. Ik merkte hoe opgewonden hij werd, hoe graag hij me wilde. Wat voorheen niet mogelijk leek, zal nu gebeuren. Ik kan niet wachten om weer met hem samen te zijn. Hij wacht nu in de achterkamer op de dingen die gaan komen.

Ik hoor een automotor en loop naar het raam. Het is een auto die voor mijn huis stond geparkeerd en nu vertrekt. Het komt goed uit dat de parkeerhaven vrijkomt. Alle anderen zijn bezet. Traag rijdt de auto weg. Het kentekenbord licht kort op door de koplampen van een andere auto die de vrijgekomen plek wil innemen. Ik herken de rode BMW van Joop. Mijn hart begint te bonzen. Het is zover. Nu gaat hij proberen mij in bed te praten zoals hij vaker deed, en ik moet hem overtuigen van Frans' nieuwste voorstel. Ik glimlach bij de gedachte aan Frans die in de achterkamer paraat staat om in te grijpen.

Dan gebeurt er iets dat mij doet verstijven. Vanaf de overkant zie ik een man komen aanlopen.. Hij stapt recht op Joops auto af. Als hij er pal voor staat, haalt hij snel iets tevoorschijn dat hij onder zijn jas verborgen hield. Een ogenblik later zie ik vuur spatten en hoor ik luid geknetter. De voorruit van de BMW barst in duizend stukken uiteen. Met open mond kijk ik toe hoe de man het daarna op een lopen zet.

Ik ren de gang in en ruk de voordeur open. Zodra ik bij de auto ben zie ik dat Joop vol getroffen is. Overal zitten donkere gaten in zijn lichaam waaruit het bloed loopt. Hij leeft nog als ik bij hem ben. Ik zie zijn ogen open en dichtgaan en hij kijkt me zonder iets te zien aan. Dan probeert hij iets te zeggen. Maar er borrelen alleen rode bubbels uit zijn mond omhoog. Vervolgens valt zijn hoofd opzij.

Ik wil gillen, maar er komt geen enkel geluid uit mijn keel. Joop is dood, gaat het door me heen. Joop is doodgeschoten! Voor míjn deur. Mijn hart gaat tekeer. Snel kijk ik om me heen of de moordenaar nog in de buurt is. Hijgend ren ik terug het huis in.

Ik haast me naar de achterkamer.

'Frans! Hij is dood!'

De achterkamer is verlaten.

Ik zie dat hij een briefje heeft achterlaten. Er staan vier woorden op die ik tien keer moet lezen voor ze tot me doordringen. Het zijn de woorden die me door de moeilijke periode die me te wachten staat moeten helpen. Woorden die een belofte bezegelen. Hij schrijft: Ik hou van jou.

19

Ik maak de zwaarste week in mijn leven door. Dat Frans mij dit heeft aangedaan, neem ik hem kwalijk. Hij heeft me gebruikt om Joop naar de Nassaukade te lokken en te liquideren. Ik ben er tenminste zeker van dat Frans de opdracht gaf tot de moord. Ik ben kwaad op hem. Razend. Het was afschuwelijk om Joop voor mijn ogen te zien sterven. Dat beeld zal ik nooit meer kwijtraken.

De politie heeft de moord in onderzoek en ik ben hun belangrijkste getuige. De rechercheurs die me keer op keer willen spreken, horen me uit over mijn relatie met Joop. Soms kan ik de verleiding nauwelijks weerstaan om te zeggen wat de rol van Frans is geweest, zodat hij ook gehoord zal worden. Dan zal hij voelen wat ik moet doormaken. Maar ik kan het hem niet aandoen als ik aan de vier woorden op het briefje denk. Ik kan het ook Bea en alle anderen niet aandoen. Breng ik Frans in gevaar, dan ook hen.

Ik begrijp niet waarom Joop moest sterven. Onze relatie was al vijf weken voorbij. Frans zei dat hij er niet mee zat dat het contract niet doorging. Hij had het al zien aankomen. Waarom dan deze vreselijke liquidatie voor mijn deur?

Het ergst vind ik nog dat mijn oma dit moet doormaken. Want ook zij is aan de tand gevoeld. Gelukkig mocht ik bij het gesprek aanwezig zijn. Zij vertelde dat mijn *vriend* op bezoek was geweest en de rechercheurs gaan er vanuit dat daarmee Joop wordt bedoeld. Dit veroorzaakte wel enige verwarring. Werd Joop vermoord terwijl hij kwam, of terwijl hij vertrok? De enige andere getuige, een bovenbuurvrouw, is er zeker van dat ze een auto hoorde starten en ik sluit me bij die versie aan. Joop was maar heel even geweest.

Maar mijn oma is niet zo gemakkelijk om de tuin te leiden. Zij is er helemaal ondersteboven van dat mijn vriend dood is. Van Marga die de dag na de moord kwam om boodschappen te brengen, hoorde ze wat er in de ochtendkrant had gestaan. In het artikel werd vermeld dat Joop Melissen werd vermoord nadat hij zijn vriendin had bezocht. Er stond ook in wat voor werk hij deed. Mijn oma is daardoor in verwarring geraakt. Joop? 'Ik dacht dat hij Frans heette', zegt ze. De grootste schok voor haar is dat ik voor zo'n pooier zou hebben gewerkt. Het kost me al mijn overtuigingskracht om haar duidelijk te maken dat dit niet het geval is. Ik durf ondertussen niet te denken aan de gevolgen als de rechercheurs nóg een keer met haar willen praten. Mijn bedrog moet dan wel uitkomen.

Marga komt voorlopig niet meer. Haar man heeft haar verboden nog te komen zolang het onderzoek duurt. Ik kan het hem niet kwalijk nemen met alle negatieve aandacht die ik krijg. Dat ik nooit mijn gezicht in de kerk vertoon, had mij in hun ogen al verdacht gemaakt. Het gevolg van haar afwezigheid is dat ik nu de boodschappen en het huishouden moet doen. Maar daar heb ik alle tijd voor.

Bij één van mijn tochtjes door de stad kom ik een bekende uit 't Kompas tegen. Orlando Bresser was een vriend van Joop. Ik loop hem tegen het lijf als ik de supermarkt wil binnengaan. Ik mag hem wel. Orlando heeft iets over zich dat me doet denken aan zon en strand. Misschien komt het door zijn getinte huidskleur of het feit dat hij op de Antillen is geboren. Dat laatste is ook te horen door de manier waarop hij de letter w uitspreekt, dik en wellustig. Hij is een bon-vivant met de aantrekkelijkste glimlach die ik ooit heb gezien. Maar vandaag komt er geen lach over zijn lippen. Hij heeft gehoord dat Frans achter de moord op zijn vriend zit en denkt dat het weer aan was tussen mij en Joop.

'Ik vind het heel naar voor je', zegt hij vol medeleven. Hij kust me op de wang waarbij ik de haren van zijn snorretje in mijn wang voel prikken. 'Wat Frans heeft gedaan was gevoelloos en wreed.'

Ik weet niet wat ik moet zeggen en knik daarom alleen maar. Ondertussen pak ik een winkelwagentje en wil daarmee de winkel in. Hij stelt zich schuin voor me op zodat ik niet verder kan. Opeens herinner ik me een botsing tussen Frans en Orlando een paar weken geleden. Orlando wilde een geintje uithalen en prikte Frans lachend een vinger tussen de ribben en maakte een geluid alsof hij een schot loste. Het is het soort grapje waar de Antilliaanse transporteur vaker mee komt. Frans werd kwaad. Hij schreeuwde dat als hij zoiets opnieuw flikte, hij dood zou zijn. Ik geloof dat het sindsdien helemaal niet meer botert tussen hen. De moord op Joop ziet hij als dé reden om terug te slaan.

'Als ik iets voor je doen kan, meissie?'

'Dank je, Orlando. Dat is heel aardig van je.'

Een voorzichtige glimlach vertoont zich op zijn gezicht. 'Als je wilt, kan ik Frans voor je terugpakken. Je hoeft het maar te zeggen, weet je. Samen kunnen wij zijn handel overnemen. Ik heb vrienden.'

'Daarmee komt Joop niet meer terug', zeg ik.

'Nee, daar heb je gelijk in.'

Het is de achtste dag na de liquidatie van Joop als er 's avonds op het raam wordt getikt. Oma is naar bed gegaan en ik sta in de voorkamer de was te strijken. Ik laat mijn bandje met de soundtrack van *Saturday Night Fever* draaien. Op het ritme van de muziek strijk ik mijn bloesjes glad. Ik schrik van het getik en vraag me af wat het kan zijn. Degene die buiten staat, blijft tikken. Ik doe het licht uit en schuif het gordijn opzij. Dan zie ik wie het is. Frans is gekomen. Hij is op een vuilnisemmer geklommen en gebaart nu dat ik de deur voor hem open moet maken.

Hij komt binnen en wil mij zoenen. Maar ik weer hem af.

'Mijn oma denkt dat je dood bent.'

'Ik weet het', zegt hij. 'Ik heb een contactpersoon bij de politie die me op de hoogte houdt. Daarom ben ik gekomen nu je oma op bed ligt, Sjan. Sorry dat ik je niet heb ingelicht. Ik weet dat het gemeen van me was. Maar ik had geen keuze. Ik weet dingen van Joop waar jij niets van wist.'

Als we even later zijn gaan zitten, begint hij uitleg te geven van wat zich de afgelopen weken heeft afgespeeld. Ik ben verbijsterd als ik hoor dat Joop betrokken was bij de poging om Frans te ontvoeren.

Joop was de bron van de roddels waarin Frans, Bea en ik zwart werden gemaakt. Nadat hij onze relatie had uitgemaakt, had hij het bericht verspreid over het triootje in een seksclub. Door deze roddel in bepaalde cafés te verspreiden, zorgde hij ervoor dat het Theo ter ore kwam. Bij Bea's ex sloegen de stoppen door. Na de gijzeling volgde de mislukte bomaanslag.

'Toen heeft Theo Joop benaderd', legt Frans uit.

We zitten naast elkaar op de bank en hij heeft zijn hand op mijn knie gelegd. 'Omdat Joop een relatie met jou had gehad, dacht hij dat hij hem kon helpen. Joop heeft daarna contact gezocht met Branco en hem een voorstel gedaan.'

'Het was zijn idee om de moord op Theo in scène te zetten?'

'Ja. Het leek hem geweldig om mij een loer te draaien. Als ik de drie ton zou hebben betaald, zouden ze me ontvoeren en een miljoen gulden als losgeld vragen. Maar het liep wat anders dan ze verwachtten.'

'Hoe weet je dit?'

'Ik heb met de persoon gesproken die door de politie was aangehouden. Hij werd een paar dagen later vrijgelaten. Toen wist ik dat ik dit niet over mijn kant kon laten gaan. We werden al achter onze rug om uitgelachen dat we ons lieten bedonderen. Er moest iets gedaan worden.'

'Dus liet je Joop vermoorden.'

'Ik had geen keuze. Ik heb eerst Eutje naar hem gestuurd, maar hij wilde niet praten. Hij wilde niets meer met ons te maken hebben. Hij lachte Eutje uit. Hij zei dat ik jou in mijn macht had. Dat jij nooit van hem had gehouden. Ik begreep dat hij jou nog steeds wilde hebben. Toen kwam ik op het idee. Hij dacht niet meer na als jij hem geil maakte.'

Frans begint zachtjes over mijn knie te wrijven. Ik weet wat hij wil, maar ik ben nog niet klaar met mijn vragen. Ik wil weten waarom hij me niet tevoren heeft ingelicht. Hij knikt schuldbewust als ik vertel in welke bochten ik me heb moeten wringen om hem buiten het onderzoek te houden.

'Ik ben je veel verschuldigd, Sjan. Als ik iets kan doen, moet je het zeggen.'

'Waarom heb je me er niet op voorbereid?'

'Omdat ik bang was dat Joop argwaan zou krijgen. Ik hield er rekening mee dat de aanslag niet plaats zou vinden. Bijvoorbeeld omdat er politie in de buurt zou zijn. Als hij je doorhad, had jij gevaar gelopen, lieverd.'

Frans vertrekt nadat we hebben afgesproken dat ik pas over een paar weken weer naar het hoofdkantoor kom. Eerst wil hij afwachten in welke richting het politieonderzoek gaat. Volgens hem heeft de recherche al een verdachte op het oog. Iemand met wie Joop onlangs een knallende ruzie heeft gehad in zijn sekstheater. Frans kan me geruststellen dat ik niet wordt verdacht. Dat kan veranderen als de huidige verdachte zijn onschuld kan aantonen. Als dat gebeurt, brengt Frans me op de hoogte. Hij heeft ook beloofd op mijn verjaardag te komen. We hebben een laat tijdstip afgesproken, als oma op bed ligt, want Frans beseft dat zij hem de komende tijd beter niet kan zien.

Ik heb er al helemaal zin in om voor hem te koken. Bij zijn vertrek heeft hij me gekust. Ik denk dat hij meer wilde, maar daar ben ik nu nog niet aan toe. Daarna stond hij te stamelen als een schooljongen en vroeg of ik zijn vriendin wilde zijn. Ik geloof dat hij echt verliefd is. Ik kan mijn geluk niet op.

'Afgelopen week had je me kapot kunnen maken', zei hij terwijl hij me bewonderend opnam. 'En je hebt het niet gedaan.'

De tranen biggelen over mijn wangen. Met mijn rechterpols veeg ik ze weg en ga verder met snijden. Ik ben jarig en voor het eerst sinds de dood van Hans vier ik het. Over een uur komt Frans eten en dan moet het gerecht klaar zijn. In de tijd dat oma bij me is komen wonen, heb ik goed leren koken omdat er van uit eten gaan niets terechtkwam. Nu maak ik Provençaals lamsvlees in tomatensaus volgens een recept dat ik in een boek heb gevonden. Het leek me heerlijk toen ik het las en een paar dagen geleden heb ik het op mijn oma uitgeprobeerd. Na afloop gaf ze me haar complimenten en wist ik dat ik de juiste keuze had gemaakt.

Ik voeg de uienringen die ik gesneden heb bij de lamslappen in de braadpan. Ik laat lappen en uien een paar minuten samen fruiten. Daarna schenk ik wijn erbij. Voor oma heb ik vleesbouillon gebruikt omdat ze matig is met alcohol. Maar voor Frans wil ik me niet inhouden. Toen ik vanmiddag boodschappen deed, heb ik ook tien flessen wijn gekocht zodat hij de beste kan kiezen voor bij de maaltijd. Hij heeft er meer verstand van dan ik.

Ik voeg tweehonderd gram tomatenblokjes met sap toe, samen met acht groene olijven en een halve eetlepel Provençaalse kruiden. Als ik het geheel aan de kook heb gekregen, leg ik het deksel erop. Nu moet het gerecht in veertig minuten gaar stoven. In de tussentijd richt ik mijn aandacht op het nagerecht. Daarvoor heb ik iets met ijs en fruit in gedachten.

Als het nagerecht klaar is, gaat de deurbel. Ik zie op de klok dat het halfelf is. Frans is vroeg. We hebben kwart voor elf afgesproken, om er zeker van te zijn dat mijn oma op bed ligt. Zij mag Frans beslist niet zien, omdat ze nog steeds gelooft dat hij het was die werd doodgeschoten. Inmiddels ligt ze op bed. Daarom vind ik het niet erg dat Frans al is gekomen. Hij zal wel zin hebben. Zin in de maaltijd die ik klaarmaak en zin in wat daarna zal volgen. Dit wordt vast een onvergetelijke verjaardag. Ik veeg mijn handen af aan mijn schort en loop de gang in.

Als ik opendoe staat er een man voor de deur met zijn rug naar mij toe zodat ik tegen een donkerblauwe winterjas aankijk. Als hij hoort dat ik heb opengedaan, draait hij zich om. Het licht in de gang valt op zijn volle baard en ogen die mij vaag bekend voorkomen. Er gaat een dreiging van hem uit. Zijn wenkbrauwen zijn gefronst en hij kijkt me indringend aan. Ik doe een stap naar achteren want hij legt zijn hand op mijn borst en duwt. In dezelfde beweging komt hij naar binnen en zwaait de deur dicht. Op dat moment herken ik hem.

'Jack!'

Hij vloekt en grijpt me met beide armen vast.

'Ik heb gehoord wat je hebt geflikt', schreeuwt hij. Ik voel zijn speeksel tegen mijn wangen spatten. 'Dit vergeef ik je nooit. Joop was mijn beste gabber en mijn enige familie. Ik had jou nooit moeten vertrouwen. Ondertussen lig jij met dat kakjoch te neuken. Maar denk niet dat je hiermee wegkomt. Ik ben degene die dit huis heeft gekocht. Niet jij.'

'Jack laat me los, je doet me pijn.'

Hij trekt zijn handen terug. Vloekend loopt hij van me weg. Vervolgens begint hij overal rond te neuzen en commentaar te leveren. Vooral de achterkamer moet het ontgelden. Jack is erop uit om mij te kwetsen maar hij beseft niet dat hij vooral mijn oma treft. Hij grijpt het lijstje met de foto van Hans en smijt hem tegen de muur. Glassplinters spatten alle kanten op. Daarna trapt hij tegen de kast die Frans bewonderde. Haastig schiet ik naar voren om Hans' foto te redden want hij wil zijn hak erop zetten.

'Wat doet die oude rommel hier!'

Ik moet aanhoren wat ik van hem moet veranderen. Hij

schreeuwt dat ik alles moet opruimen, dat hij zijn spullen weer terug wil hebben, want hij herkent zijn eigen huis niet meer. Vanavond nog trekt hij weer bij me in. Om te laten merken dat hij voortaan de baas is, gooit hij in de keuken de braadpan op de grond. De lamslappen glibberen over de vloer. Ik kan wel janken. Jacks terugkeer is nog erger dan dat Joop uit de dood zou opstaan. Nu loopt hij de gang in naar de trap.

'Niet naar beneden!'

Ik grijp hem vast en probeer hem ervan te weerhouden af te dalen. Ik druk hem tegen de muur. Maar mijn ex is sterker dan ik.

'Waarom dan niet? Ligt dat schijtjoch soms in mijn bed?'

Die gedachte maakt hem nog kwader. Vloekend schudt hij mij van zich af. Hij schreeuwt dat Frans nu eens iets zal beleven. Stampend daalt hij de trap af. Oma moet nu wel wakker zijn geworden. Ze krijgt een hartverzakking als ze Jack ziet. Ik kan de ramp niet meer overzien. Ik wil Jack achternagaan. Maar dan klinkt de voordeurbel opnieuw.

Frans staat aan de deur. Zijn helpers Giel en Geert zijn bij hem.

'Ik hoorde lawaai', zegt hij. 'Volgens mij kun je hulp gebruiken.'

Ik vlieg Frans om de hals en barst in huilen uit. Tussen mijn snikken door vertel ik wat er is gebeurd. Jack was veroordeeld tot negen maanden cel. Maar ze hebben hem blijkbaar eerder vrijgelaten. Frans hoort mijn verhaal aan en klopt mij bemoedigend op de rug.

'Maak je geen zorgen, Sjan. De jongens gooien hem er uit.'

Vrijdag 3 oktober 2003

Ik word achtervolgd door het toeval. Alsof dat waar kan zijn. Toeval is volgens het woordenboek een onvoorziene gebeurtenis. Ik hoef niet te geloven dat een samenvallen van zaken iets anders is dan toeval. Toch is het merkwaardig welke parallellen er in verschillende levens kunnen zijn. Op donderdag 27 juni 1991 werd Klaas Bruinsma doodgeschoten. Martin Hoogland werd hiervoor veroordeeld. Hij werd geboren als Martin Klein, maar hernoemde zich in 1978 naar zijn stiefvader. En weer stuit ik op een wonderlijke parallel. Wikipedia meldt dat Mabel Wisse Smit geboren werd als Mabel Los. Ook zij hernoemde zichzelf naar haar stiefvader.

~

Halverwege de vrijdagmiddag trek ik de voordeur achter me dicht. De makelaar is geweest en heeft mijn woning getaxeerd op zeven ton. Jack zou dat eens moeten horen. Hij zou uit zijn vel springen. Maar hij hoeft het niet te weten. Ik heb geld nodig. Veel geld. Maar meer is welkom en daarom heb ik voor vanavond met Keith afgesproken in het Ciel Bleu Restaurant van het Okura. Voor het zover is, maak ik een ritje door de stad om te zien hoeveel er sinds mijn vertrek is veranderd. Alle plekken die voor mij betekenis hadden, blijken te zijn verdwenen. De Buggie aan de Jacob van Lennepstraat is er niet meer en 't Kompas waar we in de begintijd elke vrijdagavond uitgingen evenmin. Van het hoofdkantoor aan de Hudsonstraat staat alleen de gevel nog overeind. Als ik door een raam naar binnen kijk, zie ik slechts puin. Zelfs Club Juliana's waar Klaas werd doodgeschoten is opgeheven.

Wat wel is gebleven, is de oude stamkroeg van mijn Jack. De kroeg heet nu anders en heeft een andere eigenaar, maar binnen is alles bij het oude gebleven. Ik aarzel om er een kijkje te nemen, maar als ik door het raam naar binnen gluur en Jack niet zie, besluit ik de gok te wagen. Ik ben uiteindelijk naar Amsterdam gekomen om oude bekenden op te zoeken. Er zijn zeven mensen aanwezig die allen aan de bar zitten: vijf mannen en twee vrouwen waarvan één de bediening doet. Ik herken een van de bezoekers vaag uit de tijd dat ik in de Buggie stond. Hij is aangeschoten en ziet er verlopen uit. Gelukkig is de herkenning niet wederzijds

Het gesprek dat bij mijn binnenkomst verstomde, komt weer op gang als ik een kop koffie bestel. De cafébezoekers praten over – hoe kan het ook anders – de uitzending van gisteravond. De reacties zijn te verdelen in twee kampen. Het ene kamp vindt dat Mabel met rust moet worden gelaten, terwijl het andere kamp naar hartelust over het nieuwe oranjeschandaaltje wil kletsen.

Terwijl ik koffie drink en een ongeïnteresseerd gezicht trek, hoor ik de gesprekken aan. Maar van binnen maken ze veel bij me los. Het doet me pijn als ik hoor hoe sommigen over mijn lief praten. Het ergst vind ik nog, dat iemand beweert dat Klaas geen relatie met Mabel kon hebben gehad omdat hij impotent was. Volgens hem was mijn lief zo zwaar aan de coke verslaafd, dat hij impotent was geworden.

Ik kan me echt kwaad maken over dit soort zwartmakerij waartegen Klaas zich niet meer kan verdedigen. Zijn verslaving aan coke zou de reden zijn geweest waarom het verkeerd met hem afliep. Dat heb ik in de afgelopen twaalf jaar herhaaldelijk gehoord. Er klopt echt niets van. Alleen bij speciale gelegenheden snoof Klaas een lijntje coke. Hij maakte er zeker geen gewoonte van. Wat hij wel altijd deed, was zijn eigen handelswaar roken. Hij rookte hasj. Niet in grote hoeveelheden, maar wel dagelijks. Ik denk wel eens dat het daardoor komt dat hij aan het eind van zijn leven steeds vaker sombere periodes doormaakte. Toen wist ik nog niet dat langjarig gebruik van hasj kan leiden tot lusteloosheid en depressieve buien, en Klaas rookte al sinds begin jaren zeventig.

Ik herinner me ook dat Bea me in de begintijd vertelde dat ze uitgekeken raakte op haar ex, omdat die veranderde toen hij zelf hasj begon te gebruiken. Ik hoef alleen maar naar het afgeleefde gezicht van de oude Buggie-klant te kijken om te zien waartoe hasjgebruik kan leiden.

Ik sta even in de verleiding mij in de gesprekken te mengen en te zeggen welke rol Mabel heeft gespeeld. Maar ik verwacht hier geen begrip. Dit zijn mensen die zich verkneukelen over de ondergang van mijn lief. Het interesseert hen niet dat Mabel Klaas' hoofd op hol bracht waardoor hij zijn scherpte verloor. Het zal hen niet overtuigen dat hij door haar niet zag dat de mensen met wie hij samenwerkte hem in werkelijkheid onderuit wilden halen. Hij zou naar mij hebben geluisterd als Mabel er niet was geweest. Daardoor kon de Grote Berg verloren gaan: die enorme partij hasj die hij het land binnensmokkelde en waarmee hij zijn pensioen wilde verdienen.

De Grote Berg kwam het land binnen via de haven van Amsterdam, werd vervoerd naar Leusden en uiteindelijk ontdekt door de politie van Dordrecht! Het is opvallend hoe weinig mensen zich hebben afgevraagd wat een vreemde gang van zaken dit was in een tijd dat de verschillende politiediensten hopeloos langs elkaar heen werkten en elkaar beconcurreerden. Er leven nu misschien nog twee of drie direct betrokkenen die exact weten wat zich in die dagen heeft afgespeeld, waaronder Orlando Bresser. Tegenwoordig probeert hij zijn erf schoon te vegen met wonderlijke uitvluchten. Alsof het allemaal aan corrupte functionarissen in Haarlem lag, personen die tijdens de IRT-affaire in opspraak kwamen. Blijkbaar kan hij het nog steeds niet hebben dat Klaas Bruinsma een grotere drugsbaron was dan hij.

'Chantal, wat zie je er goed uit', zegt Keith als ik het Ciel Bleu op de drieëntwintigste verdieping van het Okura binnenkom. Hij heeft een tafeltje gereserveerd bij het raam zodat we een schitterend uitzicht hebben over de verlichte skyline van Amsterdam. Ik vind het leuk hem weer te zien. Hij is naast Natasja de enige persoon met wie ik de afgelopen jaren contact heb gehouden. Af en toe stuurt hij me boeken die over de onderwereld van toen worden geschreven zodat ik op de hoogte blijf. Vrolijk word ik er niet van. Veel personen die ik heb gekend, zijn in de afgelopen jaren weggevallen. Een enkeling door zelfmoord, de meesten door een afrekening.

Ook Keith ziet er goed uit. Nadat hij me op beide wangen heeft gekust, bekijk ik hem nog eens goed. Hoewel we contact hebben gehouden, heb ik hem acht jaar niet meer gezien. De laatste keer was toen we in New York hadden afgesproken. Het is te zien dat hij wat ouder is geworden. Maar met zijn volle bos, donker krulhaar heeft hij nog altijd een jongensachtige uitstraling. Zijn donkere kraaloogjes glinsteren ondeugend als we gaan zitten.

'Heb je het gehoord van Mabel?'

'Je bedoelt Carlos?'

'Ja, het is echt ongekend! Weet je nog hoe de Lange haar gebruikte om concurrenten informatie te ontfutselen? En dan is Denisa er nog die een foto van hen beide heeft.'

'Denisa?'

'Dat vertel ik je nog wel. Zullen we eerst bestellen?'

De kaart wordt gebracht en in de minuten die volgen zijn we druk met het doornemen daarvan. Zodra de bestellingen zijn gedaan, probeer ik Keith te verlokken mij meer te vertellen over die Denisa, maar hij wil eerst weten hoe het met mij gaat.

Ik wil juist beginnen, als ik iemand het restaurant binnen zie lopen voor wie ik wegkruip achter Keith. Twaalf jaar heb ik hem niet meer gezien en ik hoop maar dat hij me niet herkent. Maar dat is tevergeefs. Hij ziet en herkent eerst Keith en laat zijn blik dan op mij vallen. Het liefst wil ik wegrennen want Orlando Bresser komt naar ons tafeltje. In zijn kielzog volgt een lange blonde dame dat een wulps jurkje draagt.

'Hey meissie', zegt hij met zijn zwoele Antilliaanse tongval waarvan ik eens gecharmeerd was. In de afgelopen jaren is hij kilo's aangekomen en zijn er grote inhammen in zijn grijs-zwarte haar ontstaan. 'Wat toevallig dat ik jou weer zie.'

'We hebben het net over Mabel', zegt Keith.

'Dat vind ik super, weet je. Maar, waarom ben je naar Nederland teruggekomen, meissie?'

'Om oude bekenden te zien', zeg ik.

'Zoals ik?'

'Het is lang geleden, Orlando.'

'Zeg dat wel, meissie', lacht hij gul. 'Maar zeg eens eerlijk, waarvoor ben je écht naar Nederland gekomen? Want een meissie zoals jij komt niet voor de gezellige praatjes. Ik had eigenlijk gedacht dat jij nooit meer terug zou durven komen, weet je.'

'Ik ben hier omdat ik geld nodig heb', geef ik toe.

'Aha! Dat dacht ik al, weet je. En nu wil jij zeker je verhaal aan een tijdschrift verkopen?'

'Dat is wel de bedoeling.'

Orlando tast in zijn colbert en haalt een notitieblokje tevoorschijn waar hij wat op schrijft. Vervolgens scheurt hij het bovenste blaadje af en overhandigt het mij. Hij heeft een adres in Dwingeloo opgeschreven.

'Als je morgen hier naartoe gaat, kun je iets kopen waar je wat aan hebt.'

'Wat dan?'

Maar Orlando loopt al weer weg terwijl de blondine op haar naaldhakken achter hem aan trippelt. Hij keert zich om en roept:

'Een foto!'

Ik richt me weer tot Keith

'Net als jouw Denisa. Vertel me over haar.'

De ober komt op dat moment langs met het voorgerecht waardoor ons gesprek stilvalt. Keith glimlacht terwijl hij het gerecht bekijkt. Ondertussen denk ik aan wat Orlando heeft gezegd. Vanmiddag heb ik verschillende redacties van kranten en tijdschriften opgebeld om te peilen of er interesse voor een verhaal over Klaas en Mabel is. Die is er. Maar de ene hoofdredacteur is

bereid verder te gaan dan de andere. Het hoogste bod is vijftigduizend euro. Maar dan moeten er wel foto's op tafel komen. Van
Mabel met mijn lief.

'SBS6 had het over Denisa', zegt Keith enkele ogenblikken later.
'Al in september.'

'Heeft zij ook een foto?'

'Dat beweert ze. Maar zij zou in elkaar geslagen zijn. Ik weet
niet of dat waar is. Er wordt beweerd dat de daders zijn ingehuurd door de Oranjes. De naam van prins Bernhard is gevallen.'

Die naam zou me eigenlijk niet moeten verbazen. Een jaar geleden hoorde ik dat de hoogbejaarde prins zich opwond over twee
medewerkers van een supermarkt die een overvaller in elkaar
hadden geslagen. Hij vond dat ze vrijuit moesten gaan en wilde
zelfs hun boete betalen.

'Dus hij komt voor de belangen van het koningshuis op.'

'Dat kun je wel zeggen! Het is echt ongekend!'

'Dan moet ik met die Denisa in contact komen.'

'Dat is wel een probleem, honey.'

'Hoezo?'

'Zij zegt dat ze zelf zes maanden een relatie met de Lange had.'

'Wat? Dan had ik haar moeten kennen.'

'Dat bedoel ik!' Keith begint zo hard te lachten dat de gasten
aan andere tafeltjes verstoord in onze richting kijken. 'Zij is
gewoon een fantaste. Het is echt ongekend!'

Om elf uur ben ik weer thuis. In de woonkamer laat ik me op de
bank neervallen. Met mijn hand reik ik naar mijn fotoalbum dat
op het bijzettafeltje ligt. Opnieuw begin ik te bladeren. Ik bekijk
vooral de foto's die genomen zijn in de tijd dat ik met Klaas
Bruinsma optrok en ik hoop dat ik Mabel op één daarvan zal aantreffen. Maar ik vind er geen, zoals ik eigenlijk had kunnen verwachten. Van haar wilde ik in die tijd geen foto hebben.

Mijn blik blijft rusten op de foto die op de Amsterdamned
werd genomen kort voordat Mabel in het leven van mijn lief

kwam. Toen was het nog goed tussen ons. Ik kan zijn ogen niet zien omdat hij een zonnebril opheeft. Ik probeer ze voor de geest te halen en moet dan vechten tegen de tranen. Mabel nam hem van mij af én het kind dat ik anders van hem zou hebben gekregen.

Maar het ergste is: ik kan nooit meer kinderen krijgen...

September 1988 – maart 1989

20

Vandaag kwam ik Jack op straat tegen terwijl ik bodyguard Geert aanwijzingen gaf om de auto in te laden. Jack keek me gemeen aan en mompelde iets dat ik niet verstond. Hij is niet vergeten wat er bijna acht jaar geleden op mijn verjaardag gebeurde. Hij is hardhandig op straat gegooid. Daarbij is hem duidelijk gemaakt mij nooit meer lastig te vallen. Hij zint sindsdien op wraak: omdat hij eruit is gegooid, omdat ik betrokken was bij de dood van zijn neef, en vooral omdat Frans zijn plek heeft ingenomen. Maar hij kan me niets maken want dan tekent hij zijn doodsvonnis. Van mij mag hij doodvallen. Op bondgenoten hoeft hij niet te rekenen. Frans maakt tegenwoordig in Amsterdam de dienst uit. Rivalen van vroeger zitten óf gevangen, óf ze hebben zich neergelegd bij de overmacht van onze organisatie en werken samen. Zoals Orlando Bresser. Of ze zijn dood. Zoals Robert de Keizer en vele anderen. Iedereen in het wereldje van de penoze weet dat met ons niet valt te spotten.

Jack is in de afgelopen jaren sterk veranderd. Zijn gezicht is ingevallen en hij ziet zwart onder zijn ogen. Zijn kleding is goor en versleten. Ik kan me niet meer voorstellen hoe het was om verliefd op hem te worden. De dag dat ik mijn geboortestad verliet, lijkt een episode uit een ander leven. Ik ben niet meer het naïeve meisje van toen. Ik heb carrière gemaakt in de organisatie van Frans. Ik ben zijn belangrijkste adviseur. Bovenal ben ik al jaren zijn minnares en zijn vertrouwelinge.

Niemand vertrouwt hij zoals mij en daarom rijd ik nu richting Luxemburg met een koffer vol contant geld in de bagageruimte van mijn Jaguar. Een paar maanden geleden heb ik een nummerrekening voor hem geopend waarop ik regelmatig geld stort. Frans kan dit zelf niet doen. Door een veroordeling in België wordt hij daar gezocht. Het wordt voor hem sowieso moeilijker om internationaal te reizen. In steeds meer landen staat hij geregistreerd. Niettemin vliegt hij nog regelmatig op een vals paspoort naar landen waaruit wij onze hasj importeren. Maar de tijden veranderen.

Nadat de handel in hasj jarenlang kon bloeien omdat onze activiteiten zo goed als gedoogd werden, worden de touwtjes nu strakker aangetrokken. Dat heeft z'n gevolgen voor onze organisatie. Frans stopt meer en meer geld in een goede beveiliging en communicatieapparatuur. Voor interne communicatie gelden strikte richtlijnen. Wie over de telefoon teveel zegt, kan rekenen op Frans' woede. Er wordt op ons gelet. Vorig jaar is er door de politie een Waddenteam geformeerd dat de smokkel in het Waddengebied in kaart moet brengen. Drie keer achtereen werd een kotter van ons onderschept. Daarbij zijn duizenden kilo's hasj verloren gegaan en dat wil Frans niet nogmaals meemaken. Er zijn ook plannen voor een speciaal interregionaal rechercheteam dat in ons vaarwater dreigt te komen.

Maar deze veranderende omstandigheden doen niets af aan de groei die we hebben doorgemaakt. Wij zijn nu de grootste op de hasjmarkt in Europa. De partijen die we verwerken, zijn steeds groter geworden. De wekelijkse omzet loopt in de miljoenen. Alleen Frans weet hoeveel mensen we in dienst hebben. De tijd dat ik iedereen kende, ligt al lang achter mij.

Het is de heerlijkste tijd van mijn leven. We laten ons omringen met weelde en maken trips over de hele wereld, hoewel elke reis in het teken staat van ons werk en we nooit onder onze eigen identiteit reizen. Overal heb ik nieuwe mensen leren kennen en vrienden gemaakt. Het is een oppermachtig gevoel. En ik voel trots. Trots om erbij te horen. De rest van de onderwereld siddert voor ons en de politie geven we het nakijken.

'Is het goed gegaan?', vraagt Frans als hij 's avonds belt. Ik lig op mijn buik op het hotelbed te lezen als de telefoon gaat. Nu zit ik op de rand van het bed te luisteren naar wat mijn lief wil zeggen, terwijl ik een sigaretje rook. In mijn vrije uren studeer ik om mijn havo-diploma te halen. De motivatie die ik tien jaar geleden niet had, heb ik nu wel. Met als doel: hogerop komen. Voor de firma hoef ik dit niet te doen. Studie is voor mij een persoonlijke gril. Ik weet dat ik tot meer in staat ben en zal dat bewijzen ook. Frans heeft het er wel eens over dat hij had kunnen studeren als zijn leven anders was gelopen. Ik toon aan dat ik dat ook kan. Wat ik ga studeren als ik mijn diploma heb, weet ik nog niet. Mijn oude favoriet aardrijkskunde lijkt me wel wat. Iets in het toerisme ook. Maar ik ben niet van plan een baan te zoeken, want ik verdien nu al meer dan ik kan opmaken. Het is pure belangstelling en om te bewijzen wat ik waard ben. En misschien komt het nog eens van pas.

Ik vertel Frans dat het goed is gegaan en vraag hem op mijn beurt waarom hij belt. Als er iets was misgegaan, had hij dat inmiddels allang gehoord. Hij zegt dat hij me mist. De manier waarop hij het zegt, klinkt oprecht, maar ik voel haarfijn aan dat er meer is. Hij vertelt dat hij een potje schaak speelt, maar Carlos is niet aan hem gewaagd. Veel liever speelt hij tegen mij.

Als ik aandring, komt hij voor de dag met wat hij op zijn hart heeft. In bedekte termen vertelt hij dat een klant van ons weer eens is geript. De laatste tijd neemt dit verschijnsel hand over hand toe en dat is schadelijk voor ons imago. Het gaat om iemand uit Enschede die met z'n vrienden een partij van vijftig kilo Marokkaanse hasj heeft ingekocht. Op weg naar huis zijn ze overvallen door twee gewapende mannen die de partij opeisten. De koper heeft een tas met daarin dertig kilo uit de kofferbak gehaald en overhandigd. Maar de overvallers wisten dat er meer was.

Hierdoor twijfel ik er niet aan dat de daders getipt zijn door iemand uit onze organisatie. De firma is zo groot gegroeid, dat er allerlei figuren voor ons werken die ik niet zou aannemen. Maar Frans gaat over het personeelsbeleid. Bovendien heeft hij de hasjhandel overgedaan aan Bram en Ton, zodat hij zich zelf kan concentreren op de import van grote partijen. Ik ben nog steeds van mening dat dit een inschattingsfout is geweest, want ik vertrouw Bram en Ton niet. Zij zijn de firma binnengekomen nadat ze furore maakten met de bende van Kees Houtman.

In de eerste helft van de jaren tachtig waren de avonturen van de Houtmanbende het gesprek van de dag in de wereld van de penoze. Een spectaculaire overval op het hoofdpostkantoor in Groningen staat me nog het helderst voor de geest. Het gebeurde drie jaar geleden, in het voorjaar van 1985. De bendeleden hadden maandenlang voorbereidingen getroffen. Met een vrachtwagen en een shovel werden het toegangshek, de pui en het kogelwerende raam van de kassiersruimte geramd. De overvallers wisten weg te komen met meer dan drie miljoen gulden. Daarna gebruikten ze zeven vluchtauto's om te ontsnappen. De actie beheerste in die dagen het NOS-journaal. Frans zat in de gevangenis toen het gebeurde. Hij was enthousiast over de jongensachtige bravoure van de bendeleden en hun nauwkeurige planning.

Die lui moeten we erbij hebben, Sjan, zei hij tegen mij tijdens het bezoekuur. Het was een kwestie van tijd voor dat Frans leden van die bende binnen onze gelederen zou halen. Hoewel ik tegensputterde, wilde hij niet naar me luisteren. Het begint er meer en meer op te lijken dat ik het bij het rechte eind had.

Sinds Bram en Ton de handel hebben overgenomen, zijn er telkens klachten. Bestellingen worden niet geleverd, of met dagen vertraging. Rippartijen worden met ons in verband gebracht. Ik verdenk Bram en Ton er persoonlijk van dat zij daar de hand in hebben zodat ze twee keer aan dezelfde partij kunnen verdienen. Ik heb Frans verschillende keren gevraagd waarom hij de jongens er niet op aanspreekt. Maar hij zegt dat hij hun de volle verantwoordelijkheid heeft gegeven. Vroeger zou hij zich hier druk om gemaakt hebben. Klantenbinding heette het toen. Frans vindt het tegenwoordig allang best, als hij maar een percentage van de winst krijgt en geen gezeur hoeft aan te horen. Ik ben blij dat ik niet meer op het hoofdkantoor werk. Met Fred heb ik medelijden, want hij is degene die erop wordt aangekeken als er iets misgaat.

Dit loopt nog een keer helemaal fout, denk ik.

Ik geloof dat dit besef toch ook tot Frans begint door te dringen. Hij zucht vermoeid als ik hem mijn mening geef. Er is veel veranderd sinds zijn compagnon Bea zich heeft teruggetrokken. Het liefst wil ik dat mijn lief die keuze ook maakt, hetgeen hij zich jaren geleden ook had voorgenomen. Hij heeft het hoogtepunt bereikt waar hij altijd naar streefde. We hebben meer dan genoeg geld om de rest van ons leven reizend door te brengen, zonder ons iets te ontzeggen. Het is tijd om eruit te stappen. Maar Frans is nog niet zover. Hij kan geen genoeg krijgen en elke keer is er wel iets wat hem motiveert om door te gaan. Ook nu praat hij over nieuwe mogelijkheden en over winstverwachtingen. Vandaag heeft hij met zijn adviseurs vergaderd over een nieuw investeringsplan.

Vergaderen, vergaderen, vergaderen, dat is waarmee hij zijn dagen vult. Naast de handel in hasj houdt de firma zich bezig met onroerend goed en zijn er vergevorderde plannen voet aan de grond te krijgen in de seksindustrie, wat acht jaar geleden mislukte. Dat laatste is belangrijk voor Frans omdat een deel van die activiteiten wettelijk toegestaan is. Dat is de handel in hasj nog steeds niet. Met het huidige politieke klimaat ligt het niet in de verwachting dat daar spoedig verandering in komt. Frans' oude droom ooit legaal te werken lijkt daarmee een illusie geworden.

'Waarom start je niet met een nieuw bedrijf', zeg ik, terwijl ik de rook van mijn Gauloise uitblaas. 'Je hebt er het talent voor. En we hebben nu genoeg startkapitaal om iets anders te beginnen.'

'Daar denk ik ook over na.'

'Wat heb je in gedachten?'

'Ik heb altijd al een bank willen starten. Dat lijkt me wel wat,
Sjan.'

Ik rij over de Nassaukade langs mijn huis en gun mezelf een korte
blik voor ik mijn aandacht weer op de weg vestig. Even meen ik
oma achter het raam van de voorkamer te zien. Maar dat moet
een vergissing zijn. Al maanden ben ik niet meer binnen geweest
en nu heb ik ook geen tijd. Zeker niet om weer commentaar van
haar op mijn leven aan te horen. Zojuist heb ik van Frans bericht
gekregen dat ik onmiddellijk naar het Amstel Hotel moet komen.
Twee dagen geleden, op maandagmiddag, is een transport van
negen ton goed aangekomen. Die partij is ondertussen al opgesplitst en doorverscheept en kan dus het probleem niet zijn. De
volgende leverantie wordt over drie dagen verwacht.

In de grote hal van het hotel word ik opgewacht door Carlos
de Souza. Hij is een andere vergissing van Frans. Hij heeft de
Argentijn in de Bijlmerbajes leren kennen waar Carlos vastzat
voor de moord op een landgenoot. Zij kunnen goed met elkaar
opschieten en daarom heeft Frans hem een baantje als bodyguard
aangeboden. Maar Carlos komt uit een andere cultuur en dat is
vooral te merken aan hoe hij met mij omgaat. In het begin probeerde hij me te versieren zodra Frans uit de buurt was. Ik heb
hem meteen op zijn nummer gezet. Sindsdien neemt hij me min-
achtend op – maar alleen als Frans niet in de buurt is.

Carlos zegt niets. Hij gaat me voor naar de lift. Als we naar
boven gaan, staart hij stoer voor zich uit. Hij doet maar. Ik stoor
me allang niet meer aan zijn zielige machogedrag. Ergerlijker vind
ik het als hij probeert Frans over te halen om in cocaïne te han-
delen zoals hij dat zelf gedaan heeft. Daarover ging de ruzie waarvoor hij een landgenoot doodschoot. Hij zegt dat hij in Zuid-
Amerika goede contacten heeft en dat hij Frans nog rijker kan
maken. Idioot. Maar gelukkig is de handel in cocaïne onbe-
spreekbaar voor mijn lief. De straffen die op de handel daarvan
staan, zijn hoger dan die voor de hasjhandel en dat is voor hem

reden genoeg. Niettemin probeert hij contacten met het Calí-kartel te leggen. Voorlopig is hij alleen in hun marihuana geïnteresseerd. Soms ben ik bang dat hem een aanbod wordt gedaan, dat hij niet wil weigeren. In de coke valt veel geld te verdienen.

Frans loopt stampend rond als ik suite 116 betreed. Zijn hoofd is rood aangelopen en hij zwaait met een stok. Pas als hij mij ziet en tot stilstand komt, zie ik dat wat ik voor een stok aanzag, een krant is die hij stijf heeft opgerold. Zijn gezicht is rood van woede en zijn ogen fonkelen. Zo erg als vandaag heb ik hem niet vaak horen vloeken. Eugène kijkt bedremmeld toe. De andere aanwezigen zijn al net zo laaiend van woede als mijn lief en roepen dat er iets gedaan moet worden.

Frans toont mij een paginagroot artikel in de krant. De kop laat aan duidelijkheid niets te wensen over en ik begrijp direct waarover alle ophef wordt gemaakt. *Zoon topindustrieel leidt Nederlands maffia-imperium.* Razendsnel laat ik mijn blik over het artikel glijden en zie termen voorbijkomen die er niet om liegen. Klaas B. wordt neergezet als leider van de grootste en gewelddadigste maffia-achtige organisatie die in Nederland actief is, en als opdrachtgever van liquidatiemoorden. De schrijver van het artikel heeft het naast de hasj ook over de handel in heroïne.

'De vent die dit geschreven heeft, moet dood', zegt Frans beslist.

Eugène legt zijn hand op Frans' schouder, maar die schudt hem van zich af.

'Ik weet hoe jij erover denkt, Eutje, maar ik ben vastbesloten. Die rotzak moet niet denken dat hij straffeloos over mij kan liegen. Heroïne. Over mijn lijk! Al moet ik ervoor in de gevangenis, die rotzak gaat eraan. Al moet ik zelf de trekker overhalen.'

Frans blijft tekeer gaan. Eugène doet nog tevergeefs een poging mijn lief tot bedaren te brengen. Ik houd mijn mond en wacht tot het moment dat hij is uitgeraasd. Dat kan nog wel even duren. Hij begint zijn bodyguards instructies te geven. Giel, Geert, Carlos en vier anderen knikken als hij hen commandeert zoveel mogelijk over de verslaggever te weten te komen.

'Ik wil alles weten. Waar hij woont. Of hij getrouwd is. Of hij kinderen heeft. Heeft hij een hond? Wanneer laat hij die uit? Wat dan ook. Ik wil echt álles weten. Kom daarna terug om mij verslag uit te brengen.'

Zodra de mannen vertrokken zijn, legt Frans aan Eugène uit waarom hij zo kwaad is. Ik luister mee hoewel ik op de hoogte ben. Ik heb hem maar één keer eerder zo kwaad gezien. Dat was de keer dat Ronnie Cox hem in het openbaar een klap in het gezicht had gegeven. Toen was hij net zo vastbesloten om de ander te laten vermoorden. Ronnie ontkwam daaraan omdat hij kort daarna door de politie werd aangehouden en veroordeeld voor de handel in cocaïne. Die ontsnappingsroute zit er niet in voor de auteur van het artikel.

Publiciteit is voor mijn lief erger dan de aandacht van de politie. Dankzij contacten bij de recherche weten we dat we in de gaten worden gehouden. Frans heeft al de hand weten te leggen op een vertrouwelijk rapport van het team dat drie van zijn kotters onderschepte. Een rapport dat de korpsleiding nog niet heeft. Ook daarin worden wij genoemd. Maar dat is iets wat Frans onder controle heeft.

De publiciteit is een ander verhaal. Nu weet heel Nederland wie hij is en dat verkleint zijn kansen straks een legale status op te bouwen. De bank die hij wil beginnen, kan hij wel vergeten. Wat mijn lief ook dwarszit, is dat hij lid wil worden van de Koninklijke Nederlandsche Zeil- & Roeivereeniging die gevestigd is in Muiden. Frans is een groot zeilliefhebber. Hij heeft zeilschip 't Amsterdammertje gekocht dat hij naar aanleiding van de film omdoopte tot Amsterdamned. Maar het is hem niet gelukt lid te worden van de KNZ&RV. Over twee weken sluit het zeilseizoen. Voor die tijd heeft hij een afspraak met leden van het bestuur. Na het artikel kan hij dat lidmaatschap op zijn buik schrijven.

21

Frans glundert als we overstag gaan. Mijn hart klopt van pure opwinding hem in zijn element te zien. Er ligt een blos op zijn gezicht die ik lang niet meer heb gezien. Er staat windkracht zeven op het IJsselmeer. De wind jaagt de Amsterdamned over de golven als een kunstschaatsenrijdster over ijs. Frans lacht. Het kan hem niet hard genoeg gaan. Het zeilseizoen mag dan officieel over zijn, dat kan ons er niet van weerhouden de elementen te trotseren. De gedachte gaat door mijn hoofd dat we dit we vaker zouden moeten doen.

Eigenlijk is mijn lief nooit meer de oude geworden sinds de gevangenisstraf die hij drie jaar geleden uitzat. Hij was in de Wakkerstraat om problemen van zijn compagnon Bea op te lossen. Zij had een verhouding gehad met iemand die Frans hielp bij zijn vastgoedactiviteiten. Toen ze het uitmaakte, eiste haar ex een financiële compensatie. Het was pure chantage. Maar Frans was bereid hem honderdduizend gulden te betalen. Voor een laatste gesprek ging hij naar de Wakkerstraat waar deze persoon woonde. In plaats van een gesprek kwam het tot een vuurgevecht waarbij Frans zwaargewond raakte. Dagenlang zat ik op de intensive care bij hem en zag hoe hij zweefde op de grens van leven en dood. Hij overleefde drie hartstilstanden. Toen hij herstelde, werd hij naar het Huis van Bewaring gebracht in afwachting van het proces.

Frans werd in eerste instantie veroordeeld tot vijf jaar onvoorwaardelijke gevangenisstraf. In hoger beroep lukte het de advocaat die straf terug te brengen tot anderhalf jaar. Bij zijn vrijlating eind 1985 kwam Frans als een ander mens terug. Hij werd harder. Wantrouwiger. Trok hij voorheen met één of twee bodyguards op, sinds zijn tijd in de Bijlmerbajes zijn er altijd minstens vijf beveiligers in de buurt. Maar ook uiterlijk is hij veranderd. Hij heeft niet meer de uitstraling van de student die hij had toen ik hem voor het eerst in de Buggie ontmoette. Hij draagt nu bijna uitsluitend donkere pakken. En hij heeft de grauwe huidskleur van iemand die te weinig buitenlucht krijgt. Vaak staat er een gespannen uitdrukking op zijn gezicht. Als ik soms zie hoe dof hij uit zijn ogen kijkt, gaat dat mij aan het hart. Zelfs de reizen die we samen over de wereld maken, brengen de oude Frans niet terug omdat elke reis wel een zakelijk doel heeft. Daarom is deze zeiltocht een goed idee. Even kunnen we onze zorgen van ons afzetten.

Zorgen zijn er doorlopend. Frans heeft op mijn en Eugène's aandringen besloten voorlopig af te zien van liquidatie van de journalist die over hem publiceerde, ook al wist hij waar deze zat ondergedoken. De dood van deze persoon zou een publicitaire storm teweeg brengen die ons meer schade zou berokkenen dan dit ene artikel. In plaats daarvan heeft Frans zijn zinnen gezet op juridische stappen. Dat heeft geleid tot meer vergaderingen over de te volgen strategie. Met zijn advocaten is hij het erover eens dat er een proces moet komen.

Ik heb Frans opnieuw aangeraden om het een tijdje rustig aan te doen. Waarom gaan we niet een jaar op vakantie en laten de anderen de zaken waarnemen, stelde ik hem voor. Maar hij kan niet weg. Hoewel Eugène een grotere rol begint te krijgen, is Frans nog altijd de spil van de firma. Bovendien is hij van mening dat hij nog meer kan bereiken. Dat hij nog niet op de top van zijn kunnen is. Als straks de handel gelegaliseerd is, kan hij rentenieren. Hij is vijfendertig en denkt de wereld de baas te kunnen. Maar ik maak me grote zorgen. Sinds hij bijna het leven in de Wakkerstraat verloor, kijk ik uit naar de dag dat hij besluit te stoppen. Hij weet dat ik een kind van hem wil, maar daar wil hij pas aan denken als hij de firma heeft overgedragen. De laatste tijd denk ik wel eens dat het er nooit van zal komen.

Nadat we in Enkhuizen zijn aangemeerd, rijden we in colonne terug naar Amsterdam: wij in de Ferrari Testarossa van Frans, voor ons en achter ons de bodyguards en veel verder naar achteren volgt een auto die alleen maar van de politie kan zijn, ook al is dat aan de buitenkant niet te zien. Langzamerhand raken we eraan gewend hen in de buurt te hebben. De politie kan ons niets maken. De politiek is te verdeeld om een vuist te maken. Al jaren spreekt de top van politie en justitie met de politiek over de vorming van een landelijk politiekorps, maar nog altijd rivaliseren rijkspolitie, gemeentepolitie en marechaussee.

Ondertussen blijven politiek en korpsleiding steggelen over het te vormen Interregionaal Rechercheteam. Langzaam maar zeker begint er beweging in te komen, maar Frans denkt dat het nog wel een jaar duurt voor het team aan de slag gaat. Dankzij zijn contacten bij de recherche weet hij dat het team zich vooral op hem gaat richten. Hij zegt er klaar voor te zijn. Ik heb hem sinds lang niet zo strijdlustig gezien.

Eerder deze week vroeg Frans Geert de auto aan de kant van de weg te zetten. Vervolgens stapte hij uit en liep naar de volgauto. Hij begon de agenten uitvoerig uit te leggen dat wat zij deden zinloos was. Hij praatte aan een stuk door. Ik zag aan de gezichten van de agenten dat ze de helft van wat hij zei niet begrepen.

'Jullie denken macht over mij te kunnen uitoefenen', schamperde hij. 'Maar dat lukt jullie niet want die macht is niet van jullie. Jullie kunnen mij niets maken. Helemaal niets! Jullie zijn zelf onderworpen aan die macht. Die macht is erop uit om alles en iedereen in een keurslijf te persen. Misschien heeft dat keurslijf nut gehad. Die macht sloot mensen buiten omdat het economisch voordeliger was. Die tijden zijn voorbij. Het wordt hoog tijd dat de macht opnieuw wordt gedefinieerd. Op elk niveau van de samenleving. Wat is jullie economische nut als jullie werk erop gericht is een goedlopend bedrijf te sluiten? Misschien dat jullie daarom worden onderbetaald. Maar er komt een dag dat de rollen omgekeerd zijn. Dan zal de macht jullie dwingen om met mij mee te werken. Omdat ik een economisch belang vertegenwoordig.'

Om dit soort redevoeringen wordt Frans achter zijn rug om de Dominee genoemd. Maar het is niet de bijbel waarmee ik opgegroeid ben die hem inspireert. Als ik me aan mijn studie wijd, leest hij boeken van de Franse filosoof Foucault. Sommige ideeën van de Fransman probeert hij op mij uit en dan volgen ellenlange discussies. Frans doet niets liever dan urenlang over een onderwerp doorbomen. Wat hij de agenten wilde zeggen, is voor mij duidelijker dan voor hen. Frans' oude frustratie dat hasj niet gelegaliseerd is, komt op dat moment naar boven en in Foucault ziet hij een intellectuele bondgenoot, al is de filosoof al jaren dood.

22

Ik kan mijn oren niet geloven. Ik zit samen met Frans op het dek van de Amsterdamned. De zon schittert op de golven. We zijn aangemeerd bij de Stevinsluizen in de Kop van Noord-Holland en wachten tot onze beurt komt. We gaan vandaag op de Noordzee zeilen. Ik kijk naar rechts waar Frans ontspannen op het klapstoeltje zit, met zijn gezicht opgeheven naar de zon en de zonnebril op zijn neus. Zijn witte poloshirt wappert in de wind. Het is eind juli. De laatste dagen is mijn lief in een opperbeste stemming en zijn beslissing moet wel de reden daarvoor zijn. Gisteravond zijn we naar de bioscoop geweest om de nieuwe James Bond te zien en vanochtend stelde Frans voor te gaan zeilen. De negatieve publiciteit van een halfjaar geleden lijkt hij helemaal te zijn vergeten. Ik doe alsof ik hem door de wind niet kon verstaan en vraag hem wat hij zei.

'Ik ga ermee kappen', zegt hij nogmaals. 'Voor een jaar. Wat zeg je daarvan, Sjan?'

Hij neemt zijn zonnebril af en kijkt me met een brede grijns aan.

'Een *sabbatical*. Om met jou de wereld over te reizen.'

'Meen je dit nou echt?'

'Zeker. Eugène kan de business voor mij overnemen. Ik heb het er met hem over gehad. Als het bevalt, stop ik definitief. Ik heb nu alles bereikt wat ik wilde. Dus kan ik ermee kappen. En misschien gaan we over een jaar een nieuw bedrijf starten. Maar dan moet eerst de aandacht voor mij zijn verslapt.'

Ik voel het geluk opwellen in mijn hart. Ik kan alleen maar instemmen met wat mijn lief zegt. Door nieuwe wetgeving is het sinds kort mogelijk iemand te veroordelen voor lidmaatschap van een criminele organisatie. Dit maakt het voor justitie makkelijker greep op ons te krijgen. Bovendien zal op 1 oktober het Interregionaal Rechercheteam operationeel worden. Dit is een goed moment om ermee te stoppen.

'Nou, wat vind je ervan?'

'Het is een fantastisch plan, Frans!'

Hij glimlacht opnieuw. Vervolgens zet hij zijn zonnebril op en leunt achterover in de zon. 'Ik wil alleen nog één slag slaan. Een grote. De grootste. Iets waarmee we in één klap laten zien wat we voor elkaar kunnen krijgen. Dat lijkt me een mooie uitdaging. Als dat gelukt is, houden we het voor gezien.'

Tussen de veertig en vijftig ton. Dat is de hoeveelheid die Frans in gedachten heeft. Het is een gigantische partij. Misschien wel de volledige oogst van onze handelspartner in Pakistan. Het is een waardige afsluiter voor onze carrière. Niemand doet ons dit na. De organisatie is dan ook een geweldige klus waarvoor Frans de beste mensen bij elkaar brengt. Om afspraken te maken, organiseert hij eind augustus een bijeenkomst in een vergaderzaal van het Garden Hotel.

'Hebben we een staart?', vraagt Frans aan Geert.

'Rode Peugot.'

'Kenteken?'

Geert kijkt nogmaals in de achteruitkijkspiegel en noemt de cijfers en letters die het kenteken vormen. We rijden over de Stadhouderskade richting het Vondelpark. Het Garden Hotel is aan het Dijsselhofplantsoen en daarvoor moeten we de Hobbemakade op.

Als we arriveren zijn alle naaste medewerkers, Eugène, Bram en Ton, en de bodyguards al present. Aan de vergadertafel zitten Jan Verhoef, Wim Feenstra en Paul Jenkins te wachten. Jan komt uit een woonwagenkamp. Hij wordt samen met Bram en Ton betrokken bij de uiteindelijke verwerking van de partij, want Jan heeft een eigen netwerk opgebouwd dat via woonwagenkampen over heel West-Europa loopt. Wim Feenstra is uitgenodigd voor het financieren van zowel de inkoop als het transport. Als vastgoed-specialist kan hij geld vrijmaken dat nodig zal zijn. Voor de inkoop zullen enkele miljoenen op tafel moeten komen. Dat is op zich geen probleem, maar het meeste geld ligt vast in onroerend goed.

Het wachten is op Orlando Bresser. Zoals meestal is hij laat. Na een halfuur dreigt Frans te beginnen als de transportonderne-mer niet snel komt. Ik erger me ondertussen aan Bram, Ton en Carlos. Bram en Carlos kletsen over motoren en doen tegelijker-tijd een wedstrijdje wie de luidste boeren kan laten. Ton is bezig zijn vuurwapen uit elkaar te halen, te poetsen en te oliën om hem daarna weer in elkaar te zetten. Hij richt het wapen op een denk-beeldig doel en knikt dan tevreden. Als ik er wat van zeg, schuift hij onverschillig zijn bril hoger op de neus.

'We zitten in een hotel', herinner ik hem.

'Dat weet ik ook wel, Chantalletje.'

Ik heb er een hekel aan als hij me zo noemt. Sowieso moet ik niets van hem hebben. Bram en Carlos zijn van tijd tot tijd verve-lend, maar Ton spant de kroon. Hij kan op onverwachte momen-ten scheten laten en vervolgens met een stalen gezicht zeggen dat degene die het heeft gedaan ermee op moet houden. Ik krijg de ril-lingen van hem en begrijp niet dat Frans met hem overweg kan. Nooit zie je hem lachen.

Mijn lief ziet dat anders. Bram en Ton hebben ervoor gezorgd dat we een monopoliepositie hebben op de Wallen in Amsterdam.

Alle coffeeshops kopen nu hun hasj bij ons in. Bram en Ton hebben ook een handeltje in gokautomaten opgezet. Dat zij hun marktpositie met dreigementen hebben veroverd, kan Frans niets schelen. Hij zou vroeger de markt veroverd hebben met het charmeoffensief waarvoor ik ook gevallen ben.

Uiteindelijk komt Orlando met een brede glimlach en verontschuldigingen binnen.

'Shit jongens, ik weet het', zegt hij vrolijk met de handen omhoog. 'Ik ben te laat!'

'Als die zwarte aanschuift, dan kunnen we beginnen', zegt Frans.

'Kalm aan, jongen, ik trek mijn colbertje uit.'

'Schiet eens op, we wachten al drie kwartier.'

Als Orlando eindelijk zit, opent Frans de vergadering. Hij kijkt goedkeurend de kring rond. Dit is wat mijn lief altijd al wilde: mensen bij elkaar brengen en het beste uit hen halen. Samen zullen we sterk staan, gelooft hij. Frans begint met de mededeling dat hij de eerste contacten met zijn leverancier in Pakistan heeft gelegd. Deze is bereid voor de helft mee te investeren.

'Dat scheelt mij werk', zegt Wim Feenstra tevreden.

'Hij stelt wel als voorwaarde een aandeel in de winst.'

'Hoeveel?', wil Ton weten.

'Tien procent.'

Er barst een discussie los over het percentage. Wim Feenstra wil akkoord gaan, maar de anderen zien hun aandeel in de winst slinken en stellen tegeneisen. Ton vindt dat Wim beter wat meer "huissies" kan verkopen. Frans noteert alles en zegt dat hij dat mee zal nemen in de onderhandelingen als hij volgende maand naar Karachi vliegt. Vervolgens brengt hij het transport van Pakistan naar Nederland aan de orde. Dit is de afdeling van Paul Jenkins. Deze heeft de laatste tijd niet stilgezeten. Vanuit zijn nieuwe landhuis op de Veluwe heeft hij contact gezocht met rederijen waarmee hij in het verleden heeft gewerkt. Hij heeft al een kustvaarder op het oog die wordt klaargemaakt om de partij over te brengen. Hij heeft in Rotterdam het bedrijf Alpha Freight opgericht dat de kustvaarder zal overnemen. Frans spreekt met hem af om hier later verder over te praten.

'Dan komen we bij het transport in Nederland', zegt hij. 'Ik wil voor de partij twee opslagplaatsen. Als de ene helft gepakt wordt, verdienen we nog dik op de andere helft. Ik zoek zelf de locaties uit. Het vervoer is jouw afdeling, Orlando. We hebben twee containers nodig.'

'Dat is geen probleem, weet je. Dat regelt deze jongen allemaal.'

'Zeker weten?'

'Zeker weten, jongen.'

'Goed, dan kunnen we de zaak beklinken. Jullie zijn allemaal welkom in ons clubhuis. Sjan, jij gaat toch ook mee?'

Ik heb er niet veel trek in maar knik toch.

Het clubhuis is tegenwoordig Yab Yum, een luxebordeel waar ik als vrouw volgens de regels niet binnen mag komen – tenzij als gastvrouw, zoals de prostituees daar genoemd worden. Voor mij is op verzoek van Frans een uitzondering gemaakt. De eigenaar kan mijn lief niets weigeren want hij is zijn beste klant. Maar ik maak liever geen gebruik van mijn voorrecht en dat heeft voor een groot deel te maken met de mensen die Frans meeneemt. Wim Feenstra en Orlando Bresser zijn prima. Dat geldt niet voor Bram, Ton en Carlos die niets liever doen dan de boel op stelten zetten en de meisjes achterna zitten. Het wordt echt gortig als het drietal heeft gedronken. De eigenaar vindt alles best, zolang Frans betaalt.

Dit keer besluit ik mee te gaan omdat ik geen spelbreker wil zijn. De alliantie die tussen ons is gesloten, moet worden gevierd want dat is goed voor de onderlinge verhoudingen. Trouwens, ik ben al een aantal keren in Yab Yum geweest dus dit keer zal ik het ook wel overleven. Ik weet dat Wim Feenstra getrouwd is en dat hij het bordeelbezoek als een noodzakelijk kwaad beschouwt. Als de mannen zich op de bovenverdieping uitleven, blijf ik wel met hem aan de bar kletsen.

Een halfuur later rijden we het particuliere parkeerterrein van de seksclub aan de achterzijde van het grachtenpand op. Van tevoren heeft Eugène laten weten dat we eraan komen en is er plaats voor ons gemaakt. Aanwezige klanten die bij Frans in de schuld staan, zullen van de gelegenheid gebruik hebben gemaakt om weg te sluipen, net als de meiden die ons bezoek liever niet meemaken. In Yab Yum werken professionele prostituees, huisvrouwen en studentes. De verdiensten zijn hier beter dan waar ook in de stad, maar er zijn grenzen. Ik weet dat sommigen van hen bang voor ons zijn.

Yab Yum is mij te opzichtig ingericht om me er thuis te voelen. Het is een wereld van klatergoud en champagne. Eén keer ben ik aangezien voor een van de gastvrouwen door een Japanse zakenman die mij mee naar boven wilde nemen. Geert heeft hem toen tegen de vlakte geslagen. Maar dat maak ik liever niet nog eens mee. Ik voel daarom opluchting als ik binnenkom en zie dat de club vrijwel is uitgestorven. Eugène heeft zijn inspectie van het gebouw afgerond en nu kijkt Frans goedkeurend rond. De eigenaar komt naar hem toe en zegt op zo'n kruiperige toon dat hij blij is Frans te zien, dat ik verafschuwd mijn hoofd wegdraai. Het duurt vervolgens nog vijf minuten voor we allen aan de bar zitten en Frans zijn champagneglas heft. Zijn ogen glinsteren.

'Op ons avontuur!'

'Op die Grote Berg van ons', zegt Geert.

Die uitdrukking wordt door de anderen overgenomen. Meer dan veertig ton zwarte Paak ís een enorme berg. Na de toast zie ik Carlos al snel met twee meiden naar boven gaan. De bewaking ligt nu in handen van Eugène die de enige is die niet aan het champagneritueel meedoet. Voor hem is er een glas mineraalwater ingeschonken en daar is hij tevreden mee.

'Ik ga even naar boven voor een sanitaire stop', zegt Frans tegen mij.

Aan zijn arm hangt een blond meisje dat hem verlekkerd aankijkt. Ik kijk de andere kant op waar Wim met een opgelaten gezicht rondkijkt.

Opeens ontdek ik een oude bekende. Martin, de agent die mij lang geleden naar de Nassaukade reed. Een agent is hij al jaren niet meer. Martin werd in 1984 uit het korps ontslagen omdat hij te intensieve contacten met penozejongens als Ronnie Cox onderhield. Ik weet dat hij kort daarna betrokken was bij een schietpartij waarbij een dode viel. Hij werd aangehouden en veroordeeld. Na zijn vrijlating is hij voor de Joegoslavische maffia in de stad gaan werken. Hij schijnt door hen te worden ingehuurd om huurmoorden uit te voeren. Ik vind dat een vreselijke gedachte die ik niet met de aardige agent van vroeger kan rijmen.

Zonder te groeten komt hij naast me aan de bar zitten. Hij biedt me een vuurtje aan voor de sigaret die ik tussen mijn lippen steek.

'Iets te vieren?'

'Zoiets.'

'Is Frans boven?'

'Hoezo. Moet je hem spreken?'

'Neuh. Vind je het niet klote dat hij naar boven is?'

'Hij houd niet van die meiden', zeg ik, waarop Martin grinnikt.

Een uur later rijd ik in de Jaguar alleen naar het Amstel Hotel terug waar mijn lief en ik tegenwoordig permanent wonen. Voor het slapen gaan wil ik nog een uurtje studeren. Misschien komt Frans in de tussentijd thuis. Hij laat zich nog steeds vermaken en ik heb geen zin op hem te wachten. Misschien brengt hij de hele nacht in Yab Yum door. Het zal niet de eerste keer zijn. Elke kamer heeft een eigen bed, bad en is van andere gemakken voorzien. Ik ben ermee gestopt me daar kwaad over te maken. Het is één van de verzetjes die ik door de vingers zie. Tegen Martin heb ik gezegd dat hij niet van die meiden houdt en dat geloof ik ook. Hij houdt alleen van mij. Macht is lekkerder dan neuken, zegt hij wel eens om zijn escapades te relativeren.

Als ik het hotel binnenkom, krijg ik te horen dat er telefoon voor mij is geweest.

'Waarom is dat niet doorgegeven?', vraag ik de receptioniste.

Zij vertelt me dat er pas een kwartier geleden is gebeld. Het was Natasja om te zeggen dat het niet goed gaat met mijn oma. Ze vraagt mij naar de Nassaukade te komen. Ik word de laatste tijd om de haverklap gevraagd te komen. Meestal is er een onbenullige reden. Zoals pas. Ik was net terug van een weekend shoppen in Londen. Bij aankomst kreeg ik van mijn oma te horen dat de televisie was stukgegaan. Ze wilde dat ik een nieuwe ging kopen.

Zoiets zal het nu ook wel weer zijn. Ik zie op mijn horloge dat het al half twaalf is. Mijn oma had al geruime tijd op bed moeten liggen. Ik bedenk dat er misschien toch meer aan de hand is dan de vorige keer en loop naar buiten, pak opnieuw de Jaguar en rij naar de Nassaukade.

23

Natasja doet open voor ik de sleutel in het slot heb kunnen steken. Ze is een roodharige, mollige vrouw van begin veertig die kinderloos gescheiden is. Een gediplomeerd verpleegster die ik betaal om dag en nacht op mijn oma te passen sinds ik uit het huis ben gegaan. Uitgezonderd mijn vroegere slaapkamer, heeft zij het hele souterrain tot haar beschikking. Mijn oma bewoont de beletage. In de achterkamer heeft ze tegenwoordig haar bed staan.

Na de inval van Jack, mijn ex, kan ik niet meer met mijn oma overweg. De confrontatie met de agressieve Jack en de bodyguards van Frans hebben haar op niet mis te verstane wijze duidelijk gemaakt dat ik niet het werk doe dat ik haar heb voorgespiegeld. Het heeft haar als een mokerslag getroffen. De eerste dagen praatte ze onophoudelijk en in tranen op mij in. Dat ik ermee moest stoppen. Dat het mijn dood zou kunnen worden. Ze kreeg bijval van Marga. Haar heb ik direct ontslagen. Kort daarna ben ik zelf uit huis gegaan om bij Frans te wonen.

Ik heb er geen behoefte aan haar geklaag aan te horen, of de gebeden die ze opzegt in de hoop dat ik tot inkeer kom. Ze begrijpt mij niet. Ze snapt niet wat mij drijft. En heeft er geen begrip voor dat ik samenleef met de man die ze nu ziet als de grote boze wolf. Niet dat ze in de sprookjes van Grimm gelooft. Maar waar ze wel in gelooft komt voor mij op hetzelfde neer. Haar primitieve levenswijze roept bij mij ergernis op. Zij op haar beurt ziet niet in dat ik het leven leid dat ik altijd heb gewild. Dat zij Frans afwijst, maakt mij kwaad en verdrietig. Het is verkeerd. Net zoals het verkeerd was dat ze vroeger mijn moeder niet wilde accepteren. Of dat papa met haar samenwoonde. Ze wil dat ik een nieuw leven begin. Opgeven zou betekenen dat ik Frans opgeef en dat is ondenkbaar. Voor hem heb ik veel – zo niet alles – over.

Mijn oma heeft het verband gelegd tussen de moord op Joop Melissen en Frans. Met grote moeite is het mij gelukt haar te overtuigen daarover te zwijgen. Ik heb het opgegeven haar duidelijk te maken dat geweld in onze bedrijfstak bijverschijnselen zijn die voortkomen uit jaloezie en hebzucht. Branco, Joop en al die anderen hebben hun dood aan zichzelf te wijten. Liquidaties zijn geen doel op zichzelf, zegt Frans altijd. Liquidaties zijn een zakelijke overweging in situaties waarin belangen van de firma gevaar lopen. Liquidaties kosten geld en worden daarom zorgvuldig afgewogen. Soms zijn ze onontkoombaar, want in de wereld van de penoze lopen je tegenstanders anders over je heen. Dan kun je beter bijten dan gebeten worden.

Oma ligt te puffen op bed als ik de achterkamer binnenkom. De kamer ruikt alsof zij al dagen niet is gelucht en het is er warm. Ondraaglijk warm. Als ik bij haar bed sta, vraag ik me af of ze bij bewustzijn is. Haar ogen zijn gesloten. Ik kijk naar haar ingevallen en gerimpelde gezicht. Haar mond staat halfopen. Haar borstkas gaat snel op en neer. Ondanks de warmte ziet ze erg bleek en lijkt ze te rillen van de kou. Gelukkig zie ik geen tekenen die erop wijzen dat ze weer een hersenbloeding heeft gehad.

'Oma?'

Bij het horen van mijn stem, gaan haar ogen open. Haar blik zoekt mij. Vervolgens probeert ze iets te zeggen, maar ze kan geen woord uitbrengen. Haar blik glijdt naar het nachtkastje. Daarop staat naast een klokje dat nu middernacht aangeeft een glas water. Daarnaast ligt een bijbel.

'Ze heeft een droge keel', zegt Natasja. Ze pakt het glas en houdt het mij voor. 'Wilt u?'

Ik neem het glas van haar over en zet het oma aan de lippen. Ze probeert er van te nippen maar verslikt zich dan. Ze hoest zo erg dat ik vrees dat ze erin blijft. Onmiddellijk komt Natasja in actie. Ze helpt oma overeind, schudt de kussens op en duwt ze onder haar rug zodat ze half zit, half ligt. Mijn oma strekt een magere hand naar mij uit en ik neem hem in mijn handen. Het is alsof ik iets vastpak dat al dood is. Ik schrik ervan als ik zie dat de hand blauw verkleurd is.

'Chantal', zegt mijn oma dan met trillende stem. 'Ik ga sterven.'

'Nee!'

'Ik voel het in mijn lichaam.'

Ik wil dit niet horen. Ik ben haar de laatste jaren uit de weg gegaan, maar op dit moment besef ik hoeveel zij nog steeds voor mij betekent. Zij mag niet sterven. Niet nu. Niet nu Frans en ik bijna zover zijn dat we een ander leven gaan leiden. Ik wil dat zij dat meemaakt. Misschien zal ze mijn lief accepteren. Misschien zal ze inzien dat ik op mijn manier gelukkig kan zijn. In gedachten vloek ik dat mij dit overkomt. Ik denk terug aan wat ze me altijd vertelde, dat ze hoopte dat ik een lieve man zou krijgen en mijn eigen gezin zou stichten. Ik wilde dat ook, en meer. Binnenkort zal het voor mij waarheid worden.

Mijn oma zie ik wegglijden in een sluimertoestand.

'Is de dokter geweest?', vraag ik Natasja.

'Vanmiddag. Hij vindt dat ze hard achteruit gaat.'

'Wat is het?'

'Haar hart. Dat kan het elk moment begeven. De dokter wil haar in het ziekenhuis laten opnemen. Maar uw oma wil er niets van weten. Zij is gehecht aan deze kamer. Eerlijk gezegd lijkt het me ook verstandiger met haar hartconditie.'

Oma opent haar ogen weer. Ik zie een zweem van een glimlach op haar vermoeide gezicht. Ik houd nog steeds haar hand vast. Zolang ik haar niet loslaat, blijft ze leven, denk ik. Maar die gedachte houd ik niet vol als ik langer naar haar kijk. Ik kan het niet aan. Met moeite weersta ik de drang de kamer te verlaten en nooit meer terug te komen.

Natasja geeft haar nog een slokje water.

'Ik heb altijd van je gehouden, Chantal', zegt oma dan voor ze opnieuw wegglijdt. 'Vergeet dat nooit. Ik sterf met een gebed voor jou.'

Ik blijf de hele nacht bij haar waken. Tegen de morgen is er geen verandering in haar toestand gekomen. Natasja geeft mij dan een brief die mijn oma twee weken geleden heeft geschreven toen ze merkte dat haar gezondheid verslechterde. De brief beschrijft haar leven van haar jeugd als dochter van een dominee tot haar leven in Amsterdam. Twaalf kantjes heeft ze met haar bibberige handschrift gevuld. Ze legt erin uit hoe ze tegen het leven aan heeft gekeken, welke keuzes ze maakte en waarom. Uit elke zin blijkt haar liefde voor haar familie. Ik voel me erdoor vertederd. Maar haar brief roept ook weerzin op.

De bedoeling achter de brief is om mij tot inkeer te brengen. Ze voorziet een leven voor mij dat tot ongeluk leidt. Daarom wil ze dat ik met Frans breek voor het te laat is. De onheilspellende toon stuit me tegen de borst. Zelfs met de dood voor ogen kan ze me niet loslaten, moet ik keuzes maken die ik niet wil maken. Ze begint ook weer over de verdwijning van papa. Alsof dat mij ook te wachten staat. Na vijftien jaar heb ik de moed opgegeven dat hij terugkeert. Maar dat wil niet zeggen dat ik nu ook geloof dat ik zo eindig als hij.

Papa verdween een paar maanden voor mijn broertje stierf. In de tijd ervoor was hij soms wekenlang van huis. In de stad werd beweerd dat hij een andere vrouw had. Anderen zeiden dat hij het criminele pad was opgegaan. Als hij weer eens terugkeerde, had hij cadeaus voor mij en Hans. Hij bleef nooit lang, jaagde zijn geld erdoor in een café bij de haven en vertrok dan met niet meer dan een zwaai van de pet die hij altijd droeg. Later hoorde ik dat hij weer schipper was en dat hij op een kotter voer. Op een dag kwam hij zelfs met het schip de haven binnen en mochten Hans en ik op het dek komen. Die gebeurtenis versterkte in de stad het gerucht dat hij bij de smokkel van drugs betrokken was. Er hing aan boord een sterke lucht. Maar ik was te jong om die te herkennen voor wat het was.

Er was meer aan de hand met zijn verdwijning dan mijn oma wilde vertellen. Of hij dood was, kon niemand vertellen. In elk geval was voor de meeste buren duidelijk dat papa nooit meer zou terugkeren. Slechts enkelen dachten dat hij in een ander land vastzat – als ik terugkijk denk ik dat ze dat zeiden om mijn gevoelens te sparen. Daarom bleef ik hopen dat hij op een dag weer zou terugkeren met nog meer cadeaus en verhalen. Een hoop die opleefde door Jack toen hij met spulletjes van papa ons huisje bezocht. Maar van hem ben ik nooit iets wijzer geworden. Ook hij zei dat papa dood was.

De brief van mijn oma geeft na vijftien jaar nog steeds geen duidelijkheid, hoewel ik nu niet meer twijfel dat ze meer weet. Ze wil mij in bescherming nemen en tegelijkertijd waarschuwen dat hetzelfde mij boven het hoofd hangt. Op dit soort bangmakerij kan ik alleen hoofdschuddend reageren. Ik ben heel goed in staat voor mezelf te zorgen.

Voor ik vertrek loop ik eerst de badkamer in. In de spiegel boven de wastafel zie ik een vermoeid gezicht en eerlijk gezegd voel ik me ook beroerd. De nacht zonder rust heeft mij gesloopt. In mijn achterhoofd voel ik hoofdpijn op komen zetten. Ik zie ook dat mijn make-up is uitgelopen. Een spoor van mascara over mijn beide wangen laat zien dat ik gehuild moet hebben, al kan ik me er niets van herinneren. Snel was ik mijn gezicht en werk mijn make-up bij. Vervolgens steek ik mijn geblondeerde haren in een paardenstaart. Als ik tevreden ben met het resultaat vraag ik Natasja om een aspirine.

Zodra ik buiten sta, steek ik een sigaret op en inhaleer de rook zodat ik mezelf niet meer hoef te ruiken. Mijn Magie Noire is allang uitgewerkt. Ik wil nu zo snel mogelijk terug naar het Amstel om me om te kleden. Het pakje dat ik draag, stinkt naar Yab Yum en zweet. Ik stap in mijn Jaguar en trek op. Onder het rijden start ik de cd-speler. Ik zet het volume halfzacht om mijn hoofdpijn niet te verhevigen. De synthopop van de Pet Shop Boys is precies wat ik nu nodig heb. Zij zijn naast A-ha één van mijn laatste aanwinsten. Door de emotieloze stem van Neil Tennant voel ik me gelijk een stuk beter. De cover van *Always On My Mind* van Elvis Presley past ook prima bij mijn gemoedstoestand. Hoever ik de Nassaukade ook achter me laat, mijn gedachten zijn in de achterkamer gebleven.

Maybe I didn't treat you as good as I should
Maybe I didn't love you quite as often as I could
Little things I should've said and done, I was blind
You were always on my mind
You were always on my mind

Frans is blij me te zien als ik Suite 116 binnenkom. Hij zegt dat hij goed nieuws heeft. Dat ik de hele nacht weggeweest ben, is hem kennelijk ontgaan. Of hij is zelf niet eerder dan vanochtend teruggekomen.

'Offshore Racing is toegelaten, Sjan!'

'Hé, wat geweldig!'

'Zaterdag zijn de eerste wedstrijden van het najaarsseizoen!'

Offshore Racing Nederland is de stichting die Frans heeft opgericht om de Amsterdamned in onder te brengen. Officieel heeft hij de boot aan de stichting verkocht. Maar in het bestuur ervan zitten onze medewerkers zodat Frans de boot nog steeds als de zijne kan beschouwen. Wat hem als persoon niet is gelukt, kan wel voor Offshore Racing Nederland. Hij is daarmee lid geworden van de KNZ&RV in Muiden. Bij dit goede nieuws sluit mijn lief mij in de armen en kust me hartstochtelijk. Dan pas merkt hij dat ik mijn kleren van gisteren nog aan heb.

'Wat is er gebeurd?'

Ik vertel hem over mijn oma. Hij dringt meteen aan dat ik de dag vrij neem om bij haar te waken. Hij vraagt of hij zelf iets kan doen, maar dat wijs ik af. Ik denk niet dat het goed is voor de gezondheidstoestand van mijn oma als Frans haar bezoekt.

'Is ze nog altijd kwaad op je?'

'En op jou.'

'Dat spijt me voor jou, Sjan. Wat ga je nu doen?'

'Ik ga eerst douchen. Daarna zie ik wel. Ik voel me allerbelabberdst. Een warme douche zal me goed doen. Ik denk dat ik daarna meteen in bed duik om wat slaap in te halen.'

Ik word wakker en merk dat er iemand achter me ligt. Zijn hand ligt op mijn bovenarm en daardoor zie ik dat het Frans is. Ik lig op mijn linkerzij en hij ligt lepeltje-lepeltje met mij. Ik draai mijn hoofd naar hem toe en zie vanuit mijn ooghoek dat hij klaarwakker is. Zachtjes begint hij me te strelen maar hij doet het niet met de passie die aan seks vooraf gaat. Even raakt hij het bandje van mijn beha aan zonder de sluiting los te maken. Zijn hand glijdt terug naar mijn elleboog en gaat dan weer omhoog. Langzaam. Het is alsof hij me wil troosten. Het wekt de slaap weer in mij op en ik merk dat mijn ogen zich traag sluiten.

Dan word ik opnieuw wakker. Ik ben alleen in bed. Ik draai me op mijn rug en zie dat mijn lief er niet meer is. Zijn geur hangt nog wel in de slaapkamer. Ik pak mijn Rolex van het nachtkastje en zie dat het halverwege de middag is. Ik heb acht uur achtereen liggen slapen! Gauw stap ik uit bed en douche me opnieuw. Als ik terug ben in de slaapkamer, zoek ik een zomers jurkje uit want het is buiten broeierig warm geworden. Ik kies voor een luchtig jurk-je van Yves Saint-Lauren dat Frans en ik twee weken geleden in New York hebben gekocht. Dan komt mijn lief binnen.

'Natasja belde', zegt hij. 'Ik heb je laten slapen.'

'Moet ik komen?'

'Ja', zegt hij. 'Je oma is overleden, Sjan.'

24

In de weken na de dood van mijn oma ben ik aan de lopende band druk. Er moet van alles worden geregeld. Eerst haar begrafenis. Daarover heeft ze alles op papier gezet en ook doorgesproken met haar dominee zodat ik die zorg niet heb. Met haar begrafenis-ondernemer neem ik de uitvaartplechtigheid door. Er vindt een rouwdienst in Amsterdam plaats, maar oma wordt begraven in mijn geboortestad. Ik moet ook de komst van haar zus uit Dordrecht regelen. Voor haar boek ik een kamer in een driester-renhotel in de binnenstad. Het lijkt me niet verstandig haar in hetzelfde hotel als Frans en ik onder te brengen.

Daarna volgt de afwikkeling van de nalatenschap. Al het regel-werk is net wat ik nodig heb. Hier ben ik goed in en zolang ik druk ben, hoef ik niet te denken aan de emoties die oma's dood bij mij oproepen. Van Frans hoor ik ondertussen enthousiaste ver-halen over de avonden in de Pampusbar van de KNZ&RV in Muiden. Hij wil dat ik met hem meekom.

Ik heb besloten mijn woning te verkopen en daarom komt er van uitstapjes vooralsnog niets terecht. Ik moet het huis leeghalen. Natasja heb ik met een extra maandsalaris ontslag gegeven. Ik geloof dat mijn keuze om de woning te verkopen voor haar nog het hardst aankomt. Zolang er geen koper is, heb ik haar de toezegging gegeven dat ze er kan blijven wonen. Ze heeft de laatste jaren uitstekend voor mijn oma gezorgd en ik heb haar daarom een getuigschrift gegeven. Ik twijfel er niet aan dat ze binnenkort een nieuwe baan heeft.

Dat Natasja voorlopig aan de Nassaukade blijft wonen, is de reden dat ik niet ben ingegaan op een bod van Frans. Met Planologisch Bouwbureau Van der Zwan koopt hij onroerend goed tegen bodemprijzen op en verkoopt ze voor hun normale marktwaarde. Hij bood de helft van de taxatiewaarde in wit geld aan, de andere helft in zwart geld. Op die manier wordt het geld wit gewassen. Het geld dat hij verdient als hij de woning doorverkoopt is wit geld.

Frans zit in Pakistan als ik begin met het sorteren van de spulletjes van mijn oma. Het meeste dat ik aantref, heeft voor mij geen waarde. Bij sommige spulletjes twijfel ik omdat ik weet hoeveel ze voor haar betekenden. Zoals haar trouwbijbel en de prekenboeken van haar vader. Ik leg ze apart om pas te hoeven beslissen als het huis verkocht is. Misschien kan ik haar zus er een plezier mee doen. Ze zomaar weggooien kan ik niet over mijn hart krijgen. Ze roepen herinneringen op die ik niet met haar wil verliezen.

De achttiende-eeuwse kast wil Frans hebben. Het schaakbord dat van mijn opa was, houd ik zelf. En zo neem ik het huis kamer voor kamer door en rangschik alles in drie categorieën. Ik ben bij de voorkamer aanbeland als de deurbel gaat. Een man in sjofele kleding leunt tegen de deurpost als ik opendoe.

'Ik hoor dat ons huis te koop staat, Spetter.'

Mijn ex wil binnenkomen. De tijd dat ik me door hem liet intimideren ligt achter mij en daarom versper ik hem de doorgang. Dit staat hem duidelijk niet aan. Nu het huis in de verkoop gaat wil hij zijn deel hebben. Maar dat ben ik niet van plan en dat maak ik hem onmiddellijk duidelijk. Mannen als Jack moet je zo snel mogelijk afwimpelen. Geef ze geen gelegenheid te denken dat ze een voet tussen de deur kunnen krijgen, want dan blijven ze doorzeuren. Hij sputtert nu tegen, maar kan mij niets maken.

'Of je moet dit met Frans regelen', zeg ik bits. 'Hij kon dat ook met je neef toen die mij lastigviel.'

Die woorden zijn genoeg om zijn ogen fel te doen oplichten.

'Kutwijf!', zegt hij. 'Wat jij Joop hebt aangedaan, zal ik nooit vergeten.'

Het is een prachtige herfstdag. Er staat een stevige bries en het IJmeer is gevuld met zeilen en vrolijk wapperende vlaggen. In de haven van Muiden wordt de sluiting van het zeilseizoen gevierd. Ik zoek mijn lief. Ik neem aan dat ik hem ergens op de aanlegsteigers vind om met zijn boot te pronken en ideeën uit te wisselen. Maar daarin ik vergis ik me zeer.

In de haven vind ik hem niet en daarom loop ik terug naar de Pampusbar. Daar zit hij aan een tafeltje met een blond meisje dat honderduit tegen hem praat. Dat verwondert mij, want normaalgesproken is Frans degene die het hoogste woord voert. Ik kan mijn lief van opzij zien en merk dat hij helemaal in dat meisje opgaat. Zij is hooguit zes of zeven jaar jonger dan ik. Op de een of andere manier komt ze me bekend voor. Misschien heb ik haar hier eerder gezien, want dit is de tweede keer dat ik met Frans mee ben gegaan.

Ik neem plaats aan een ander tafeltje zodat Frans mij niet kan zien, maar ik het meisje wel. Ze is één en al glimlach terwijl ze praat. Haar wenkbrauwen heeft ze zover opgetrokken dat ze mijn lief onophoudelijk met grote ogen aankijkt. Ze praat op een bekakte toon die ik vandaag vaker om mij heen hoor en die me naar Amsterdam doet terugverlangen. Haar grote voortanden vallen me op, evenals haar hoge voorhoofd. Het onderwerp van gesprek zijn de ontwikkelingen in het Oostblok. Tussen de regels door laat ze merken dat ze in de hoofdstad twee studies volgt: politieke wetenschappen en economie.

'Mijn mening is', zegt ze, 'dat dit een goede stap is in de richting van wereldvrede. Met Mazowiecki als eerste niet Communistische premier van Polen verwacht ik dat andere landen zullen volgen. De grens tussen Hongarije en Oostenrijk is in september al geopend en in de DDR protesteren de mensen al dagenlang. Het zou natuurlijk geweldig zijn als het IJzeren Gordijn eindelijk scheurt en de mensen in vrijheid kunnen leven.'

'En de Sovjet-Unie, Mabel?'

'Met Gorbatsjov en zijn glasnost zagen we al grote veranderingen en...'

Ze blijft doorratelen over het onderwerp, maar ik heb mijn belangstelling verloren. Frans niet en dat stoort me. Deze blonde studente houdt hem moeiteloos in de ban. Wat hij in haar ziet, kan ik niet bevatten. Er lopen andere gasten langs hun tafeltje, maar Frans kijkt niet op of om. Zelfs het glas wijn op het tafeltje tussen hen in blijft onaangeroerd.

Op 10 november houdt Frans een vergadering met zijn belangrijkste medewerkers. Gisteren is de Berlijnse Muur gevallen. Hij ziet daarin nieuwe mogelijkheden voor uitbreiding van onze afzetmarkt. Wat hij daarvoor nodig heeft, is een bruggenhoofd. Een beginpunt van waaruit hij de nieuwe gebieden kan veroveren. Om zijn punt te verduidelijken trakteert hij ons op een uiteenzetting over de uitbreiding van het Romeinse Rijk. Vooral de veroveringen van Julius Caesar brengt hij onder onze aandacht. Enthousiast praat hij over de tactiek die de Romeinse veldheer toepaste om een stad te veroveren. Daarvoor liet Julius Caesar een aarden wal bouwen waar vanaf hij met een stormkat, een houten bouwwerk, de stad kon bestoken. Het dak van die stormkat liet hij bedekken met afgestroopte huiden om te voorkomen dat het hout door brandende pijlen in brand zou raken.

'Op dezelfde wijze moeten wij te werk gaan.'

Ton die zijn bril zit te poetsen, kijkt hem verwonderd aan.

'Wil je dat we een stormkat bouwen?'

'Zoiets. Ik wil de eerste zijn die het Oostblok met onze stuff verovert. Maar we moeten op onze hoede zijn voor anderen. Daarvoor hebben we een eigen stormkat nodig. Iemand die bekend is met de lokale situatie. Een zwarthandelaar. Iemand die connecties heeft. Ik heb de afgelopen dagen informatie ingewonnen. Ik heb een paar namen gekregen. Ik wil dat iemand naar Berlijn reist om gesprekken aan te gaan.'

'Dat lijkt me wel wat. Kan ik op mijn nieuwe Harley gaan.'

'Nee, Bram, ik heb al een vliegticket.'

'Jammer.'

'Als jij gaat, dan vertrek je morgen om twee uur naar Berlijn Tempelhof.'

'Dat is goed.'

'Prima, dan is dat geregeld.'

Daarmee is de vergadering ten einde.

Zodra de anderen de suite hebben verlaten, richt Frans zich tot mij. Hij heeft met Bram en Ton gesproken en zij zijn het erover eens dat het hoofdkantoor versterkt moet worden. Fred is de laatste tijd erg gestrest en hij heeft iemand nodig op wie hij kan terugvallen. Met mijn ervaring lag het voor de hand om aan mij te denken. Ik voel me overvallen door zijn verzoek. Het vooruitzicht de komende tijd meer met Bram en Ton te maken te krijgen, lokt mij niet. Maar Frans ziet het als een goede gelegenheid meer inzicht te krijgen in de problemen die er zijn.

'Ik wil dat jij een oogje in het zeil houdt', zegt hij. 'Jou vertrouw ik.'

Aan het eind van de ochtend kom ik op de Hudsonstraat aan waar Fred mij hartelijk begroet. Hij is overduidelijk blij dat ik hem kom helpen. Sinds Frans de verkoop aan Bram en Ton heeft overgedragen en Bea is gestopt om te rentenieren, is er op het hoofdkantoor veel veranderd. Had de inrichting van het pand voorheen een zakelijke uitstraling, tegenwoordig lijkt ons kantoor meer op een jeugdhonk met posters van motoren en schaars geklede meiden aan de muren. Het bureau waar ik achter werk, voelt plakkerig aan. Als ze niets te doen hebben, hangen Bram en Ton rond terwijl ze onderuitgezakt met elkaar kletsen en hasj roken. Of ze lopen met elkaar te dollen of met Fred die daar helemaal zenuwachtig van wordt. Fred vertelt me dat ze hem met wc-papier hebben gemummificeerd terwijl hij met een klant belde.

De laatste jaren heb ik heel wat meegemaakt, zodat ik hier niet van opkijk. Dat Bram en Ton ook restpartijen meenemen naar het hoofdkantoor, vind ik storender. Er hoeft maar een inval van de politie te komen, en we hebben een probleem. Het wordt hoog tijd dat de zaken hier anders worden aangepakt. Dat is ook wat ik Frans vertel als hij een paar uur later belt.

'Ik heb er wat over gezegd, maar de jongens luisteren niet naar mij.'

'Daar moet dan verandering in komen.'

Frans komt direct in actie. Een halfuur later staat hij al binnen en vertelt Bram en Ton dat hij hen wil spreken. Ze verlaten het hoofdkantoor. Als ze een uur later in een jolige stemming terugkeren, ondergaat het interieur een metamorfose. Terwijl ik telefoontjes van klanten afhandel, worden posters van de muren gehaald en bureaus met een natte doek afgenomen. Alleen een foto van een Zundapp overleeft de schoonmaakwoede van de jongens, maar daar kan ik wel mee leven. Frans hangt ondertussen een wereldkaart aan de muur. Met een prikkertje heeft hij de haven van Karachi gemarkeerd. Daar vertrekt binnenkort de Star Venus, de kustvaarder die de Grote Berg zal vervoeren. Ton gaat ook nog door de kamers om te stofzuigen. Als hij klaar is, slaan Bram en Ton elkaar trots op de schouders.

'Nou, Chantalletje, ben je tevreden?', vraagt Ton dan.

'Jullie hebben het kantoor enorm opgeknapt. Als we het ook zo netjes weten te houden, ben ik dik tevreden. Waar is tante Mina?'

'Wie?'

Bram en Ton kijken elkaar aan.

'De schoonmaakster', verduidelijk ik. 'Toen ik hier nog werkte, kwam zij hier elke ochtend.'

'O, je bedoelt dat dikke wijf', zegt Ton. 'Die is pleite.'

'Hebben we aan de dijk gezet', vult Bram aan. Hij geeft een veelbetekenend knikje naar zijn kameraad. Hij kan daarbij zijn lachen bijna niet meer inhouden. Ik heb het gevoel dat ze het over iets anders hebben dan ik. 'We hadden genoeg van haar. Dat doe je met wijven die je zat bent.'

'Ik neem een nieuwe', zegt Frans die begint te lachen.

'Dat zal tijd worden ook!', schatert Bram nu.

'Wat is er zo grappig?'

'O, Frans vertelde ons pas iets. Dat is wel lachen.'

'Humor van mannen onder elkaar', begrijp ik.

'Zeker!', zegt Bram.

Zodra het hoofdkantoor om acht uur is gesloten, rijd ik naar de Nassaukade. Ik heb Frans laten weten dat ik eerst nog wat opruimwerk in mijn vroegere woning wil doen. Er is nog geen koper, maar ik wil alle spulletjes die ik bewaar in de voorkamer onderbrengen en daarna de andere ruimtes opknappen. Voor het huis is al wel belangstelling geweest, maar ik houd vast aan de verkoopprijs en die is pittig. Ik heb geen haast. Bovendien geeft dat mij en Natasja bedenktijd. Wat ik met de spulletjes doe als het huis definitief wordt uitgeruimd, weet ik nog niet.

Frans en ik wonen het hele jaar door in hotels. Met Planologisch Bouwbureau Van der Zwan heeft hij een groot aantal panden in de stad in bezit. Maar als we straks gaan rentenieren, wil ik in geen daarvan wonen. Frans ook niet. Hij wil liever iets in het Gooi kopen.

Ik werk een uur door en houd het dan voor gezien. Ik rijd naar het Amstel waar me een onplezierige ervaring te wachten staat. Frans heeft uitgecheckt. Bij de receptie krijg ik te horen dat de hotelmanager mijn lief heeft verzocht het hotel te verlaten. Naast onze suite is de Royal Suite. Vanwege een staatsbezoek is deze in gereedheid gebracht. Het is niet voor het eerst. Vorige keren verzocht de manager Frans om te vertrekken om problemen tussen bewakers van de nieuwe gasten en onze bodyguards te voorkomen. Mijn lief vindt het vanzelfsprekend om plaats te maken. Wat me verbaast, is dat hij heeft nagelaten door te geven naar welk hotel hij is vertrokken. De meest voor de hand liggende keuze is het Okura. Maar als ik naar de Ferdinand Bolstraat bel, wordt mij verteld dat Frans daar niet is. Ik bel naar de mobiele autotelefoon van mijn lief. In plaats van hem hoor ik Carlos de Souza aan de andere kant.

'Die Lange ies hier niet.'

'Waar is hij dan wel?'

'Hai ies bai zain waif.'

'Wat zeg je?'

'Hai ies niet hier.'

'Waar heb je het dan over. Spreek toch eens duidelijk, man.'

'Dat zeg iek toch? Hai ies bai zain waif.'

'Mabel?', gok ik.

'Ja. Maibel. Zai is een lekker waif.'

25

'Lekker geslapen vannacht, Chantalletje?'

Het onafscheidelijke duo Bram en Ton hangt onderuit op de bank in het hoofdkantoor. Bram grinnikt en zijn kameraad loert me door zijn brilletje aan. Het is niets voor hen om zo vroeg in de Hudsonstraat te verschijnen. Ik kan de reden van hun komst wel raden. Maar ik ben niet van plan hun die overwinning te gunnen.

'Wij hebben de nacht doorgebracht in onze favoriete pikkentrekkerstent', zegt Bram.

'Samen? Ik wist niet dat jullie van die kant waren.'

'Wij wilden het ook eens met een lekker blond snolletje doen. Van slapen is niet veel terechtgekomen. Ik voel me hondsmoe. Wat jij, schele? Maar daar zal jij geen last van hebben.'

'Nee, Chantalletje niet', zegt John.

Ik trek me niets aan van hun uitdagende opmerkingen. Van hen ben ik wel wat gewend. Ik steek een Gauloise op en zet me achter mijn bureau waarna ik met Fred de zaken voor vandaag doorneem. Hij zit weliswaar op zijn nagels te bijten, maar doet gelukkig zijn mond niet open. Na een kwartier zie ik dat Bram en Ton afdruipen. Voor hen is de lol er vanaf. Als ik hun auto's hoor optrekken, haal ik opgelucht adem.

Het is een bevlieging. Niets anders dan dat. Frans heeft in de afgelopen jaren meer bevliegingen gehad en meestal duurden ze niet langer dan een week. Het is waar hij soms behoefte aan heeft. Eén keer duurde het tien dagen. Ik herinner me een mollig meisje met enorme borsten. Hij noemde haar zijn marmotje. Ook in dat geval ging het over. Hij gebruikte haar daarna om concurrenten te verleiden informatie bij hen los te krijgen. Voor haar diensten heeft hij haar beloond met een grachtenpandje dat hij met Van der Zwan had gekocht. In de kelder heeft hij zijn wijnvoorraad ondergebracht. Maar van een verhouding is geen sprake meer, hooguit een vriendschap.

Zodra zo'n bevlieging voorbij is, overlaadt Frans mij met excuses en bloemen. Niemand heeft zoveel betekend voor hem als ik. Vroeg of laat realiseert hij zich dat. En misschien maak ik er meer van dan het is. Ik zie die walgelijke Carlos er voor aan om mij te jennen. Daar grijpt hij tegenwoordig elke kans voor aan. Misschien komt Frans straks binnenlopen en vertelt hij dat hij plotseling naar Texel moest om een transport in goede banen te leiden. Ook dat is al eens voorgekomen.

Maar de dag gaat voorbij zonder dat Frans verschijnt. Ik werk door alsof er niets aan de hand is, alsof het een gewone werkdag is. Moeilijk is dat niet. Er gebeurt altijd wel iets dat mij afleidt: een klagende klant; een van de koeriers die binnenkomt om te vertellen wat hij heeft meegemaakt; een overschot aan Marokkaanse hasj die we tegen een dumpprijs te koop aan mogen bieden, zodat de stashes gevuld kunnen worden met hasj van hogere kwaliteit. Een dag op het hoofdkantoor vliegt voorbij.

Als ik om acht uur vertrek, bedenk ik me dat het dit keer toch anders is. Vorige keren zocht Frans zijn vertier elders. Dan bracht ik de nacht alleen door in onze suite. Nu keer ik terug naar de Nassaukade waar Natasja in de keuken haar maaltijd staat te koken. Zij denkt dat ik ben gekomen omdat ik van plan ben de plafonds te witten. Dat is wat ik haar gisteravond laat wijsmaakte toen ik voor de tweede keer aan kwam zetten. Maar ik heb geen plafondverf bij me.

Ik praat even met haar over haar nieuwe werk. Veel van wat ze zegt, dringt niet tot mij door. Ik vraag me af waar Frans de nacht doorbrengt. Na een dag weet ik nog niet in welk hotel hij zit en ik weiger het iemand te vragen. Vroeg of laat komt hij naar het hoofdkantoor. Of ik hoor het van de anderen. Maar het is me nu wel duidelijk waarom Frans mij naar het hoofdkantoor wilde hebben. Die gedachte bevalt me niet.

Wat heb ik gedaan dat dit mij is overkomen? Ben ik niet goed genoeg voor hem? Of komt het door de invloed die ik op hem uitoefen? Het zal me niets verbazen als blijkt dat Carlos of Bram en Ton mij bij hem hebben zwartgemaakt. Zij verkneukelen zich om mijn situatie. Binnen de organisatie sta ik nu onder hen. De show die Bram en Ton gisteren opvoerden, was de laatste keer dat ze zich iets van mij zullen aantrekken.

Tot Frans genoeg heeft van zijn nieuwe liefje.

Een week gaat voorbij. Twee weken. Geen uur verstrijkt zonder dat ik aan Frans denk. Maar november loopt ten einde en mijn lief heeft zijn gezicht nog niet laten zien als Geert de Reus binnen komt denderen met een grote kartonnen doos. In de afgelopen tijd is de wereldkaart onaangeroerd gebleven ook al weet ik dat de Star Venus onderhand vertrokken moet zijn. Wat ik ook weet, is dat Frans weer zijn intrek in het Amstel Hotel heeft genomen.

Met een klap laat Geert de doos op mijn bureau neerkomen.

'Ze is geboren!'

'Gefeliciteerd, Geert. Hoe heet ze?'

'Klazina.'

De afgelopen weken liep Geert gespannen rond. Zijn vriendin was in verwachting en kon ieder moment bevallen. Nu is dat gebeurd en kijkt hij glunderend rond. Alleen Fred en ik zijn aanwezig. Maar dat mag de pret niet drukken. Geert heeft de doos geopend om er rollen beschuit uit te halen. Voor onze ogen begint hij beschuiten met boter te besmeren en met roze muisjes te bestrooien. De doos bevat ook een fles champagne en glazen. We toasten en ik krijg van de trotse vader alles over zijn pasgeboren dochter te horen. Haar gewicht, 3095 gram; haar lengte, 49 centimeter; de kleur van haar ogen, blauw. Ik vraag naar de gezondheid van zijn vriendin, met wie het goed gaat. Straks gaat hij naar het ziekenhuis terug om van zijn dochtertje te genieten.

'Ik heb d'r naar Klaas vernoemd', zegt hij.

'Hoe heb je dat kunnen doen?'

Ik kijk op en zie Frans! Hij is in de deuropening verschenen en zijn blik is strak op zijn bodyguard gericht. Achter Frans zie ik de gezichten van Carlos, Bram en Ton en twee anderen. Frans doet een stap naar voren zonder zijn blik af te wenden. Hij heeft de handen in de zakken, met de duimen buitenboord.

'Eerst zonder mijn toestemming je vrouw zwanger maken en nu je kind naar mij vernoemen. Hoe haal je het in je hoofd!'

'Ik wil dat je de peetvader van Klazina bent.'

'Daar komt niets van in.'

'Als mij iets overkomt, wie moet dan voor d'r zorgen?'

'Zie ik er soms uit als een kinderverzorgster? Hoe kun je dit doen? Besef je niet dat je mij in de problemen brengt door haar naar mij te vernoemen? Als de verkeerde persoon hiervan hoort, zal hij haar ontvoeren. Om mij een hak te zetten. Jij zou me dan zelfs kunnen verraden. Je weet hoe ik over kinderen denk. Dit is niet professioneel.'

Geert vloekt.

'Wat ben jij een zeikerd, zeg. Ik heb haar naar jou genoemd, is het nog niet goed. Als iemand aan mijn dochtertje komt sla ik hem verrot tot dat-ie geen tand meer in z'n bek heeft. Nu moet je met die onzin kappen. Ik heb vandaag iets te vieren. Hier, neem een beschuit.'

Maar Frans houdt zijn handen afwijzend omhoog. Vervolgens draait hij zich om en verlaat het kantoor. Geert kijkt hem vol ongeloof na.

'Eikel!'

'Hij bedoelt het niet zo', probeer ik te sussen.

'Dat doet-ie wel. Hij kan soms een zeikerd zijn. Dat weet jij niet zo goed, Chantal. Wat hij met jou heeft gedaan, is ook niet mals.'

'Hij trekt wel bij.'

Dezelfde dag krijg ik voor een deel gelijk. Geert heeft me uitgenodigd naar het ziekenhuis te komen waar zijn vriendin een nachtje ter observatie blijft. Terwijl hij me zijn kindje in de armen drukt, vertelt hij dat Frans hem alsnog gefeliciteerd heeft. Hij is zelfs bereid de peetvader van Klazina te worden. Geert glundert als hij het vertelt.

'Hij heeft ons een commode met gouden deurknopjes gegeven', zegt hij. 'We hadden er al een. Maar het is toch aardig dat-ie dat gegeven heeft. Ik hoop dat-ie ook gauw jou weer normaal behandelt.'

'Dat vind ik lief van je, Geert.'

Met Geerts kind in mijn armen worden de emoties mij teveel. Ik denk aan het kind dat ik door Jack heb verloren. En ik denk aan de toekomstplannen die ik met Frans had. Het lijkt er steeds meer op dat ik die beter kan vergeten.

26

Frans viert Sinterklaas met de aanschaf van een nieuwe boot. De Neeltje Jacoba is een voormalige reddingssloep die in 1930 werd gebouwd op de werf van de Gebroeders Niestern in Delfzijl. Net zo enthousiast als Geert de Reus over de geboorte van zijn dochtertje was, spreekt Frans over zijn koop. Hij heeft iedereen van de firma uitgenodigd zijn boot in de haven van Enkhuizen te komen bewonderen. Dat ik ook ben uitgenodigd, geeft me hoop dat dit een eerste aanzet is om het goed te maken tussen ons. Toch wil ik er niet teveel van verwachten. Iedereen is er immers bij.

Het doet me goed dat Frans me niet meer uit de weg gaat. Terwijl hij babbelt over zelfrichtende motorreddingsboten en de Koninklijke Noord-Zuidhollandse Reddingsmaatschappij, merk ik dat hij zo nu en dan ook mij aankijkt. Dat doet hij zonder enige terughoudendheid. Even zie ik zelfs een glimlach, maar dat komt waarschijnlijk omdat hij opgaat in zijn verhaal. Hij laat ons alle delen van de boot zien: de stuurcabine waar hij tevens een muziek-collectie heeft ondergebracht die voornamelijk uit klassieke cd's bestaat; het slaapverblijf op het achterschip met daarin twee bedden; en ten slotte het dagverblijf waar hij ons een rosé inschenkt.

De gure noordwestenwind verjaagt binnen een halfuur alle bezoekers van de boot naar een cafetaria op de wal. Met een paar overgebleven gasten praat Frans door over wat er aan de Neeltje Jacoba is veranderd door de vorige eigenaar die de boot renoveerde. Ik blijf rondhangen en wacht het moment af dat ik Frans voor mezelf heb. Ik ben helemaal verkleumd als het eindelijk zover is.

'Het is een mooie boot', zeg ik om het gesprek te openen.

'Een boot met een verleden. Hiermee werd geschiedenis geschreven. Deze boot heeft tientallen mensen het leven gered. Misschien wel honderden! Daar houd ik van.'

'En ik hou van jou.'

Frans kijkt me een ogenblik aan met een ondoorgrondelijke blik.

'Het is voorbij, Chantal', zegt hij dan. 'Tussen ons.'

'Maar, je had beloofd dat we samen…'

'Ik heb je niets beloofd. Ik ben je niets verplicht. Maar ik ben je wel dankbaar voor wat je de afgelopen jaren hebt gedaan. Als ik stop, zal ik je ook rijkelijk belonen, net als de jongens.'

'Een beloning? Ik wil jou.'

'Dat gaat niet, Chantal. Ik wil je wel twee miljoen beloven. Dat is meer dan wat ik Geert heb beloofd. Van twee miljoen kun je een leuk leven leiden.'

'Zonder jou.'

'Zonder mij.'

'Nou, dat wil ik niet.'

'Dat zul je toch moeten', zegt Frans nu vastbesloten. 'Ik voel niets meer voor jou. Ik kan je toch niet bedriegen door te doen alsof het anders is? We hebben samen een leuke tijd gehad. Maar het leven gaat door.'

'Hufter!', zeg ik. Ik merk dat ik kwaad begin te worden. Maar het kan me niets schelen. Wekenlang is hij me uit de weg gegaan en hoopte ik dat het goed zou komen. Nu voel ik de behoefte om mijn hart te luchten.

'Je bent geen haar beter dan je vader. Ben je uitgekeken op een liefje, dan dump je haar. Je bent keihard.'

'Ik heb tenminste geen kinderen die eronder lijden.'

'Maar wat je zei dat je me niet wilt bedriegen, klopt niet. Dat heb je wel gedaan. Je hebt een ander. Je hebt me ook naar het hoofdkantoor teruggestuurd om van me af te komen. Je bent uit het Amstel Hotel gegaan zonder mij te laten weten waar je naartoe ging. Je bent me uit de weg gegaan. Je lachte me achter mijn rug om uit. Hoe kon je dat doen? Heb ik soms geen gevoelens? Denk je soms dat je met mij kunt sollen? Negen jaar zijn we samen geweest. Ik dacht dat ik wel beter had verdiend!'

'Houd nou maar op met je gezeik', zegt hij en draait zich om.

'Ja, loop maar weg! Hufter!'

Het is me niet ontgaan dat hij me niet meer Sjan noemt. Jarenlang heb ik alles met hem gedeeld en nu schuift hij me opzij alsof ik uiteindelijk ook niet meer dan een bevlieging was. Een sanitaire stop. Iemand die hij gebruiken kon. Ik ben kennelijk niet meer goed genoeg voor hem. Hij heeft iemand gevonden die bijna dezelfde leeftijd heeft als ik toen we elkaar leerden kennen. Iemand die aan de universiteit studeert. Bij haar moet ik wel in het niet vallen. Daarom is het voorbij. Door die gedachte knapt er iets in mij. Ik zak ineen en kan de tranen niet langer tegenhouden. Met lange uithalen komt alle woede en verdriet van de afgelopen weken in een uitbarsting naar buiten en slokt me op. Ik trek aan mijn haren. Ik bonk met mijn hoofd tegen een houten paneel. En ik pers mijn nagels in mijn handpalmen. Maar niets van wat ik probeer helpt mij de pijn in mijn hart te verdoven. Ik denk aan alles wat ik voor hem heb gedaan. Alles wat ik voor hem heb geleden. Het liefst wil ik wegkruipen in een gat en nooit meer bovenkomen. Ik denk aan acteur Hans van Tongeren die Rien speelde in *Spetters*. In de film pleegde hij zelfmoord en daarna deed hij het in het echte leven ook. Zo'n levenseinde lijkt mij ineens aanlokkelijk. Misschien is dat de enige manier waarop ik Frans nog kan treffen, hem aan het denken zetten.

Na een uur veeg ik mijn gezicht droog en trek mijn kleding recht. Ik moet er niet aan denken dat iemand mij hier zo had zien liggen. Ik zie al voor me hoe Bram en Ton zich zullen verkneukelen als ze het horen. Of Carlos. Ik laat mij niet kennen. Ik zal laten zien dat niemand mij kan kwetsen. Ook Frans niet.

Ik sta op, recht mijn rug en steek een sigaret op.

In de weken na onze ruzie gaat Frans van Arkel met mij om alsof er nooit iets tussen ons is geweest. Hij behandelt me als één van zijn medewerkers, en niet meer dan dat. Ik weet dat ik hem heb gekwetst door hem met zijn vader te vergelijken. Zijn vader zocht hem op in de Bijlmerbajes en was toen in huilen uitgebarsten. Hij overleed korte tijd later, misschien wel van verdriet. Frans had

172

zich daar vreselijk aan geërgerd. Om daarmee vergeleken te worden, moet hij wel vernederend vinden. Dat laat hij echter niet blijken. Hij komt weer elke dag naar het hoofdkantoor om op de grote wereldkaart bij te houden tot hoever de Star Venus gevorderd is. Er heerst een soort wapenstilstand tussen ons. Wat geweest is, wordt niet meer aangeroerd. Ik doe alsof dat de normaalste zaak van de wereld is. Maar mijn hart bloedt.

Kort voor de kerst heeft hij weer iets te vieren en vraagt hij me met de anderen mee te gaan naar Yab Yum. Ik wil weigeren. Maar ik wil tegelijkertijd de hoop niet opgeven dat hij weer aandacht voor mij heeft. Een dwaze gedachte. Want Frans verdwijnt al snel naar de bovenverdieping voor een van zijn 'sanitaire stops'. Ik raak aan de praat met de barman. Hij is nieuw in de seksclub en het verrast me als ik zijn accent hoor.

'Jij komt niet uit Amsterdam', zeg ik.

'Dat heb je goed geraden', glimlacht hij. 'Zwolle. Daar stond mijn wieg.'

'Dat is niet ver van waar ik ben opgegroeid.'

Ik raak met hem aan de praat en we stellen ons aan elkaar voor. Helmert kent het stadje van mijn jeugd, want hij heeft er familie wonen die ik op mijn beurt ken. Al snel ontdekken we dat we meer gemeen hebben. Ook hij stamt uit een vissersgeslacht. Terwijl we praten, merkt hij op dat ik er vermoeid uitzie. Dat kan wel kloppen. De laatste tijd slaap ik slecht. Drie dagen geleden heb ik Frans weer met Mabel gezien. Hij bezocht met haar een studentenfeest vlakbij het Vondelpark. Ik herkende haar als het meisje met wie hij in Muiden had zitten flirten. De studente met de twee studies. Ik passeerde toevallig en Geert, bij wie ik in de auto zat, vertelde dat hij heeft gehoord dat haar vader bankdirecteur is.

Na mijn derde glas champagne besluit ik mijn hart bij Helmert uit te storten. Ik vertel hem dat ik door mijn vriend ingeruild ben voor een studente. Terwijl ik praat, knikt mijn gesprekspartner begripvol. Daardoor aangemoedigd deel ik mijn gedachten met hem over de relatie van mijn lief met Mabel. Door wat Geert mij vertelde, ben ik hem beter gaan begrijpen. Nu hij bijna gaat rentenieren, droomt Frans van erkenning in de gewone wereld. Mabel komt uit het Gooi waar hij ook opgroeide. Zij is de verbindingsschakel tussen hem en de wereld waaruit hij kwam. Daar ben ik niet goed genoeg voor. Dankzij haar droomt Frans weer zijn oude droom om een bank te beginnen. Mabel en haar vader leveren hem de juiste connecties op. Ik concludeer daaruit dat het niet liefde is waarom hij voor haar kiest en Helmert is het daarmee eens.

'Als zij op hem uitgekeken is, heeft hij weer aandacht voor jou.'

'Denk je?'

'Als ik dit zo hoor, denk ik dat wel. Maar hij heeft je onbeschoft behandeld. Met jou had hij het goed. Ik snap dat niet. Als ik in zijn schoenen zou staan, zou ik het wel weten. Een knappe vrouw zoals jij...'

'Charmeur!'

Ik doe alsof ik verontwaardigd ben. Helmert glimlacht even en wordt dan serieus.

'Dat meen ik wel degelijk. Die vriend van jou zal dat vroeg of laat beseffen. En dan komt hij met hangende pootjes bij je terug. Ik zou hem dan aan een kort lijntje houden. Dat heeft hij gewoon nodig.'

Het gesprek met Helmert doet me ontzettend goed. Ik twijfel alleen of hij gelijk zal krijgen. De Grote Berg zal Frans meer dan genoeg kapitaal opleveren om zijn doel te bereiken. Volgens mij is Mabel daar wel gevoelig voor. Zij komt uit een wereld waarin geld een allesbepalende rol speelt. Daarom zie ik met lede ogen aan hoe enthousiast Frans is als het om de Star Venus gaat. Dat schip symboliseert voor hem het nieuwe leven dat hij met Mabel wil leiden. En ik? Ik eindig als een oude vrijster.

Ik moet Frans uit mijn hoofd bannen. Hem vergeten. Vanochtend wilde hij weten wat ik met de barman zat te smoezen. Maar het is niet uit jaloezie dat hij die vraag stelt. Hij vertrouwt me niet meer. Ik ben een veiligheidsrisico voor hem geworden. Ik ben gefrustreerd en ik weet teveel. In de wereld van de penoze is dat een explosief mengsel. Daarom begint Frans weer aardig tegen me te doen alsof ik zijn favorietje ben. Hij noemt me zelfs weer Sjan. Ik kijk er dwars door heen. Dit is zijn manier om mij binnenboord te houden.

Door dit soort ervaringen ben ik inmiddels van gedachten veranderd. Van mij hoeft het niet meer. Frans mag zijn gang gaan met zijn nieuwe liefje, want ik wil al niet meer met hem verder. Ik sta open voor een nieuwe relatie. Ik ben gecharmeerd van Helmert met zijn geflirt. Daarom grijp ik vandaag de kans opnieuw met Frans en de jongens mee te gaan naar Yab Yum.

Tot mijn vreugde staat Helmert weer achter de bar. Hij groet me vrolijk als ik binnenkom, waardoor hij de aandacht van Frans trekt. Die kijkt hem met een schuine blik aan. Maar ik besluit me niets aan te trekken van zijn wantrouwen. Ik ben hier om een plezierige avond door te brengen. Dan gebeurt er iets dat de stemming in de club doet omslaan. Eén van de gastvrouwen die al te opdringerig naar de gunst van Frans dingt, krijgt van hem een klap in het gezicht. Ze deinst verschrikt achteruit. Ook de andere meisjes zijn geschrokken.

'Laat me met rust', barst hij los.

Met een nors gezicht leunt hij tegen de bar en loert naar mij en Helmert. Vervolgens slaat hij een glas champagne achterover en eist meer. Helmert loopt naar hem toe en wil hem inschenken. Maar dan grijpt Frans hem bij de pols. De fles champagne spat op de grond uiteen.

'Je laat haar met rust', schreeuwt hij hem toe.

'Pardon?'

'Je weet donders goed wat ik bedoel.'

De eigenaar van de club komt snel naar de bar en begint omstandig zijn excuses aan te bieden voor de gastvrouw die door Frans geslagen is. Zijn kruiperige maniertjes leiden Frans' aandacht af en ik maak van dat moment gebruik om Helmert te spreken. Ik zeg hem dat hij zich niks van Frans aan moet trekken.

'Laten we iets afspreken als je vrij bent', stel ik voor.

'Is dat verstandig?' Hij wrijft over zijn pols.

'Vergeet hem. Ik dacht dat je het leuk vond om uit eten te gaan. Wanneer ben je vrij?'

'Morgenavond.'

We maken een afspraak. Daarna lijkt het me verstandig niet verder met hem te praten om niet nog een keer de woede van Frans op te roepen. Na zijn uitbarsting blijft hij bij de bar, terwijl de meisjes een boog om hem heen maken. Na een kwartier besluit ik met hem te praten. Ik trek een sigaret uit het pakje Gauloises, maar hij biedt me geen vuurtje aan.

'Ik snap niet waarom je tegen de barman moest uitvallen.'

'Weet jij of die heikneuter ingehuurd is door onze vijanden om jou in hun kamp te trekken?'

'Denk je dat ik dat zou doen?'

'Als je het doet, heb je een groot probleem.'

'Nee, jouw probleem is dat je mij niet vertrouwt. En dat heb je aan jezelf te wijten.'

Frans kijkt me fel aan. Ik verwacht dat hij tegen me uit zal vallen. Misschien slaat hij me in het gezicht zoals hij bij dat meisje deed. Maar dan verzachten zijn gelaatstrekken zich.

'Je hebt gelijk', zegt hij.

Het lijkt erop alsof hij meer wil zeggen. Maar hij zwijgt. Ik vraag me af waarin hij me gelijk geeft. Dat hij me niet vertrouwt, of dat hij inziet dat het aan hemzelf te wijten is. Ik heb niet vaak meegemaakt dat Frans fouten toegaf. Ook vandaag gaat het niet gebeuren. Zijn koppige natuur staat hem in de weg. Alsof hij niet beseft dat hij daardoor juist het tegendeel bereikt van wat hij voor ogen heeft.

'Ik hoop dat we weer vrienden kunnen zijn', zegt hij alleen.

27

Het regende op de dag dat ik in de Buggie begon, en het regent nu. Het water klettert neer op mijn auto en mijn ruitenwissers kunnen het nauwelijks aan. Het dendert zo luid dat ik nauwelijks de Pet Shop Boys hoor. Maar ik hoef maar een paar klanken op te vangen om het nummer te herkennen. *What Have I Done To Deserve This?* In mijn gedachten ga ik de gebeurtenissen van de laatste tijd na. Ik vraag me af hoe het zover heeft kunnen komen. Wanneer heeft Frans zijn belangstelling voor mij verloren? Kwam het omdat ik teveel bezig was met de afwikkeling van het overlijden van mijn oma? Vond hij het vervelend als ik klaagde over Bram en Ton? Heb ik dit verdiend?

Als ik bij het Amstel Hotel ben aangekomen, ren ik richting de ingang. In de lift naar boven bedenk ik wat ik Frans ga zeggen. Alles wat zich de laatste tijd heeft afgespeeld, gaat door mijn gedachten. Ik besluit te beginnen waarmee het eindigde.

Zodra Carlos de deur opent, storm ik langs hem heen naar binnen. Frans is in de lounge van Suite 116 waar hij de krant zit te lezen. Hij is alleen en dat komt mij goed uit. Ik heb er geen behoefte aan dat zijn nieuwe liefje getuige is van mijn woede-uitbarsting. De klassieke muziek die door de ruimte schalt, zal voorkomen dat de buren mee kunnen genieten.

'Waar is hij, Frans?'

'Wie?'

Ik kijk geïrriteerd op hem neer. 'Bespaar me je onnozelheid. Hij werkt niet meer in Yab Yum.'

'Je bedoelt die heikneuter? Is hij weg?'

'Daar zul je vast alles van weten, Frans. Ik had vanavond met hem afgesproken. Maar hij kwam niet opdagen. Toen ik in Yab Yum naar hem vroeg, kreeg ik te horen dat hij daar niet meer werkt. Dat heb jij zo geregeld!'

'Dat heb ik niet geregeld. Dat moet je van me geloven, Chantal. Ik beloof je dat ik het voor je uitzoek.'

'Denk je dat ik dit geloof?'

'Ik zal de eigenaar ter verantwoording roepen. Want dit kan natuurlijk niet.'

'O, Frans, houd toch eens op! Ik ben het zo zat dat je een spelletje met mij speelt. Je hebt me altijd gebruikt. En ik ben zo stom geweest om jou je zin te geven. Maar dat is nu voorbij. Ik stop ermee. Ik wil niet meer voor je werken!'

Bij deze woorden gooit hij de krant van zich af en komt overeind. De ogen waarvoor ik vroeger gevallen zou zijn, kijken me indringend aan. Achter me hoor ik een gerucht. Carlos is de lounge binnengekomen en kijkt toe. Hij wordt niet weggestuurd.

'Dit meen je niet, Chantal.'

'Ik meen het wel, Frans. Het is voorbij. Ik ga rentenieren. Maar eerst wil ik mijn geld.'

'Geld?'

'De twee miljoen. Die heb je me beloofd.'

'Ik heb jou nooit zoiets beloofd.'

'Wel waar, afgelopen zomer.'

Frans schudt zijn hoofd. 'Ik heb je dat beloofd als einduitkering als ik stop. Maar ik ben nog niet gestopt. Je zult nog even moeten volhouden, Chantal. Dan krijg je wat ik je toegezegd heb. Beslist niet eerder!'

'Dan haal ik dat geld wel uit Luxemburg.'

'Je doet maar. Als je daar nog iets vindt. Ik heb Eugène alles op een nieuwe rekening laten zetten.'

Het gerucht dat ik met Frans heb gebroken, heeft zich razendsnel door de stad verspreid. Dat merk ik twee dagen later als er wordt aangebeld. Sinds Frans het heeft uitgemaakt, heb ik mijn huis aan de Nassaukade opnieuw ingericht. Het huis houd ik in de verkoop want ik ben zeker niet van plan in Amsterdam te blijven. Maar ik weet niet hoelang het duurt voor ik een koper heb. De voorkamer is nu mijn studeerkamer. Ik zit aan mijn bureau over de studieboeken gebogen en heb daardoor niet gezien wie er naar de deur kwam.

Jack heeft aangebeld. Ik herken hem te laat. Nog voor ik de deur heb kunnen sluiten, geeft hij er een stoot tegen en dringt naar binnen.

'Dit huis is vanaf nu van mij', roept hij.

Met grote stappen banjert hij door het huis. Wat negen jaar geleden gebeurde, herhaalt zich. Maar nu sta ik er alleen voor. Er staat geen Frans voor de deur met zijn bodyguards en Jack weet dat. Hij waant zich heer en meester. Maar ook Natasja is er niet. Zij is naar haar nieuwe baan en komt pas over drie uur thuis.

In de keuken trekt Jack de koelkastdeur open en haalt er een fles wijn uit. Als hij de kurk eruit getrokken heeft, zet hij de opening aan zijn mond en drinkt de fles voor de helft leeg. Ik loop naar de studeerkamer terug en bel Frans. Als die hoort wat er aan de hand is, reageert hij zoals ik al vreesde. Hij vindt dat ik het nu zelf maar uit moet zoeken.

Ik loop terug naar de keuken. Jack is er niet meer. Ik wil naar de achterkamer die ik opnieuw als slaapkamer heb ingericht. Ik open de deur. Opeens is hij achter me en grijpt me bij mijn middel, tilt me op en draagt me naar het bed. Ik spartel tegen, schreeuw dat hij me los moet laten en probeer naar achteren te slaan. Met een woeste kreet gooit hij me op de matras. Ik krabbel overeind om weg te komen. Maar hij grijpt me opnieuw vast en dwingt me te gaan liggen. Vervolgens springt hij op het bed en wil op mij gaan liggen. Ik kijk in zijn donkere ogen en raak volledig in paniek. De herinnering aan de keer dat Joop mij verkrachtte, komt naar boven en dreigt me te verstikken. Ik zie het van haat verwrongen gezicht boven mij. Ik ruik de alcohol. En ik verzet me. Ik kronkel onder zijn gewicht, ik probeer te slaan, te schoppen, te spugen, te krabben.

Maar Jack is sterker. Hij klauwt zich vast aan mijn polsen. Met zijn onderbenen houdt hij de mijne in bedwang. Ik knijp mijn ogen dicht van ontzetting en kokhals als ik zijn gehijg boven me hoor. Ik ben nu aan hem overgeleverd. Ik probeer te gillen. Maar ik krijg geen geluid uit mijn keel. Mijn tong voelt aan als een uitgedroogd stuk rubber.

Dan rukt hij aan mij bloes. Daarvoor heeft hij mijn linkerhand losgelaten. Dit is mijn enige kans. Ik slaak een oerkreet en geef hem tegelijkertijd zo'n hengst dat ik me verbaas waar ik die kracht vandaan haal. Ik zie niet waar ik hem heb getroffen. Maar Jack schreeuwt van pijn. En ik haal nog eens uit. En nog eens. Ik raak hem boven het rechteroog. Op dat moment laat hij ook mijn andere hand los. Uitzinnig van woede duw ik hem van me af. Hij wankelt en wil zijn evenwicht herstellen. Maar dan valt hij van het bed af. Versuft blijft hij een ogenblik liggen. Dan komt hij vloekend overeind.

'Kutwijf!'

Zijn hand tast naar zijn wang die ik heb opengehaald. Bloed druipt over zijn vingers.

Ik ben klaar voor een volgende aanval. Die komt er niet. Jack strompelt richting de deur. Met zijn armen omknelt hij zijn buik.

'Ik kom terug', hijgt hij. 'Ik kom terug en dan steek ik dit huis in de fik.'

'Snij nog maar een plak af, lieverd.'

Ik zit in de eetkamer van tante Willie waar de tafel gedekt is voor de broodmaaltijd. Op tafel branden kaarsen en aan de muur hangen kerstversieringen en een kerstster. De versieringen zijn uitbundig voor de anders sober ingerichte kamer. Tante Willie is de jongere zus van mijn oma. Na de poging tot verkrachting van Jack heb ik haar opgebeld of ik bij haar mocht komen logeren. Ik kon geen ander adres bedenken waar ik veilig zou zijn. In een hotel zou ik vroeg of laat worden gevonden. Niemand van mijn Amsterdamse kennissen kent tante Willie. Zij woont in het gedeelte van Dordrecht dat vroeger het dorp Dubbeldam vormde. Ze heeft er een eenvoudig hoekhuis met een lange tuin waar haar man groenten kweekte. Hij overleed twee jaar geleden en kort daarna heeft zij zich ingeschreven voor een verzorgingstehuis. Het is voor mij een geluk dat het nog niet zover is. Zij is drie jaar jonger dan mijn oma en oogt vitaal. En ze is al even hartelijk en gastvrij. Ze wilde niet weten waarom ik opeens naar Dordrecht wilde komen, maar zei dat ik natuurlijk welkom was. Natuurlijk. Het is verfrissend om zonder voorbehoud welkom te zijn. Zonder wantrouwen. Zonder achterliggend doel. Gewoon omdat ze het fijn vindt dat ik kom logeren.

Ik heb nu al bijna drie weken bij haar doorgebracht. Bij mijn komst heb ik haar verteld dat de stress op mijn werk mij teveel werd en ze heeft dat smoesje klakkeloos aangenomen. Ik vraag me af hoeveel ze van haar zus heeft gehoord. Maar voor haar doet het er niet toe. Ik ben welkom en dat doet me enorm goed. Ik ben zelfs met de kerstdagen met haar naar de kerk geweest om haar een plezier te doen, hoewel ik mijn aandacht niet bij de dienst kon houden. Zij begrijpt wel dat dit mijn leven niet meer is en stelt me geen vragen. Daar ben ik haar dankbaar voor. Ondertussen kijk ik uit naar de dag dat ik het veilig genoeg vind naar mijn huis terug te keren.

De afgelopen tijd heb ik contact gehouden met Natasja. Van haar hoorde ik dat Jack vijf keer aan de deur is geweest. De laatste keer was zes dagen geleden. Hij heeft zijn dreigement om het huis in brand te steken niet uitgevoerd. Maar dat wil niet zeggen dat hij niets anders van plan is. Zijn woedeaanval heeft mij duidelijk gemaakt dat negen jaar niet genoeg is om het verleden te laten rusten. Dat ik Joop niet heb vermoord, wil er bij hem niet in. Hij gelooft dat ik Joop bewust in de val heb gelokt. De enige die kan vertellen dat dit niet zo is, zal dat niet doen. Juist de moord maakt hen de twee grootste rivalen, ook al valt Jack volledig in het niet bij Frans en zal hij tegen hem altijd het onderspit delven.

Maar dat geldt niet voor mij. Daarom heb ik contact gezocht met iemand die mij meer kan vertellen over Jack en wat hij uitspookt. Het leek me beter om niet met Geert of Eugène te spreken, hoewel ik ervan overtuigd ben dat zij mij willen helpen. Maar ik heb liever niet dat Frans te horen krijgt dat ik Amsterdam ontvlucht ben. Zijn hulp hoef ik niet meer. Dus heb ik Keith gebeld. Toen ik hem leerde kennen, studeerde hij nog. Tegenwoordig heeft hij een jongerensoos waar hij hasj verhandelt. Omdat het officieel een opvanghuis is voor randgroepjongeren, krijgt hij van de gemeente jaarlijks een paar ton subsidie. Hij is altijd goed op de hoogte van wat er in de stad gebeurd. Keith vertelde me dat mijn huis inmiddels uit de verkoop is gehaald. Hoe Jack dat voor elkaar heeft gekregen wist hij niet, maar ik vermoed dat Jack mijn makelaar heeft bedreigd. Volgens Keith wil mijn ex het huis met een aantal krakers gaan bezetten.

Hij vertelde ook dat Ronnie Cox dood is. Volgens de laatste geruchten werd hij in opdracht van Frans geliquideerd nadat hij weer eens hasj had geript. Voor de moord heeft Frans de Joegoslaven ingehuurd. De opdracht zou zijn uitgevoerd door Martin. Die gaat er zelfs prat op dat de politie hem niets kan maken. Hij heeft na de daad het lijk bespoten met een vloeistof om speurhonden op het verkeerde been te zetten.

Begin januari word ik bezocht door een rechercheur van het Dordtse Regionaal Bureau Bovenlokale Criminaliteitsbestrijding. Een maand geleden brak ik met Frans en nu is de politie er eindelijk ook achtergekomen. Hoe ze weten dat ik in Dordrecht ben, is mij een raadsel. Daar wil de politieman niets over zeggen. Hij legt uit dat hij uit Amsterdam een verzoek heeft gekregen om met mij te praten. Hij wil weten of ik bereid ben tegen Frans te getuigen. Ik weet genoeg om de firma grote schade toe te brengen of misschien zelfs volledig weg te vagen. Voor mijn judasrol wil justitie mij rijkelijk belonen.

'Hoeveel, meneer....?'

'De Boer.'

'Wat krijg ik, meneer De Boer?'

'Tienduizend gulden.'

'Maar dat is zakgeld! Eén middagje shoppen en het is op. Ik steek mijn nek niet voor jullie uit voor een fooi. Dit kan mijn leven kosten. Als ik getuig, wil ik meer. Veel meer. Ik moet mezelf tegen wraakacties kunnen beschermen. Ik kan waarschijnlijk niet in dit land blijven. Misschien moet ik de rest van mijn leven op mijn hoede zijn.'

Ik zie hoe ongemakkelijk De Boer kijkt. We zitten in de voorkamer van tante Willie. Zij heeft zich in de keuken teruggetrokken zodat ik ongestoord met deze man kan praten. Met zijn grote snor, keurige kapsel en lange regenjas die hij over zijn knieën heeft gelegd, is hij van mijlenver herkenbaar als agent in burger. Ruim een jaar geleden protesteerden mannen zoals hij in Den Haag voor een hoger loon. Tienduizend gulden is in zijn ogen waarschijnlijk een duizelingwekkend bedrag. Een som geld waarvoor hij zich misschien zou laten omkopen zoals zoveel van zijn collega's in Amsterdam. Hij probeert mij over de streep te trekken door te zeggen dat ik in een getuigenbeschermingsprogramma kan worden opgenomen. Maar daar heb ik helemaal geen trek in.

'Geef mij geld, dan zorg ik daar zelf voor.'

'Dat zal ik moeten overleggen. Misschien dat er nog een potje is.'

'Maak er twee miljoen van.'

28

Het lijkt wel alsof ik populair ben geworden. Na De Boer krijg ik nog een bezoeker. Deze heeft een bos rozen voor me meegenomen. Maar het lijkt me beter hem niet in het huis van tante Willie te ontvangen. Er zijn grenzen aan wat ik haar kan aandoen. Uit Amsterdam is Orlando Bresser overgekomen met de vraag of ik met hem in zaken wil gaan. Daarom wandel ik met hem de stad in waar hij in een restaurantje onder het genot van een kop thee zijn voorstel uiteenzet. Het idee met hem samen te werken staat me aan. Hij heeft de juiste contacten om mij tegen Jack in bescherming te nemen. Die bescherming is hoognodig. Als na de politie zelfs Orlando mijn schuiladres heeft kunnen vinden, dan zal het niet lang duren voor Jack ook zover is.

Mijn degradatie naar het hoofdkantoor heeft achteraf een voordeel. Want het zijn de klanten van de firma waar Orlando belangstelling voor heeft en daardoor voor mij. Binnenkort hoopt hij een grote hoeveelheid hasj het land binnen te krijgen. Voor de verkoop heeft hij iemand nodig en ik ben volgens hem de aangewezen persoon.

'Hoeveel is het?'

Orlando toon zijn brede glimlach voor hij reageert. Ondertussen doet hij vijf klontjes suiker in zijn thee. 'Heel veel.'

'Nou?'

'Laat ik zeggen dat het om een grote berg stuff gaat.'

'Toevallig vierenveertig ton?'

'Toevallig wel, ja', zegt hij lachend.

'Maar dat is de Grote Berg. Dat is de partij van Frans. Hij verhandelt die al.'

'Misschien niet, weet je.'

'Hoezo?'

'Misschien wordt die berg overgenomen.'

Terwijl Orlando van zijn thee begint te drinken, begint het bij mij te dagen. Wat is het beste moment om iemand te rippen? Wanneer hij op zijn zwakst is. En dat is Frans. Hij gaat stoppen. Zijn handelspartners en zijn concurrenten hoeven voor de toekomst geen rekening meer met hem te houden. En dus storten zij zich als aasgieren op de erfenis. Want dat Orlando alleen handelt, kan ik me niet voorstellen. Er zijn anderen die hierbij betrokken zijn. Als ik hem om namen vraag, steekt hij zijn hand bezwerend omhoog.

'Die kan ik je niet noemen, meissie. Wat doe je?'

'Waarom heb je Fred niet gevraagd? Die kent de namen van alle klanten.'

'Die zenuwpees? Die verraadt alles, nog voor de partij aan land is. Ik kan jouw hulp gebruiken. Zonder jou hebben we niet de – hoe zou de Lange het noemen? De infrastructuur? Wij hebben niet de infrastructuur om de partij te verkopen. Jij kunt de klanten van Frans overnemen. Er zit voor jou tien of misschien zelfs twintig miljoen in het vat.'

'Frans komt er geheid achter.'

'Nou, en? Hij denkt dat hij heel wat is. Maar ik ben groter dan hij, weet je. Ik handelde al in grote partijen toen hij nog stukjes stond te verkopen. Frans heeft er niet de ballen verstand van. Hij kan uren lopen lullen. En iedereen knikt maar en doet alsof ze hem geweldig vinden, weet je. Maar achter z'n rug naaien ze hem, al die jongens. Allemaal!'

Ik zeg Orlando dat ik nog niet weet of ik meedoe. Ik heb meer tijd nodig om na te denken. Als ik het doe, weet ik zeker dat ik niet meer op de genade van Frans hoef te rekenen. De recente liquidatie van Ronnie Cox geeft aan wat ik dan kan verwachten. Door de klanten van de firma over te nemen, raak ik Frans in het hart. Maar daar wil ik hem ook treffen. Hij heeft mij aan de kant geschoven alsof ik er niet toe deed. Ik wil hem treffen zoals hij mij getroffen heeft. Hij moet weten dat hij niet over anderen heen kan walsen zonder de gevolgen daarvoor te dragen. Nu is hij gemakkelijk van mij afgekomen en heeft hij zich ook nog eens twee miljoen uitgespaard. Wat me ook bevalt, is dat zijn pensioen van de baan is als de Grote Berg wegvalt. Dan zal zijn interesse voor Mabel voorbij zijn. Dan heeft hij mij weer nodig.

'Ik heb meer bedenktijd nodig, Orlando.'

'Dat is goed, meissie. Die partij is er toch nog niet. Ik spreek je over een paar weken weer. Maar praat er met niemand over. Als de verkeerde jongens ervan horen, is het met ons afgelopen, weet je. Dat willen we niet, hè meissie?'

'Je weet dat je mij kunt vertrouwen.'

'Wij kunnen samen de handel van Frans overnemen!'

Hij wrijft in zijn handen van plezier.

'Net goed voor hem. Had hij jou er maar niet uit moeten keilen. Ik heb gehoord wat hij met die Helmert heeft gedaan, weet je. Wat een bastaard!'

'Helmert? Wat is er met hem gebeurd?'

'Ze hebben hem bedreigd. Hij mag niet meer met je praten.'

'Waar is hij dan?'

'In Amsterdam. Hij is overgeplaatst naar een andere club, weet je. Dat is alles wat ik weet.'

'En Mabel?'

'Wie?'

'Die blonde studente waar Frans nu mee gaat.'

'Daar weet ik niets van, meissie.'

De Boer heeft nog een keer met me gesproken. De politie heeft het bod verhoogd tot vijftienduizend gulden. Op meer hoef ik niet te rekenen. Mijn keuze is daarom snel gemaakt en dezelfde dag keer ik naar Amsterdam terug. De eigenaar van Yab Yum weigert mij nog langer de toegang, maar ik laat me door dat onderkruipsel niet tegenhouden. Ik ben echt kwaad, want hij heeft me bedonderd. Ik grijp hem bij zijn arm en duw hem mee naar binnen. Daar krimpt hij ineen als ik tegen hem begin te schelden. Voor zo iemand heb ik geen enkel respect. Zolang hij maar geld kan verdienen, vindt hij het best dat klanten zoals Frans zijn medewerksters slaan. Zelfs tegen mij durft die flapdrol niets te beginnen.

Hij begint te piepen als ik hem in zijn arm knijp. Hij smeekt me op te houden hem te kwellen. Maar ik geef pas op als ik weet waar Helmert is. Dat wil hij niet zeggen. Hij is doodsbang voor Frans. Die heeft gedreigd hem te zullen vermoorden als hij mij iets vertelt. Ik dring verder aan al krijg ik niets uit hem dan zijn irritante gejank. Gefrustreerd laat ik hem los en loop weg.

Daarna rijd ik naar huis terug en bel Keith. Ook hij kan me niet helpen. Maar hij belooft me links en rechts naar Helmert te vragen. Iemand moet hem gezien hebben en zodra Keith meer weet, belt hij me terug. Hij helpt me graag.

'Want het is te zot dat hij jou geen nieuwe vriend gunt, terwijl de Lange zelf met een blond delletje door de stad paradeert. Zij heeft zijn hoofd helemaal op hol gebracht.'

'Dat is Mabel.'

'Heet ze zo? Ze is een jaar of twintig. Een kakmadam.'

'Dat klopt.'

'En ze is studente, toch?'

'Ja.'

'Ik weet dat ze met hem naar een studentenfeestje is geweest. Vlakbij het Vondelpark.'

'Daar weet ik alles van, Keith.'

'Als je Helmert terugvindt, moet je hem naar haar vragen. De Lange was met haar ook in Yab Yum. Ik heb het met mijn eigen ogen gezien. Hij nam die kakmadam mee naar boven. Het zal niet bij een rondleiding alleen gebleven zijn. Hé, Chantal?'

'Wat is er?'

'Ik heb ook gehoord dat hij haar gebruikt heeft om een hoge pief van de douane te verleiden. Die meid brengt echt alle hoofden op hol. Het is echt ongekend! Straks zet hij haar ook in om informatie te ontfutselen van concurrenten. Mag hij wel bij mij proberen. Ik wil die Mabel wel eens lekker verwennen!'

Orlando Bresser is zijn belofte trouw. Twee weken na onze ontmoeting in Dordrecht zoekt hij me op in mijn huis aan de Nassaukade. De afgelopen tijd heb ik geen last meer van Jack gehad en dat heb ik aan hem te danken. Hij komt bij me binnen met de mededeling dat hij nu weet wie Mabel is. Zij is de studente die de laatste tijd bij Frans woont op één van zijn boten. Orlando heeft een keer een gesprek met hem gehad op de nieuwe boot en Mabel was toen aan boord geweest. De Neeltje Jacoba lag achter het Amstel Hotel aangemeerd.

Ik hoef dus niet te denken dat het ooit nog goed komt tussen mij en Frans. In gedachten zie ik de boot weer voor me en voel een steek jaloezie dat mijn lief daar tijd doorbrengt met die bekakte studente. Zij heeft hem van mij afgenomen. Jarenlang waren we gelukkig samen. Jarenlang knokten we samen voor de firma en bouwden we het succes uit. Maar hij heeft mij niet meer nodig.

Ik laat Orlando mijn studeerkamer binnen en haal een fles wijn. Als ik hem heb ingeschonken, wil hij weten of ik al tot een beslissing ben gekomen. Ik schud mijn hoofd. Er zijn vragen die ik eerst beantwoord wil hebben. Het kan er bij mij nog niet in dat Orlando in staat is Frans te rippen. Frans laat elk transport volgen. De Grote Berg is een te grote investering om te vertrouwen op een goede afloop. De Star Venus wordt op zee gevolgd. En als het schip de haven van Amsterdam binnenloopt, zal Frans mensen op de kade hebben die het overladen in de containers van Orlando zullen observeren. Deze zullen vervolgens de containerwagens volgen naar de twee bergplaatsen in Loosdrecht en Leusden. En ook daarna zullen die bergplaatsen nauwlettend in het oog worden gehouden. Zodra er maar iets mis dreigt te gaan, is er een legertje mensen in de buurt om in te grijpen. De opslag in Leusden heb ik zelf al een keer bezocht om Frans te kunnen adviseren. Het lijkt me niet gemakkelijk om alle veiligheidsmaatregelen te omzeilen.

Maar Orlando is optimistisch. Hij zegt dat hij een manier heeft uitgedacht waarmee hij deze problemen kan omzeilen. Hoe hij het gaat doen, wil hij niet zeggen. Uit zijn woorden proef ik dat er meer mensen uit de organisatie van Frans betrokken zijn dan ik vermoedde. Volgens hem wordt het een geweldig succes.

'De vraag is of jij meedoet, meissie.'

'Ik wil weten of Carlos ook betrokken is.'

'Carlos de Souza? Nee.'

'Ik wil absolute zekerheid. Want als hij meedoet, doe ik niet mee.'

'Carlos doet niet mee. Dat zweer ik je. Doe je mee?'

Ik knik.

29

Ik strijk nog een keer met de lipstick over mijn bovenlip en wrijf mijn lippen over elkaar. Dan kijk ik in de spiegel. Mijn blik glijdt over mijn gezicht. Ik ben tevreden met wat ik zie en daarom sluit ik het kistje met mijn make-up spulletjes. Vervolgens pak ik het bijou-doosje en zoek oorhangers uit. Ik kies gouden hangertjes in de vorm van cupido's omdat ze passen bij mijn stemming én omdat Frans ze voor mij bij Smit-Ouwerkerk kocht. Ook doe ik het gouden collier met turkooizen bolletjes om. Voor ik naar beneden ga, zoek ik in de kast de rode pumps die bij mijn pakje horen, en trek ze aan. Er staat mij een belangrijke ontmoeting te wachten, dus wil ik er goed uit zien. Tot slot pak ik nog het flesje Magie Noire.

Natasja staat beneden haar slaapkamer te stofzuigen als ik op de geopende deur klop. Haar rode bos krullen deint op en neer bij de heen-en-weerbeweging die ze maakt. Als ze mij ziet, houdt ze op en zet de stofzuiger uit.

'Wat zie jij er beeldschoon uit', zegt ze.

'Is dit niet té?', vraag ik terwijl ik mijn hand voor mijn decolleté heen en weer beweeg.

'Voor deze tijd van het jaar, bedoel je? Nee, hoor. Daarmee moet je iedere man kunnen strikken. Dit moet je echt aanhouden, hoor! Ik wou dat ik jouw maten had, dan wil ik het wel van je lenen. Er is niets leuks dat mij past. Zeg, wat trek je erover aan?'

'Mijn suède lammy.'

'Met dat nepbont? Dat zou ik niet doen, als ik jou was. Je hebt toch ook zo'n zwartleren jas met ceintuur? Die staat volgens mij veel leuker bij dit pakje.'

'Is dat niet te stoer?'

'Welnee', giechelt Natasja. 'Met die jas ben je echt onweerstaanbaar!'

Ik tel vier meiden op het dek van de Neeltje Jacoba. Vier meiden en twee jongens. Allemaal studenten in dikke winterjassen die op het dek een feestje vieren. Zij zijn de nieuwe mensen door wie Frans van Arkel zich laat omringen. Ik loop over de kade richting de boot nadat Carlos mij met een knipoog heeft doorgelaten. Van grote afstand zie ik twee meiden met lang haar die met Frans staan te kletsen, elk met een glas champagne in de hand. De winterzon doet hun blonde haren goud oplichten. Als ik dichterbij ben gekomen, hoor ik aan het bekakte toontje wie van hen Mabel is. Zij voert natuurlijk het hoogste woord. Nu ik haar herkend heb, bedenk ik me bijna. Ik houd mijn pas in en wil me omdraaien. Maar Frans heeft me al ontdekt. Hij zet het glas neer en steekt de loopplank over naar de kade.

'Sjan, dat is lang geleden. Kom je toasten? Jochem heeft zijn bul gehaald.'

Hij gebaart naar een van de jongens. Maar ik kijk niet in die richting. Ik wil hier zo snel mogelijk weer weg. Als ik word gezien, heb ik een probleem. Daarom zeg ik Frans dat ik hem onder vier ogen wil spreken. Binnen. Hij neemt me daarop mee naar het slaapcompartiment. Daar gaat hij op het ene bed zitten, ik op het andere.

'Nou, vertel op, Sjan. Wil je weer bij de firma komen?'

'Nee. Niet zolang je mij afwijst.'

'Zit dat je nog steeds dwars?', reageert hij geërgerd. 'Zeg dan maar waarvoor je wel gekomen bent.'

'Ze gaan je rippen, Frans.'

'Wie?'

'Dat kan ik niet zeggen.'

'Ach, kom nou, Chantal. Ik wil namen horen. Hoe kom je aan deze informatie?'

Ik schud beslist mijn hoofd. Ik heb lang getwijfeld of ik dit moest doen. Ik wilde Frans treffen, maar kwam erachter dat ik het niet kan. Daarvoor heeft hij teveel voor mij betekend. Ik kan het niet over mijn hart krijgen om hem te verraden en daarmee alle kans op herstel van onze relatie definitief te vernietigen. Niet dat ik veel succes lijk te oogsten. Zo onweerstaanbaar zie ik er dus ook niet uit. Maar ik wil Orlando niet verraden. Een naam zal Frans van mij niet horen. Hij kijkt me ondertussen met fonkelende ogen aan.

'Als je geen naam noemt, heb ik niets aan wat je zegt.'

Ik sla mijn ogen neer.

'Sorry, ik kan het niet.'

'Ik heb jou niet nodig, Chantal. Niemand kan mij iets maken. Als er iemand is die denkt dat hij mij kan rippen, dan probeert hij het maar. Het zal niet lukken. Ik heb alle voorzorgsmaatregelen genomen. Jouw informatie helpt mij geen steek verder. Ik vraag me af of er wel een plan is om mij te rippen. Jij komt om te stoken tussen mij en de anderen. Omdat je jaloers bent. Je kunt niet hebben dat een ander jouw plaats heeft ingenomen.'

'Ik doe dit voor jou, Frans.'

'En waarom? Om je bij mij in te likken? Moet je kijken hoe je eruit ziet! Je hebt je opgetut alsof je denkt dat ik je dan terug wil hebben. Ik heb meer vrouwen gehad, Chantal. Maar niemand was zo'n zeur als jij toen ik het uitmaakte. Zet het van je af en ga door met je leven. Dat doet die Helmert van jou ook. Die heeft het volledig met jou gehad.'

Ik spring van het bed af en kijk hem strak aan.

'Omdat jij hem bedreigt. Maar waarom? Hij heeft jou niets misdaan.'

'Hij is een vriend van Jack.'

'Daar weet je niets van.'

'Ik weet heel wat meer dan jij. Als er iemand bedrogen wordt, dan ben jij dat wel.'

'Ja, door jou!'

'Alsjeblieft, hou eens op, Chantal. Accepteer dat ik een ander heb. Ik wil vrienden met je zijn. Straks heb ik een ander leven. Als ik vader word...' Nu draai ik me om en wil het slaapverblijf verlaten. Ik wil dit niet horen. Frans roept me nog iets na dat ik nog net versta.

'Ik wil de vader zijn die ik zelf nooit heb gehad!'

Op donderdag 22 februari word ik gebeld door Orlando Bresser die in bedekte termen vertelt dat de Star Venus de haven van Amsterdam is binnengelopen. Het gaat beginnen! Komende nacht wordt de Grote Berg overgebracht naar twee vrachtwagens met open containers die de lading morgen naar de opslagplaatsen zullen rijden. De Star Venus heeft onderweg wel enige averij opgelopen, maar dat is verder geen probleem gebleken.

'Sorry dat ik aan je getwijfeld heb, meissie', zegt Orlando.

Hij had van mijn bezoek aan de Neeltje Jacoba gehoord en vond dat ik hem heb verraden. Kort na die ontmoeting met Frans kwam Orlando naar de Nassaukade om te zeggen hoe teleurgesteld hij in me was. Hij vreesde voor zijn leven als Frans van de komende rippartij op de hoogte zou zijn. Maar ik heb hem gerustgesteld met de opmerking dat ik Frans wilde spreken over Helmert. Wat ik op de boot heb gehoord, kwam mij goed van pas. Over jou hebben we het niet gehad, zei ik Orlando naar waarheid. Het viel me op hoe gemakkelijk hij zich liet sussen. Misschien zit er een kern van waarheid in wat Frans vertelde en is Helmert met mijn ex bevriend. Wie kan ik dan nog vertrouwen?

Ook aan Orlando twijfel ik nu. Dat hij weet dat ik naar de Neeltje Jacoba ben geweest, vind ik verdacht. Behalve Frans en de feestvierenden, waren alleen drie bodyguards aanwezig waaronder Carlos. Is hij toch bij de plannen van Orlando betrokken? Was dat de reden dat hij bij Frans' boot naar mij knipoogde?

Maar Orlando heeft nog niets te vrezen, want Frans belt mij een dag later op. Op de achtergrond hoor ik de vrolijke stemming op het hoofdkantoor. Hij zegt dat ik het mis heb gehad, want alles is goed gegaan. De Grote Berg ligt veilig opgeslagen en het kantoor viert feest. Binnenkort kan Frans volgens plan met pensioen gaan.

Ik hoor hoe triomfantelijk hij klinkt en voel me ellendig. Hij heeft alles onder controle.

Van studeren komt niets meer. Het verkeer op de Nassaukade trekt aan me voorbij, maar het dringt niet tot mij door en dat komt niet alleen doordat het raam smerig is. Elke keer moet ik denken aan Frans. Aan Orlando. Aan Carlos. En aan Mabel. Ik denk aan wat Frans en ik hadden tot ik verdrongen werd. Ik was zijn minnares. Zijn adviseur. Nu vraag ik me af of ik me niet heb vergist. Misschien was ik voor hem alleen een makkelijk neukertje dat hij aan het lijntje hield met dat kutbaantje. Alsof hij naar mijn adviezen zou luisteren. Dat deed hij al niet bij het aannemen van nieuw personeel. Uit frustratie zet ik mijn nagels in de muis van mijn hand tot het bloed opwelt.

Ik kan er niet langer tegen. Ik moet iets doen. Als ik nog langer blijf zitten word ik gek van frustratie. Ik besluit de ramen te gaan lappen. Als ik maar iets om handen heb. In de keuken laat ik een emmer vol sop lopen. Met trekker, spons en zeem loop ik naar de studeerkamer terug en begin de ramen af te nemen. Sinds ik Marga heb weggestuurd, is er weinig van het huishouden terechtgekomen. Af en toe deed Natasja wat als het vuil de overhand kreeg en mijn oma daarover klaagde, maar daar was zij niet voor ingehuurd. Een zwarte drab spoelt van het glas op de vensterbank. Kon ik maar zo gemakkelijk alles wegspoelen dat tussen mij en Frans instaat.

Ik heb er spijt van dat ik Orlando heb gezegd dat ik meedoe, ook al was ik toen al van plan om Frans op de hoogte te brengen. Maar mijn lief vertrouwt me niet meer zodat het wel mis moet gaan. Nooit heb ik hem aanleiding tot wantrouwen gegeven. Zodra hij is geript, zal hij weten dat ik in het complot zit, vooral als ik zijn klanten overneem. Dat is het laatste wat ik wil. Ik win hem nooit meer terug als dat gebeurt. Maar ik wil ook niet dat hij de Grote Berg in handen houdt. Ook dan zijn mijn kansen verkeken. In de toekomst die hij uitstippelt is geen plaats voor mij. Met een brok in mijn keel denk ik aan zijn enthousiasme aan de telefoon.

Dit mag niet gebeuren. Ik moet dit voorkomen. Het is mijn laatste kans. Maar wat kan ik doen? Met geen van beide opties bereik ik wat ik het liefst wil. Dan begint zich een plan in mijn hoofd te ontwikkelen. Een andere mogelijkheid die ik niet zou hebben bedacht als ik niet opeens aan tante Willie moet denken.

Ik ben klaar met het lappen. Ik giet de emmer leeg in de keuken en pak de autosleutels uit de bestekla. Nu ga ik iets doen waarvan ik de gevolgen nog niet kan overzien. Maar het is de kans die ik wil grijpen in de hoop Frans te herwinnen, al weet ik dat ik hem diep zal kwetsen. Dat kan ik aan, zolang hij nooit zal weten dat ik het heb gedaan.

In mijn Jaguar rij ik de stad door richting het Centraal Station. Ik kijk rond of ik bekenden zie. Dat is niet zo en daarom stap ik een telefooncel in en draai een nummer. Aan de vrouw die ik aan de lijn krijg, meld ik wat ik zeggen wil en vraag haar het bericht door te geven aan De Boer. Dan vraagt zij hoe ik heet. Ik verbreek de verbinding.

30

'Ik wil je nú spreken!' Frans klinkt alsof hij op oorlogspad is. Hij geeft me niet de gelegenheid te reageren, maar sommeert mij onmiddellijk naar het Amstel Hotel te komen. Wat de reden is, wil hij niet zeggen. Maar daar kan ik wel naar raden. Het is maandagmiddag en ik voorzie een moeilijk gesprek. Dat wil ik echter niet uit de weg gaan. We moeten allebei door een dal om te komen waar ik met hem wil zijn. De afgelopen dagen heb ik gerepeteerd wat ik zal zeggen als hij me ter verantwoording roept. Ik ben er klaar voor.

Bij mijn aankomst in Suite 116 hoor ik Frans tekeer gaan. De deur wordt opengedaan door Geert de Reus die mij op het ergste voorbereidt. Als hij me doorlaat naar de lounge, zie ik mijn lief stampvoetend rondlopen terwijl hij tegen Carlos schreeuwt. Zijn gezicht is vuurrood van woede.

'Waar is Paul?'

'Dat weet iek niet.'

'Waarom reageert hij niet op mijn oproep? Volgens mij heeft hij dit gedaan. Volgens mij heeft die klootzak ons allemaal verraden. Ik had het kunnen weten. Toen ik hoorde van de schade…'

Frans sluit abrupt zijn mond zodra hij mij ziet.

'Ben je daar eindelijk, Chantal? Ga zitten want ik wil horen wat je weet over die ripdeal. Heb jij ons bedonderd?'

'Wat is er aan de hand?'

'Doe niet alsof je van niets weet. Dit is wat jij van tevoren wist.'

'Wat dan?'

'We zijn geript.'

'Daar heb ik je voor gewaarschuwd. Je wilde het niet geloven. Waarom heb je het transport dan niet beter bewaakt?'

'Dat heb ik. Maar het was de politie die op de hoogte was.'

Ik kijk Frans met verbazing aan in de hoop dat hij mij gelooft. Ik zeg hem dat ik niets van de politie weet en vraag wat er is gebeurd. Dan krijg ik de krant te zien. Op de voorpagina zie ik drie koppen die niets aan duidelijkheid te wensen overlaten:

"Grootste hasjsmokkel was ook de knulligste – Hasjvangst van f 450 miljoen – Transportondernemer aangehouden."

Ik veins dat ik geschokt ben en dankzij mijn oefening slaag ik daar in. Ik vraag of Orlando is aangehouden, maar Frans schudt zijn hoofd. De transportondernemer uit de krantenkop is slechts een chauffeur. Ik lees verder en zie dan iets dat voor mij volkomen nieuws is. De volledige Grote Berg is in Leusden in beslag genomen. Dat kan niet. Het transport zou in de haven in twee partijen opgesplitst worden. Het ene deel zou naar Loosdrecht gaan, het andere naar Leusden. In het artikel lees ik dat de rijkspolitie van Dordrecht de slag in die laatste plaats heeft geslagen. Die locatie had ik ook doorgegeven. Maar ik had erop gerekend dat alleen de helft van de Grote Berg zou worden gevonden. Niet alles. Er is iets vreselijk verkeerd gegaan en ook Frans ziet dat zo.

'Orlando heeft zich niet aan de afspraak gehouden', zegt hij boos. 'Hij is verantwoordelijk voor het transport. En nu zit hij op de Antillen. Omdat die schijter bang was dat het fout zou lopen. Hier staat dat de politie meer aanhoudingen gaat verrichten. Hij heeft een alibi, terwijl wij alles kwijt zijn door hem.'

Verderop in de krant staat het vervolg op het voorpagina-artikel. Mijn hart klopt sneller als ik over mijzelf lees. Een rechercheur wiens naam mij niet bekend is, zegt in het artikel dat de zaak aan het rollen kwam na een tip dat op het bedrijfsterrein een partij hasj opgeslagen zou zijn. Mijn naam staat er niet bij vermeld, maar voor mijn gevoel maakt dat weinig verschil.

'Heeft Orlando...', probeer ik zonder dat ik van de krant durf op te kijken.

'Dat dacht ik ook. Maar hij heeft hier geen voordeel bij.'

'Wie heeft de politie dan getipt?'

'De enige persoon die ik kan bedenken die hier belang bij heeft, ben jij', zegt hij.

Geschrokken kijk ik op. Maar Frans heeft mij de rug toegekeerd en begint de lounge weer op en neer te lopen. Dan zie ik dat de blik van Carlos strak op mij is gericht. Zijn ogen spreken luider dan woorden. Mocht ik al twijfel hebben gehad of hij in het complot van Orlando zat, dan heb ik die nu niet meer.

'Misschien heeft je nieuwe vriendin dit gedaan?', probeer ik opnieuw.

'Zij? Laat haar erbuiten, alsjeblieft. Vertel me liever wie mij wilde rippen.'

'Dat weet ik niet.'

'Hoe kom je dan aan die informatie?'

Ik kijk vluchtig naar Carlos. Die neemt me met zo'n gemene blik op, dat ik het niet in mijn hoofd haal hem te noemen, hoe graag ik het ook zou willen. Wat zou ik ervan genieten als Frans hem eindelijk eens ontslag zou geven. Maar zijn lot is aan het mijne verbonden. Noem ik hem, dan zal hij zeggen dat ik net zo diep in het complot betrokken ben als hij. En daarom zeg ik Frans dat het een gerucht was dat ik ergens heb opgevangen. Dat ik niet meer weet.

'Heb je echt geen naam?', dringt hij aan.

'Dat heb ik je de vorige keer al gezegd.'

'Wie heeft het dan gedaan?'

'D'r is gigantisch over die partij geluld', zegt Geert de Reus.

'Dan kan iedereen het geweest zijn', vul ik hem aan. 'Ik ken genoeg mensen die jou in het ongeluk willen storten. Ik hoor daar niet bij. Daarom ben ik ook naar de Neeltje Jacoba gekomen. Als je toen had geluisterd…'

'Houd daarover op. Ik schiet zo niets op. Paul Jenkins reageert niet en Eutje zit in Suriname. Maar ik laat het hier niet bij zitten. Overmorgen komt Orlando terug en dan wil ik weten waarom hij zich niet aan de afspraken heeft gehouden. Als hij ook maar iets achterhoudt, dan zal ik het er desnoods uit meppen. Niemand bedondert mij!'

In de dagen die volgen houd ik via de nieuwsberichten nauwlettend in het oog of Frans al is aangehouden. Het artikel dat hij me toonde, zinspeelde daarop. Zijn arrestatie past in mijn opzet want het is niet Mabel die hem straks in de gevangenis zal bezoeken. Daar zie ik haar niet voor aan. Nee, zij haakt als eerste af. Dan zal mijn lief zien van wie hij het moet hebben. Maar de politie komt niet in actie. Ondertussen kom ik dieper in de problemen. Orlando Bresser bezoekt me met een gezicht dat op onweer staat. Doordat hij me in Dordrecht bezocht heeft, begrijpt hij dat ik achter de anonieme tip zit. En van Carlos heeft hij gehoord wat ik Frans heb verteld en daarom eist hij nu een verklaring.

'Wat jij hebt gedaan, kan ons de kop kosten, weet je!'

Ik probeer hem duidelijk te maken dat ik het niet kon. Maar ik stuit op een muur van onbegrip. Orlando roept dat ik hem heb genaaid. Door die beschuldiging verlies ik mijn geduld. Ook hij is niet eerlijk geweest door te zweren dat Carlos de Souza niet in ons complot betrokken zou zijn. Daar doet hij nu luchtig over. Alsof het allemaal kinnesinne is van mij. Voor hem is het niet te begrijpen dat ik een kans heb laten schieten om tien miljoen te verdienen en daarmee ook anderen in gevaar heb gebracht.

'En dat allemaal om Frans die helemaal geen belangstelling voor jou heeft.'

'Maar ik heb jouw naam niet genoemd.'

'Ik de jouwe wel, meissie.'

'Wat?'

'Ja, wat denk je? Dat ik mezelf ga aangeven? Nee, dit is jouw probleem, weet je. Ik heb tegen Frans gezegd: bij Chantal moet je wezen. Zij en Paul hebben je genaaid.'

Ik kan niet begrijpen dat ik ooit een zwak voor Orlando heb gehad. Hij met zijn brede glimlach en opschepperij, alsof hij groter is dan Frans. Als dat zo is, dan had hij flink moeten zijn en zeggen dat hij achter de geplande rippartij zat. Maar ondanks al zijn bravoure is hij een zielig, bang ventje. Wat een afknapper. Ik kan er nog niet bij dat hij het in zijn botte kop heeft gehaald mij te verraden, terwijl ik hem de hand boven het hoofd heb gehouden. Zo bang is hij voor zijn hachje. Door hem ben ook ik niet meer veilig en daarom verlaat ik Amsterdam.

Ik kan niet naar tante Willie. Voorlopig kan ik beter niet in verband gebracht worden met Dordrecht. Ik overweeg naar mijn geboortestad terug te keren. Maar iemand anders kan dat ook bedenken en daarom zie ik er vanaf. In plaats daarvan rijd ik in mijn Jaguar de A1 op en zie wel waar ik de snelweg afga. Afslag na afslag laat ik voorbijgaan. Pas als ik op de Veluwe afdaal naar Apeldoorn, besluit ik daar een hotelkamer te zoeken. Ik kan me namelijk niet herinneren dat de firma daar veel contacten heeft.

Na een halfuur heb ik het hotel gevonden dat naar mijn zin is. Het ligt tegen de bossen aan en de weg die ernaar toe leidt, is rustig. Bovendien heeft het een parkeerplaats aan de achterzijde van het gebouw zodat mijn auto vanaf de weg niet te zien is. Ik boek mezelf in onder een valse naam en betaal contant.

Ik ben precies op tijd Amsterdam ontvlucht. In de week dat ik in het hotel verblijf, heb ik geregeld contact met Keith. Van hem hoor ik dat Paul Jenkins weer is opgedoken. Hij en Frans hebben een hooglopende ruzie gehad in Yab Yum. Er zijn over en weer klappen uitgedeeld. Er zouden zelfs vuurwapens zijn getrokken. Mabel was er niet bij. Zij zou na het fiasco met Frans hebben gebroken.

Maar ik zal naar de hoofdstad terug moeten keren. Natasja belde op en vertelde dat Jack terug is. Hij heeft toegang tot mijn huis geëist. Daarna kwam hij terug met een knokploegje dat de ruiten aan diggelen heeft geslagen en vervolgens binnen heeft huisgehouden. Volgens Natasja is het er een onbeschrijfelijke puinhoop en ik moet terug om de schade op te nemen en het met de verzekering te regelen.

'Klopt het dat Paul mij wilde rippen, Chantal?' Frans kijkt me scherp aan. We zitten weer in zijn suite in het Amstel Hotel en opnieuw is Carlos aanwezig. Hij houdt zich op de achtergrond. Na mijn terugkeer heeft Frans opnieuw contact met me gezocht. Anders dan de vorige keer eiste hij niet dat ik onmiddellijk zou komen en ik put daar hoop uit. Niettemin zie ik dat de gebeurtenissen van de afgelopen twee weken een zware wissel op Frans' leven hebben getrokken. Hij ziet er afgeleefd uit met dikke wallen onder zijn ogen en ik heb hem nog nooit zo bleek gezien. In zijn ogen is een doodse blik. Het gaat me aan het hart hem zo te zien.

'Dat is wat Orlando jou heeft wijsgemaakt.'

'Nou? Klopt het?'

'Zou ik jou dan vooraf op de hoogte hebben gebracht?'

Zijn blik blijft op mij gericht. Tien tellen later schudt hij zijn hoofd. Ik vraag hem daarna wat Orlando allemaal zou hebben beweerd, want dat wil ik nou wel eens weten. Frans knikt en begint dan te vertellen. Wat ik hoor, maakt mij kwaad. Orlando heeft Paul Jenkins tot zondebok gemaakt alsof hij niet besefte dat hij daarmee een doodsvonnis tekende. Volgens hem kan Paul alles aangerekend worden. De boordkranen van de Star Venus waren stukgegaan door onkundig gebruik waardoor er niet kon worden gelost. Dat was Pauls verantwoordelijkheid. Daarom had hij geregeld dat het schip voor reparatie overgebracht werd naar Sealand Repair. Maar omdat daar ruimtegebrek was, werd het schip doorgestuurd naar overslagbedrijf Branox BV aan de Vlothavenweg, twee kades verderop. Hier kon, ondanks het probleem met de defecte boordkranen, toch worden uitgeladen. Maar Frans had op deze plek geen toezicht geregeld.

Orlando Bresser had informatie ingewonnen en was erachter gekomen dat de lading van de Star Venus niet goed was afgedekt. Ook dit viel onder de verantwoordelijkheid van Paul. Volgens havenarbeiders die Orlando sprak, was de hennepwalm die uit het ruim opsteeg drie kades verderop nog te ruiken. Maar Paul Jenkins maakte het nog erger door in eigen persoon naar de haven te komen om afspraken te maken voor de reparatie.

Op donderdag 22 februari was Paul als directeur van overslagbedrijf Alpha Freight per taxi naar Amsterdam gegaan. Daar had hij met een koffer vol geld de reparatienota van 350.000 gulden voldaan. Contant geld. Kleine coupures. Natuurlijk kreeg het personeel op de werf argwaan, vooral ook omdat Paul er ongewoon bijliep met zijn zijden sokken, glimmend zijden overhemd, zwarte lakschoenen en sieraden.

In de ogen van Frans is het geen wonder dat de politie belangstelling voor de Star Venus kreeg. Wat hem betreft heeft Paul Jenkins de smokkel verknald. Die had op z'n minst maatregelen moeten nemen om ervoor te zorgen dat het schip niet op zou vallen. En hij had eerst iemand moeten sturen die Branox BV doorlichtte. Want Orlando heeft het gerucht opgevangen dat de Centrale Inlichtingendienst van de recherche in Dordrecht deze werf al langer in het oog hield. Daarom zou er een verborgen camera zijn opgesteld met een directe videoverbinding met Dordrecht. Voor Frans staat daarom vast dat Paul Jenkins hiervoor moet opdraaien en daarom heeft hij hem een boete van een miljoen gulden opgelegd.

Ik heb echter mijn bedenkingen. Maar Frans kan de verklaring van Orlando Bresser onderbouwen. Hij toont mij een kopie van de reparatienota. Daarin lees ik dat de boordkranen door onkundig gebruik en overbelasting onklaar zijn geraakt.

Terwijl ik dat lees, begint bij mij te dagen wat zich werkelijk rond de tweeëntwintigste heeft afgespeeld. Ook Paul Jenkins was betrokken bij het complot van Orlando Bresser. Nu die mijn naam heeft genoemd, voel ik me niet langer verplicht hem uit de wind te houden. Zelfs de aanwezigheid van Carlos kan me er niet meer van weerhouden Frans te vertellen wat ik ervan denk. De boordkranen zijn opzettelijk onklaar gemaakt. Want dat gaf de kapitein van de Star Venus een reden om het schip naar een andere kade te varen. Een kade waar Frans geen toezicht had. Daardoor kon Orlando met zijn containerwagens ongezien de lading naar één opslagplaats overbrengen, in plaats van twee om de volledige partij te kunnen rippen.

Ik herinner me in de krant gelezen te hebben dat in de opslagloods in Leusden koelcontainers stonden die werden geprepareerd om de hasj in over te laden en naar andere delen van Europa te transporteren. Maandenlang heeft Orlando de tijd gehad om die containers in gereedheid te brengen. Dat ze nog niet klaar waren, is voor mij een duidelijk signaal van wat zijn bedoelingen waren. Zolang de hasj niet kon worden overgeladen, had hij gelegenheid om het juiste moment af te wachten om de partij zogenaamd door een concurrent te laten rippen.

Frans is onder de indruk als ik mijn theorie uit de doeken heb gedaan.

'Zo zou het gegaan zijn, als die tip er niet was geweest.'

'Dat moet dan iemand van Branox zijn geweest', zeg ik.

Frans knikt. 'Dat denk ik ook. Maar de recherche zat er hoe

dan ook bovenop. Ik begrijp nog niet dat Paul zo stom heeft kunnen zijn.'

'Als het waar is.'

'Het is waar. Dacht je soms dat ik Orlando op zijn woord geloofde? Ik heb Carlos naar Branox gestuurd. Hij heeft met medewerkers van de werf gesproken. Zij bevestigen alles. En hij heeft de verborgen camera gelokaliseerd. Kijk, hij heeft er foto's van genomen.'

Ik krijg van Frans drie polaroidfoto's in handen geduwd waar de werf op staat. De eerste is een overzichtsfoto waar de Vlothaven op staat met de gebouwen op de kade. De volgende zoomt in op één van die gebouwen en de laatste geeft een detail van de gevel weer. In een nis is een weerkaatsing van licht te zien. Dat moet de lens van de camera voorstellen. Nadat ik de foto's heb bekeken, kijk ik op naar Carlos die tegen de muur staat geleund en mij net als de vorige keer grimmig opneemt. Dan richt ik me opnieuw tot Frans.

'Ik herinner me andere polaroids waarmee ze jou hebben bedrogen.'

'Jij denkt dat Carlos...'

'Ik denk dat die camera later is aangebracht. Weet je wel hoe belachelijk het klinkt dat die camera met Dordrecht verbonden is? Waarom niet met de Centrale Inlichtingendienst van de Amsterdamse politie? Waarom niet met het Interregionaal Rechercheteam? Orlando heeft die camera zelf laten ophangen om te kunnen doen alsof het overmacht was. Misschien heeft hij de werknemers van Branox betaald om Paul zwart te maken.'

Frans kijkt zorgelijk als ik hem dit vertel. Dan zegt hij dat mijn theorie zijn bedenkingen bevestigt. Hij heeft vanaf het begin twijfels gehad bij wat Orlando hem vertelde. De camera zou het lossen en laden geregistreerd moeten hebben. Beter bewijsmateriaal was niet denkbaar. Maar behalve de transporteur uit Leusden is er tot nu toe niemand aangehouden en dat is heel vreemd. Tenzij die camera inderdaad pas achteraf was geïnstalleerd om het stuklopen van de Grote Berg te verklaren.

'Ik heb die zwarte nooit vertrouwd', zegt hij. 'Daarom heb ik hem ook een boete van een miljoen opgelegd. Ik vraag me nu af of dat wel genoeg is. Maar daar zal ik jou niet mee lastigvallen, Sjan. Ik heb de laatste tijd nagedacht. Ik wil jou weer bij de firma hebben.'

Zaterdag 4 oktober 2003

Zit er dan een ontwerp achter alles wat zich in de wereld afspeelt, of is er sprake van menselijke opzet die het toeval verklaart? In 1990 ontstond er een bendeoorlog tussen de groep van Klaas Bruinsma en de Joegoslavische maffia in Amsterdam. Ljubinko "Duja" Becirovic, leider van de Joego's, werd dat jaar vermoord en opgevolgd door Streten Jocic die zwoer dat hij wraak zou nemen op Klaas. Ik herinner me dat de Joego's toen met hun criminele activiteiten bezig waren geld in te zamelen voor de oorlog op de Balkan.

Op internet lees ik dat Mabel Wisse Smit zich ook voor de Balkan inzette op het moment dat de oorlog de regio verscheurde tussen het Servische kamp en het kamp van de Bosnische moslims. Zij had halverwege de jaren negentig een relatie met de Bosnische diplomaat Muhamed Sacirbegovic. Samen met hem probeerde ze het wapenembargo voor de Bosnische moslims ongedaan te krijgen. In die tijd werd er door de Servische geheime dienst een poging gedaan hen te ontvoeren. Daarvoor werd Arkan ingezet, de meedogenloze Serviër die in Bosnië verantwoordelijk was voor tal van moordpartijen. Later werd dit bekend toen een Joegoslavische crimineel erover vertelde. Op het moment dat ik zijn naam lees, gaat er een rilling over mijn rug. Streten Jocic. Alsof Mabel na de dood van Klaas partij bleef kiezen tegen het Joegoslavische kamp en hun Bosnisch-Servische bondgenoten, en daarmee vóór Klaas. Alsof Streten Jocic besloot daar een eind aan te maken. De ontvoering vond nooit plaats, maar het zou een ultieme poging geweest zijn om wraak te nemen op Klaas door zelfs na zijn dood zijn liefje te treffen.

~

Even na elf uur op zaterdagochtend rij ik in de huurauto richting het oosten van het land om het adres te bezoeken dat Orlando mij heeft gegeven. Mijn hoofd staat er wel niet naar, na een onrustige nacht waarin ik de nare dingen uit mijn verleden herbeleefde. Maar ik moet gaan. Dit is de enige kans die ik heb om een foto te bemachtigen. Ik vertrouw het alleen niet. Orlando heeft mij vanochtend nog gebeld om te zeggen dat de man uit Dwingeloo mij de foto voor vijfduizend euro cash wil verkopen. De man? De naam van de man wilde hij niet noemen en dat is een veeg teken. En waarom maar vijfduizend euro? De redactie van het tijdschrift dat het hoogste bod heeft gedaan, heeft vanochtend opnieuw laten weten alleen interesse te hebben als ik een foto heb die mijn verhaal ondersteunt.

Ik heb besloten om te gaan omdat ik dan ook langs mijn geboortestad kom. Bij het tankstation dat ik passeer, koop ik een bos bloemen en rij daarna door naar de afslag. In het oude centrum is niet veel veranderd. Ik rij langs mijn oude lagere school waar ik op maandagochtend altijd een psalmversje moest opzeggen en kom terecht in de haven. Daar zie ik de botter die van mijn papa is geweest. De laatste keer dat ik de boot zag, was hij in verval. Nu is de botter in het bezit van een stichting die de boot heeft laten restaureren. Hij ziet er beter uit dan ooit.

Na een korte rondrit door de stad, eindig ik bij de begraafplaats om de graven van mijn familie te bezoeken en de bloemen bij hen achter te laten. Mijn broertje Hans is in hetzelfde graf begraven als onze grootouders. Na de dood van oma heb ik een nieuwe steen op het graf laten plaatsen waarin ook een fotootje van Hans is opgenomen. Zijn gerimpeld gezichtje kijkt me olijk aan. Het doet me plezier dat begraafplaats en graf goed zijn onderhouden.

Hans werd twee jaar na mij geboren. In de loop van zijn eerste levensjaar werd duidelijk dat hij niet in orde was. Het was niet gewoon dat een baby zijn eerste haartjes begon te verliezen en op het consultatiebureau kreeg mijn moeder te horen dat Hans' groei stagneerde. Daarna volgden meer symptomen van de ziekte waarmee hij was geboren. De huid op zijn borst en buik werd leerachtig, droog en kleurde rood en hij kreeg last van vetoedemen. Hij begon eruit te zien als een oude man, met het stemmetje van een kind. Toen hij anderhalf was, werd de diagnose gesteld. Hans was geboren met het Hutchinson-Gilford Progeria Syndroom, een uiterst zeldzame aandoening waaraan wereldwijd gelukkig niet meer dan enkele tientallen kinderen lijden. Het was vanaf dat moment duidelijk dat mijn broertje niet oud zou worden. Onze moeder kon het niet aan en vertrok toen Hans amper vier was. Hij begon toen al ouderdomsvlekjes te krijgen.

Hans stierf in 1976 aan de gevolgen van een hartaanval. Hij werd niet ouder dan elf. In de maanden ervoor verslechterde zijn conditie zienderogen. Hij kreeg reumatische klachten. En door het slechter functioneren van zijn hart, begon hij last te krijgen van vochtophoping in de benen. Zijn gewrichten verstijfden. En hij had hoge bloeddruk. Meermalen per dag moesten wij hem insmeren met een bodylotion omdat zijn huid snel uitdroogde.

Nu, bijna dertig jaar later, kost het mij geen enkele moeite hem voor de geest te halen. Met zijn kale hoofd waarop elk bloedvat zich aftekende als een boomwortel die naar de oppervlakte groeit. Maar vooral herinner ik mij de blije energie waarmee hij in het leven stond. Alsof hij het geheim van het leven kende. En ik herinner me de hoop die hij had: dat hij straks in de hemel zou zijn en een gezond lichaam zou hebben. Nu ik daaraan terugdenk, word ik emotioneel. Het geloof dat zo vanzelfsprekend was toen ik opgroeide, heb ik hier achtergelaten.

Wat dat betreft is het gebed van mijn oma op haar sterfbed niet uitgekomen. Er waren wel momenten dat ik op het punt stond de volgeschreven vellen van haar brief te verscheuren. Toch heb ik die nog altijd in mijn bezit. Zelfs de prekenboeken van haar vader zijn er nog. Daarin blader ik als ik de geur van het verleden wil opsnuiven. Niettemin heb ik toch een soort louteringsproces doorgemaakt. Ik ben niet meer dezelfde persoon die ik was toen ik mijn oma in de steek liet om bij Jack in te trekken. Het is Hans die nu mijn grootste inspiratiebron is.

Ik nader Dwingeloo. Het bezoek aan de begraafplaats heeft me opnieuw geconfronteerd met de dood, en de dood van mijn lief in het bijzonder. Ik ben dan wel door een louteringsproces gegaan, dat wil niet zeggen dat ik het Mabel niet meer kwalijk neem wat zij heeft gedaan. Zij zal daarvoor boeten. Elke cent die ik eruit kan slepen is mooi meegenomen. Mocht ik de foto niet weten te bemachtigen, dan schrijf ik desnoods een boek over mijn verleden.

Voor de moord op Klaas Bruinsma werd Martin aangehouden en veroordeeld. Maar in de afgelopen twaalf jaar is er veel gespeculeerd over de vraag of hij een opdrachtgever had. Sindsdien heeft iedereen zich opgeworpen als het feitelijke brein achter de moord, of een ander daarvan beschuldigd: Eugène, Bram en Ton, de Joegoslaven onder leiding van Jocic, Jan Verhoek; allemaal zijn ze wel eens genoemd. Een derderangs journalist kwam zelfs met een niet bestaande Joegoslaaf op de proppen die de moord op Branco wilde wreken – na tien jaar! Die Joegoslaaf zou een broer van Branco zijn. Ik heb foto's gezien. Die twee leken totaal niet op elkaar. Volgens mij was het een poging om Martin vrij te krijgen, want in die tijd ging hij in hoger beroep.

Alle verdachtmakingen tonen aan dat de onderste steen niet boven is gekomen. Niemand weet dat beter dan ik. Het verbaast me dat na twaalf jaar nog niemand aandacht heeft gehad voor de bijzondere omstandigheden waaronder de moord werd gepleegd. Mijn lief werd door het observatieteam van het Interregionaal Rechercheteam dag en nacht in de gaten gehouden – maar er was geen politie toen hij werd vermoord. Terwijl hij nota bene in Club Juliana's was om collega-drugsbaron Jan Verhoek te spreken. Hij liet zich in de laatste jaren van zijn leven altijd omringen door minstens vijf bodyguards – maar hij was die nacht alleen. Het merkwaardigst is misschien nog wel dat niemand heeft stilgestaan bij het feit dat Martin pas tegen sluitingstijd naar Club Juliana's kwam. Wat had hem doen besluiten om diep in de nacht van huis te gaan en naar de nachtclub te rijden?

De persoon naar wie ik ben doorverwezen, woont in een statige villa ten zuidwesten van Dwingeloo. Achter de landschappelijk aangelegde tuin begint het Dwingelderveld met bossen en heidevelden. Via een korte oprijlaan parkeer ik de huurauto naast een bijgebouw en loop naar de voordeur.

Tot mijn grote verbazing is het Orlando Bresser zelf die opendoet. Even twijfel ik of ik niet beter weg kan gaan. Maar ik laat me niet kennen.

'Woon jij hier?'

'Nee hoor, meissie', zegt hij lachend. 'Ik ben op bezoek.'

Ik word door hem binnengelaten. Via een ruime hal waar de trap naar de bovenverdieping zich bevindt, laat Orlando me binnen in een soort zitkamer waarin een tv-meubel staat en zes gemakkelijke fauteuils ervoor. Hij biedt me een fauteuil aan, zegt dat de heer des huizes direct komt en verlaat dan de kamer met de mededeling dat hij iets te drinken voor mij gaat halen. Dan hoor ik iets waarvan ik schrik.

Hij draait de deur op slot.

Ik spring op en probeer een andere deur. Ook die is gesloten. Op dat moment valt mijn blik op een ingelijste foto die op het dressoir staat. Het is een foto die is genomen in de Amsterdamse binnenstad. Ik herken het Museumplein. Op de voorgrond staan twee mannen die ik maar al te goed ken. Links herken ik Joop Melissen. Daarnaast staat de man van wie ik nu vermoed dat hij de eigenaar is van het huis waarin ik ben opgesloten. Het zweet breekt me uit en ik deins verschrikt achteruit.

Ik ben terug bij Jack.

Juni 1990 – juni 1991

31

Een eend dobbert voorbij en in de verte hoor ik het gekwaak van kikkers. Een weldadige rust is over de haven van Muiden gevallen en ik besef dat dit een zeldzaam ogenblik van geluk is. De hemel boven mij verduistert langzaam waardoor steeds meer sterren hun licht laten schijnen. In het oosten is de volle maan opgekomen. Ik zit op het dek van de Neeltje Jacoba met mijn lief naast me. Op zijn rechterknie houdt hij een glas Chivas Regal vast en in zijn linkerhand heeft hij een joint. Ik lik een ijsje. Wie over de aanlegsteiger passeert zal denken dat we een gelukkig stel zijn dat geniet van de zomeravond.

Ik wijs Frans op de maan.

'Morgen zullen we geen paling eten', zeg ik.

'Hoezo?'

'Dat zeggen ze waar ik vandaan kom. Bij volle maan wordt er niet op paling gevist. Ik geloof dat paling maanlicht niet kan verdragen, of zoiets.'

Uit de richting van de Pampusbar klinkt geschreeuw. Een man zet een keel op en een vrouw antwoordt. Maar het is onverstaanbaar. Het lijkt nog het meest op Russisch. Vandaag vond in Muiden het ISAF Youth Sailing Worldchampionship plaats, dat georganiseerd wordt door de KNZ&RV. Vanaf de boot hebben Frans en ik de wedstrijden gevolgd. In vijf categorieën werd er om de prijzen gestreden. Maar de Nederlandse teams hebben niets gewonnen. Voor mij maakt het niet uit, want het is een leuke dag geworden. Het maakte zelfs niets uit dat Mabel er met haar studievrienden was, en ook niet dat zij even met Frans heeft gesproken. Het belangrijkst voor mij was dat mijn lief eindelijk weer in een goede bui was. Ik heb hem de afgelopen maanden wel anders meegemaakt. Dat de Grote Berg is onderschept, ziet hij als een persoonlijke vernedering die hij absoluut teniet wil doen. Hij moet en zal bewijzen dat hij niet de knullige hasjhandelaar is die de kranten van hem maakten.

De sfeer binnen de firma is harder en meer gespannen geworden. Aan alles is te merken dat Frans nu niemand meer vertrouwt. Voortdurend is hij bezig met controles om na te gaan of iemand een taak uitvoert zoals hij het wil. Het is een onwerkbare situatie en ik ben blij dat ik indertijd heb besloten niet op mijn oude plek terug te keren. Doorslaggevend was dat Frans mij terug wilde als medewerkster en niet meer dan dat. Ik had er geen behoefte aan terug te keren in een firma waar ik behalve Geert en Eugène niemand durf te vertrouwen. Het vooruitzicht dagelijks met de vervelende Bram en Ton en de wraakzuchtige Carlos te maken te krijgen, stond mij niet aan. Bovendien ben ik nog steeds bang dat vroeg of laat uitkomt dat ik het was die Frans verraadde.

Soms vraag ik me af of Frans ooit nog van mening verandert. Hij gaat helemaal op in zijn werk zodat er geen tijd is voor een relatie. Vriendschap is wat hij me biedt en ik doe alsof ik daar genoegen mee neem. Het biedt me in elk geval bescherming tegen Jack. Ondertussen grijp ik iedere kans aan om mijn lief op het hart te drukken dat hij beter met pensioen kan gaan. Dit irriteert hem soms en dan zwijg ik uit angst dat ik teveel heb gezegd. Er zijn ook dagen dat ik denk dat hij het met mij eens is, al zal hij het nooit zeggen. Dat zijn de dagen waarop hij met een dorre blik in de ogen voor zich uit zit te staren. Die dagen doen me denken aan papa wanneer hij de strekdam op slenterde en naar het nieuwe land tuurde.

Frans' nieuwste problemen worden veroorzaakt door Bram en Ton. Zij zijn altijd al ongeleide projectielen binnen de firma geweest en eindelijk is Frans ook tot dat inzicht gekomen. Opnieuw hebben ze iemand geript maar dit keer zullen ze er niet gemakkelijk vanaf komen. Ze hadden de Joegoslaven beloofd een partij cocaïne te leveren. Maar over de betaling waren vanaf het eerste moment problemen. Eerst wilden Bram en Ton in lires worden betaald, daarna in marken en vervolgens weer in Franse franken. Bij de uiteindelijke overdracht beroofde het duo de Joegoslaven. Duja Becirovic, leider van de Joegoslavische maffia, was later beschoten toen hij langs een café reed dat Bram en Ton hebben overgenomen. Duja kwam bij Frans verhaal halen. Maar mijn lief heeft zijn handen van Bram en Ton afgetrokken. Wat hem betreft vechten de Joegoslaven en zijn medewerkers het conflict onderling maar uit. Ik ben er echter niet gerust op dat het goed komt. Duja ziet Frans hoe dan ook als aanstichter en heeft daarom een miljoen gulden van hem geëist. Mijn lief zal hem niet betalen. Nooit. Ik vrees het ergste. En dan zijn er ook nog geruchten dat iemand uit de firma het op hem heeft gemunt.

'Ik heb vandaag met Orlando gesproken', vertelt Frans me op een dag in september. Het is halverwege de avond. We zitten in het restaurant van het Okura. Tot nu toe heeft mijn lief niet veel gezegd. Zijn eten ligt onaangeroerd op het bord. Ik durf er niet over te beginnen. Tegenwoordig is hij bij het minste of geringste boos. Ik wijt dat aan de stress waaronder hij werkt.

Er is net een rapport verschenen van een overheidsinstelling die Bruinsma opnieuw te kijk zet als keiharde crimineel. In plaats van zijn echte naam Klaas Bruinsma te gebruiken, wordt hij daarin Nicodemus Narcissus genoemd. Frans moest erom lachen toen hij het rapport onder ogen kreeg. Maar ik vraag me af of hij er werkelijk vrolijk van werd.

'Wat had hij te zeggen?'

'Iemand heeft me willen vermoorden.'

'Wie?'

'Iemand uit de firma.'

'Hoe weet Orlando dat dan?'

'Hij belde me op en zei dat ik op het punt sta te worden afgeschoten. Er zou een Engelse hitman in een hotel in Hilversum zitten. Orlando heeft een contact bij de Hilversumse recherche. De telefoon van die Brit is afgetapt en daardoor weten ze het.'

'Jij gelooft Orlando?'

'Die Brit is vandaag gearresteerd. Ik heb dat grondig nagetrokken. De politie denkt dat hij ook degene is die een van de Britse treinrovers in Spanje heeft omgelegd. Charlie Wilson. Hij is ingehuurd door Paul Jenkins, Sjan. Misschien heeft Orlando achteraf toch nog gelijk en is Paul de veroorzaker van alle problemen. Ik raad je aan hem de komende tijd uit de weg te gaan.'

'Waarom houd je het niet voor gezien?'

'Om wat te doen? Te rentenieren? Ik ben nergens meer welkom, Sjan. Overal sta ik geregistreerd. Het enige land dat me nog wil hebben, is Tsjaad.'

'Dat ligt in de Sahara.'

'Daar heb je het al! Ik kan er niet eens zeilen! Nee, er is geen weg meer terug.'

Ik heb gebroken met Frans. Ik kon er niet langer tegen hoe hij zijn eigen ondergang tegemoet gaat. De laatste keer dat ik hem sprak, raadde ik hem opnieuw aan te stoppen. Hij werd razend. Ik begrijp niet waarom hij niet wil inzien dat hij een ander leven kan leiden. Maar hij ging tekeer alsof ik hem wilde betuttelen. Mijn hart huilt bij de gedachte aan hem. Er zijn momenten dat ik denk dat ik er niet goed aan heb gedaan om de Grote Berg weg te tippen. Het heeft mij immers niets anders opgeleverd dan een vriendschap die opnieuw op niets uitloopt. Maar dan bedenk ik me dat ik niet degene was die hem wilde rippen.

Vier maanden geleden, twee weken na de arrestatie van de Britse huurmoordenaar, is Paul Jenkins doodgeschoten. Hij was met twee vrienden in de Nightwatch Bar van het American Hotel aan het Leidseplein toen twee andere mannen de bar binnenkwamen en bij hem met zes kogels het licht uit schoten. Een maand later werd Duja Becirovic vermoord terwijl hij in zijn woning in Amsterdam-Zuid stond te telefoneren. De Joegoslaven roepen sindsdien om bloedwraak. Hun handlanger Martin roept het hardst van allemaal.

Het was die laatste moord die mij extra motiveerde om Frans op andere gedachten te brengen. Maar ik kon hem niet meer bereiken. Soms denk ik dat zijn hart van steen is geworden. Waar is de oude Frans met wie je kon lachen? Nog vaak denk ik aan de keren dat we gingen shoppen omdat hij iets te vieren had. Of die ene keer dat hij zijn auto op de trambaan parkeerde om kostuums uit The Society Shop op te halen. De luchtigheid waarmee hij op de bijna botsing reageerde, lijkt iets uit een vorig leven.

Ik heb met hem gebroken, in de hoop dat hij zich zou bedenken. Een ijdele hoop. Sindsdien wil hij niets meer van mij weten. Ik ben één van de velen die hem de rug hebben toegekeerd. Geert de Reus is gestopt na een ruzie over het peetvaderschap van Klazina. Ook Eugène besloot uit de firma te stappen. Met hem had Frans onenigheid over zijn nieuwe vriendin met wie Eugène nu in Suriname woont.

Ik vraag me af met wie Frans nog geen ruzie heeft gemaakt. De enige die ik kan bedenken, is Carlos de Argentijn. Met lede ogen zag ik de laatste maanden hoe hij steeds meer invloed op Frans kreeg. Door hem is mijn lief nu ook in de handel van cocaïne gestapt. Niets is voor hem meer te gek. Ik hoor van afpersingen waarbij coffeeshops in de Warmoesstraat zijn overgenomen. Ik hoor van hoertjes die Frans heeft mishandeld. En ondertussen woekert de vete tussen hem en de Joegoslaven voort.

Na mijn breuk met Frans werp ik me volledig op mijn studie. Na jaren van hard leren heb ik mijn havo-diploma gehaald en nu ben ik met de volgende stap bezig. Ik heb gekozen voor een opleiding in het toerisme die ik in deeltijd volg. Hiermee kan ik reisbureaumedewerker worden. Als ik het wil, want ik heb genoeg geld gespaard om het jarenlang uit te houden. Ik vind het vooral een interessante cursus waarbij ik veel leer over vakantiebestemmingen. Slechts sporadisch hoor ik nog iets over het reilen en zeilen van de firma. Behalve van de recherche heeft Frans ook de belangstelling gekregen van de Fiscale Inlichtingen- en Opsporingsdienst. Uit het gerucht dat ik heb opgevangen, is hij nu bang dat de fiscus beslag gaat leggen op zijn bezit. Daarom zou hij alles in stichtingen proberen onder te brengen. Voor de Neeltje Jacoba heeft hij de Stichting Tot Behoud van de Traditionele Motor-bedrijfsvaartuigen opgericht. Op papier is de boot aan deze stichting verkocht.

Maar ik houd me er niet mee bezig. Behalve mijn studie en het huishouden, volg ik het dagelijkse nieuws over de oorlog in Koeweit. Nadat dat oliestaatje aan de Perzische Golf door de Irakese dictator Saddam Hoessein is bezet, is er een grote geallieerde legermacht op de been gebracht die voor de bevrijding moet zorgen. De luchtaanvallen zijn al begonnen, terwijl Hoessein Scud-raketten afvuurt op Israël. Er wordt gevreesd voor een aanval met gifgas waarbij honderdduizenden doden kunnen vallen. Dit zou vreselijk uit de hand kunnen lopen.

Tijdens een van de reizen die ik halverwege de jaren tachtig met Frans maakte, heb ik vrienden in Amerika gemaakt. Door de jaren heen hebben we contact gehouden. Pas ontving ik het bericht dat één van hen als reservist is opgeroepen om deel te nemen aan operatie Desert Storm. Hij is ingedeeld bij een tank-brigade die als eerste de grens met Koeweit overgaat zodra het landoffensief van start gaat. Er gaat geen dag voorbij dat ik niet aan Dino denk.

Om mij af te leiden, nodigt Natasja mij uit om samen met haar naar de bioscoop te gaan. Sinds kort heeft ze een vriend met wie ze de film *Dances With Wolves* wilde zien. Maar hij heeft afgebeld en daarom dacht ze aan mij. We hebben een enorm leuke avond. Na afloop zoeken we een cafeetje op om urenlang te kletsen en lol te maken. Het doet me ontzettend goed en alle spanning glijdt van me af. Natasja is de afgelopen jaren een echte vriendin geworden ook al is ze achttien jaar ouder dan ik. Zonder haar zou ik de problemen met Jack niet te boven zijn gekomen. Ze heeft me geweldig geholpen toen mijn ex met zijn knokploeg mijn huis overhoop haalde.

Het voorjaar is aangebroken als Frans plotseling aan de telefoon hangt. Koeweit is dan allang bevrijd en Dino is terug naar de Verenigde Staten. Met mijn studie maak ik grote vorderingen. Maar niet in alle opzichten gaat het me goed want ik heb de laatste tijd lichamelijke klachten. Het is begonnen met een ongemakkelijk gevoel in mijn bekken. Natasja zegt dat het door vermoeidheid kan komen, maar raadt me ook aan naar de dokter te gaan. Ik zie daar tegenop en stel het telkens uit.

Frans wil me spreken. Ik zeg hem dat ik naar het hotel kom, maar dat is volgens hem niet nodig. We pikken je op, zegt hij. Ik ben niet gerust op dat "we" en mijn ongerustheid neemt toe als ik een kwartier later vanuit mijn studeerkamer zie dat een zwarte Mercedes voor komt rijden met Carlos achter het stuur. Als ik naar buiten loop, staat Frans mij bij de auto op te wachten en zegt dat ik voorin moet zitten, want we gaan een ritje maken. Hij neemt vervolgens zelf achter het stuur plaats en Carlos gaat achterin zitten. Daarna gaan we rijden.

Het is een merkwaardige rit. Schijnbaar doelloos rijdt Frans rond. Eerst denk ik dat hij me meeneemt naar het hoofdkantoor. Maar we rijden door en komen op de Haarlemmerweg waarmee we de stad achter ons laten. Ruim voor we bij Haarlem zijn, slaat Frans af en komen we op de A9 die ons via Badhoevedorp naar Amsterdam terugbrengt. Onderweg kijkt hij constant in de spiegels of we worden gevolgd. We rijden voort en er wordt geen woord gesproken. Als ik opzij kijk, zie ik dat Frans op het verkeer let en doet alsof er niemand naast hem zit. Ook Carlos houdt zich stil. Ik vraag me af wat dit zwijgen te betekenen heeft, maar verwacht niets goeds. Voor ik instapte zag ik hoe Carlos heimelijk een blik op mij wierp en ik weet waar ik die blik eerder heb gezien.

De gedachte gaat door me heen dat dit mijn einde zal worden. Ik denk aan papa wiens lichaam nooit werd gevonden. Ik denk opeens ook aan Dries met wie ik in de begintijd veel gelachen heb. Het kost me geen moeite hem voor de geest te halen op de dansvloer van 't Kompas waar hij altijd de clown uithing. Sommigen noemden hem daarom Pipo. Ik heb nooit geweten of hij in het complot van Theo en Branco zat om Frans te ontvoeren. Maar door zijn vriendschap met Branco werd het hem wel aangerekend, vooral omdat hij onderdook. Toch bleef hij jarenlang gespaard omdat Frans na de liquidaties van Branco en Joop de aandacht niet verder op zich wilde vestigen.

Als ik Frans toen beter had gekend, had ik kunnen voorzien waar het op uit zou lopen. Nu besef ik hoe wrang het was dat Dries ten dode opgeschreven was in de jaren dat hij met ons optrok. Met ons juichte hij op de publiekstribune toen Frans na de schietpartij in de Wakkerstraat tijdens het hoger beroep minder straf kreeg opgelegd. Met Dries vierden we in 1984 feest op de dag in april dat hij wereldkampioen kickboksen in het weltergewicht werd. En minder dan een jaar later was hij dood.

Dries verdween op 30 januari 1985. Wekenlang was hij spoorloos en hij zou nooit zijn gevonden als twee dagen na de Elfstedentocht een veerpont op de Waal niet was vastgelopen op een olievat. Daarin werd het in beton gegoten en in stukken gezaagde lichaam van Dries gevonden. Zijn gezicht was van korte afstand aan flarden geschoten. In de wereld van de penoze deden daarna allerlei geruchten de ronde. Geert de Reus zou de moord hebben gepleegd in opdracht van Frans. Anderen zeiden dat mijn lief woonwagenbewoners uit Lelystad had ingehuurd, misschien wel familie van Jan Verhoek. De politie heeft de moord nooit opgelost.

32

We hebben bij Breukelen de A2 verlaten en zijn aanbeland bij het Amsterdam-Rijnkanaal. Een lange, kaarsrechte weg strekt zich voor ons uit. Als de politie ons onopvallend probeerde te volgen, dan zijn we hen nu kwijt. De weg ligt verlaten achter ons. Rechts van ons klotst het water, links ligt de spoorlijn. Frans heeft de snelheid van de auto teruggebracht tot een slakkengangetje en ik zie dat zijn handen trillen aan het stuur. Welke dood hij voor mij ook in petto heeft, hier eindigt het. Ik laat het op me afkomen. Ik probeer te denken aan de goede dingen die we hebben beleefd: de zeiltochtjes op het IJsselmeer; de buitenlandse reizen; de liefde die we voor elkaar hebben gevoeld; de keren dat hij me vertelde dat ik de enige was die hij kon vertrouwen. Mijn oma heeft me hier altijd voor gewaarschuwd en ik besloot niet naar haar te luisteren. Nu moet ik daarvoor de prijs betalen. Ik ben er klaar voor.

Nog altijd zegt Frans niets. Terwijl we het dorp Loenersloot naderen, werpt hij me een paar maal vluchtig een blik toe. Even opent hij zijn mond en lijkt het alsof hij eindelijk iets gaat zeggen. Maar hij blijft zwijgen. Voor Loenersloot slaan we rechtsaf en even later weer rechts waardoor we uitkomen op een weg op de oever van de Vecht. Als we zo doorgaan, keren we terug naar Breukelen, maar Frans slaat nu linksaf. Nadat we enkele villa's zijn gepasseerd, zitten we midden in de natuur. Links en rechts zie ik water, beschenen door een waterig voorjaarszonnetje. Dikke bossen fluitenkruid bewegen heen en weer in de wind waardoor een weldadige kruidenlucht me door het halfgeopende raampje tegemoet komt. Ik hoor het vrolijke gekwaak van eenden.

Het weggetje is niet meer dan een modderig spoor als we in een bosje terechtkomen. Na een scherpe bocht naar rechts trapt Frans opeens op de rem waardoor we tot stilstand komen. Door de abrupte beweging schiet Carlos op de achterbank naar voren en zie ik dat hij iets blinkends in de hand heeft. Dat verbaast me niets. Gedurende de rit heeft hij me onder schot gehouden om – als ik er aanleiding toe zou geven – me dwars door de stoel heen dood te schieten. Ik weet dat die schlemiel zo'n gelegenheid graag zou aangrijpen om van mij af te komen. Maar ik vermoed ook dat hij instructies van Frans heeft gekregen zich in te houden. Het is niet de bedoeling dat er in de Mercedes wordt geschoten, anders had Frans een andere auto genomen want hij houdt niet van onnodige rotzooi.

We stappen niet uit. Frans laat het raampje aan zijn kant zakken en steekt zijn elleboog naar buiten. De andere hand blijft krampachtig op het stuur liggen. Ik zie een moedereend het pad voor ons oversteken. Zonder op ons te letten, waggelt ze voort terwijl vijf donzige kuikentjes haar achterna trippelen. Het vredige tafereeltje dringt nauwelijks tot mij door. Ik kan alleen nog denken aan wat er nu gaat komen. Frans kijkt me kort in de ogen.

'Zijn wij nog steeds vrienden, Chantal?'

Zijn vraag overvalt me na de ruzie die we de laatste keer hadden. Hij had me in aanwezigheid van anderen toegeschreeuwd dat hij mijn bemoeizucht zat was, dat hij geen kind bij me wilde en dat ik niet hoefde te denken dat hij iets voor mij voelde. Het was over en uit tussen ons. Ik had geen andere keus dan definitief te breken met hem.

Ik besluit mijn mond te houden. Wat ik de vorige keer met goede bedoelingen heb gezegd, viel niet in goede aarde. Aan zijn stem hoor ik dat er meer achter zijn vraag steekt. Elk woord kan nu teveel zijn. Ik laat daarom ook mijn raampje helemaal naar beneden zakken en kijk opzij alsof ik de vraag te belachelijk vind om te reageren. Door de struiken heen kan ik het water van de Loosdrechtse Plassen zien glinsteren. Hier zullen ze me toch niet vermoorden? Zo stom kan Frans niet zijn. Ik denk aan de huizen die we zijn gepasseerd. Er is vast iemand die de zwarte Mercedes heeft gezien.

Een paar minuten verstrijken in stilte voor hij weer begint.

'Je praat met de politie', zegt hij.

'Wie zegt dat?'

'Ik heb dat uit betrouwbare bron.'

'Wie?'

'Dus het is waar?'

Ik draai mijn hoofd zodat ik Frans recht in de ogen kan kijken. Zijn blik tast mijn gezicht af op zoek naar aanwijzingen dat de beschuldiging klopt. De laatste jaren heb ik geleerd om niet te laten merken wat er in mij omgaat. Er zijn maar twee mensen uit wiens koker dit bericht kan komen. De ene is Orlando Bresser, de andere zit achter me. Na twee jaar zinnen ze nog steeds op mogelijkheden om van mij af te komen. Wat ik over hen weet, kan hen de kop kosten. Maar ik kan daar niet over beginnen zonder mezelf in een even benarde positie te brengen. Zolang mijn vijanden niet konden bewijzen dat ik de anonieme tipgever ben, voelde ik me redelijk veilig. Iets zegt mij dat dit nu anders ligt.

'Waarom zeg je niks, Chantal?'

'Omdat dit te belachelijk is om op te reageren. Ik praat met de politie? Wat kan ik daarmee bereiken? Ik neem aan dat je dit van Orlando hebt. Sinds wanneer luister jij naar zijn gezwets?'

'Iek weet dat jai liegt'

'Carlos, houd je mond.'

'Zai praat met die kit in Dordrecht. Zai is niet goed.'

'Ik praat met haar.'

Ik hoor Carlos achter mij grommen. Hij houdt nu zijn mond, maar ik voel me niet gerust. Door zijn uitbarsting bonkt mijn hart in mijn keel. Voor het eerst ben ik echt bang. Het zweet is bij me uitgebroken en ik vrees dat dit mij zal verraden. Ik denk aan al die mensen die blij zullen zijn als ik dood ben. Als Frans weet dat ik hem heb verraden, kan ik hem daarbij rekenen.

'Heb je met Roeland de Boer gesproken?'

'Ik ken geen Roeland', zeg ik zo zelfverzekerd mogelijk. 'Ik snap werkelijk niet waarom je mij verdenkt. Ik heb je altijd gesteund. Dat kan je van Orlando niet zeggen. Elke keer als je dacht dat ik niet te vertrouwen was, kwam je erachter dat je het mis had. Ik heb niet met de politie gesproken.'

'Zai liegt!'

'Ik zal jou nooit verraden, Frans. Nooit!'

We kijken elkaar recht in de ogen. Ik wil niet de eerste zijn die de blik afwendt. Carlos windt zich ondertussen op de achterbank op. Hij zwaait met het pistool en gromt dat ik een teef ben. Dat ik hen allemaal kapot zal maken. Ik probeer mijn gedachten voor hem af te sluiten. Ik denk aan wat Frans voor mij heeft betekend en concentreer me daarop.

'Ik hou van jou', zeg ik. 'Nog steeds.'

Carlos begint zo hard te vloeken dat ik mezelf niet meer kan verstaan. De situatie is zo beangstigend, dat ik ineen krimp. Ik wil hier weg. Met mijn hand tast ik naar het portier. Maar voor mijn vingers de hendel raken, zet Carlos zijn pistool tegen mijn hoofd. Hij buigt zich zover naar voren dat ik zijn vieze adem kan ruiken.

'Zal iek het doen?'

'Carlos, stop dat pistool weg.'

'Iek kan haar met main blaffer dood maken.'

'Carlos!'

Frans grijpt zijn bodyguard bij de pols en wringt het pistool uit zijn hand. Vervolgens commandeert hij hem uit te stappen. Uit het dashboardkastje pakt hij een zakje waarin een gevulde koek zit en gooit die Carlos achterna.

'Hier! Ga de eendjes voeren.'

Vloekend loopt de Argentijn van ons weg.

'Ik ben blij dat jij nog overwicht hebt', zeg ik als de rust is weergekeerd. Ik steek een sigaret op om mijn zenuwen onder controle te krijgen. 'Hij gaat zich nog een keer tegen jou keren.'

'Dat zie ik dan wel', reageert Frans schouderophalend. 'Ik sta er al een tijdje alleen voor. Niemand kan ik nog vertrouwen. Zonder mij zouden zij nergens zijn. Het is net als met Floris de Vijfde. Hij veroverde nieuwe gebieden en liet een paleis bouwen. Maar zijn eigen edelen keerden zich tegen hem.'

'Stop er dan mee.'

'Nee', zegt Frans vastbesloten. 'Ik had vroeger moeten studeren. Daarvoor is het te laat. Voor mij is er geen weg terug. Die was er voor Floris ook niet.'

Ik ben mijn leven niet meer zeker. Het is me toen gelukt Frans te overtuigen dat ik onschuldig ben. Maar ik weet zeker dat

Orlando en Carlos hun inspanningen zullen verdubbelen om mij verdacht te maken. Op een dag zullen zij succes hebben. Als er een schriftelijk bewijs is dat ik door De Boer ben benaderd, zullen zij daar een afschrift van in handen krijgen. Dat Frans gelooft dat ik nog van hem hou, zal niet genoeg zijn.

Regelmatig denk ik terug aan het gesprek te midden van de Loosdrechtse Plassen en hoe Frans daarna door bleef praten over zijn nieuwe voorbeeld. Hij had een boek over Floris de Vijfde gelezen. Later was Carlos teruggekomen en reden we in een gespannen stilte naar Amsterdam terug. Op de Nassaukade nodigde ik Frans uit een kop koffie te drinken om daarmee te laten merken dat er wat mij betreft geen vijandschap tussen ons bestaat. Hij leek dat te waarderen. Maar binnen herhaalde hij dat hij me niet meer als vriendin wil.

Dat maakt mij niets meer uit. Tijdens de ruzie die we hebben gehad, is er iets in mij geknapt. Ook voor mij is er geen weg terug. Wat we samen hadden, was mooi en een dierbare herinnering. Maar niet meer dan dat. Mijn lief is niet meer de Frans van toen. Ik heb het helemaal met hem gehad. Op dit moment komt het mij alleen beter uit dat hij denkt dat mijn gevoelens niet veranderd zijn. Hij kan voor mij levensgevaarlijk worden.

Op woensdag 26 juni word ik wakker met zo'n akelig gevoel in mijn bekken, dat ik een bezoek aan de huisarts niet langer kan uitstellen. Nadat ik heb gebeld om een afspraak te maken, ga ik weer naar bed. Ik lig nog geen halfuur of er wordt aan de deur gebeld. De dokter kan het niet zijn en daarom kom ik mijn bed niet uit. Wie het ook is, hij of zij moet een andere terugkomen. Maar deze persoon is een aanhouder. Nadat er voor de vierde keer is aangebeld, besluit ik toch te gaan kijken wie het is. Ik steek mijn voeten in mijn pantoffels, trek mijn ochtendjas aan en slof naar de studeerkamer. Daar gluur ik door de vitrage. Als het Jack is, doe ik niet open. Maar dan zie ik tot mijn stomme verbazing dat Keith op de stoep staat.

Als ik heb opengedaan, stapt hij naar binnen zonder zich bewust te zijn van mijn nachthemd of mijn ongekamde haren. Hij zegt dat hij me moet spreken, dus laat ik hem voorgaan naar mijn studeerkamer. Ik strompel achter hem aan. Elke stap is nu een marteling. Ik kijk uit naar vanmiddag. Dan komt de dokter.

Pas als we zijn gaan zitten, vraagt Keith of ik ziek ben.

'Zoiets.'

'Sorry dat ik zo kom binnenvallen, honey. Maar ik heb iets gehoord dat je moet weten.'

Keith begint te vertellen dat Mabel terug is in het leven van Frans. Onlangs hoorde hij het gerucht dat Frans met haar naar een receptie in de buurt van het concertgebouw was geweest. Daarbij zou hij een zus van zijn vader hebben gesproken. Mabel zou hij de schipper op zijn boot hebben genoemd. Pas sinds vannacht weet Keith dat dit geen loos gerucht is. Hij heeft hen beide in Yab Yum gezien. Hij herkende de blonde studente meteen van de vorige keer dat hij haar met Frans in de club had gezien. Ook vannacht waren ze daar niet alleen voor een rondleiding. Later was zij vertrokken en had Frans beneden bij de bar rondgehangen en een barman twee tanden uitgeslagen.

'Dat was die vriend van jou. Helmert.'

'Dat kan niet. Hij is vorig jaar vertrokken.'

'Nee, nee, hij was het echt.'

33

Nadat Keith is vertrokken, sleep ik mezelf richting het toilet om te plassen. Als ik dat heb gedaan en wil doorspoelen, zie ik dat ik niet alleen urine heb geplast. Mijn urine is rood gekleurd. Ik weet niet wat mij mankeert. Ik weet alleen dat het echt heel erg mis is. Maar ik moet weg want ik wil weten of wat Keith mij vertelde waar is.

Eerst rijd ik naar de Hudsonstraat. Daar krijg ik te horen dat

Frans naar de Buggie is gegaan voor overleg met Eugène die blijkbaar op zijn oude post is teruggekeerd.

Achter de toonbank van de coffeeshop staat Wilco tevreden een joint te roken. Ik heb hem al een paar jaar niet gezien, maar hij is niet veel veranderd. Zelfs de muziek van de Rolling Stones heeft standgehouden. Nog altijd heeft Wilco lang haar dat in een staart op zijn rug ligt. Het haar is alleen grijs geworden. Bij mijn binnenkomst groet hij me opgewekt. Hij wil een gezellig praatje maken. Daar ben ik niet voor gekomen en daarom kap ik hem snel af en vraag naar Frans. Ik krijg te horen dat die in het kantoortje achter de shop is.

Twee bodyguards versperren de deur waarachter het kantoortje zich bevindt. Als ik mijn naam noem, klopt één van hen op de deur en pas nadat hij een bevestiging heeft gekregen, laat hij me door. In het kantoortje zijn alleen Frans en Eugène. De laatste is juist opgestaan van het bureau. Met een hoofdknikje loopt hij weg zodat ik alleen met Frans achterblijf. Hij zit achter het bureau en gebaart naar de stoel waarop Eugène heeft gezeten. Maar voor wat ik te zeggen heb, hoef ik niet te zitten. Bovendien doet zitten pijn en als ik sta is het draaglijk.

'Het komt mooi uit dat jij er bent, Sjan', zegt hij. 'Ik wil je om advies vragen.'

'Dat moet dan maar even wachten. Ik wil eerst weten of het waar is dat Helmert terug is in Yab Yum.'

'Wie is dat?'

'Doe niet alsof je van niets weet, Frans. Ik hoorde dat je hem tanden hebt uitgeslagen.'

'Omdat ik geen keus had. Hij lachte me uit omdat ik steunkousen aan heb. Hij verdiende die opdonder. Maar hij moet niet kankeren. Ik heb hem daarna een rug gegeven om er wat aan te laten doen. Als hij dus tegen jou moppert, zeg hem dan dat hij mag oprotten. Maar nu terug naar onze business. Ik wil weten wat je van Jan Verhoek vindt.'

'Waarom?'

'Ik denk erover om met hem te gaan samenwerken. Maar ik weet niet of ik hem kan vertrouwen. De laatste keer dat we met hem samenwerkten, was met de Grote Berg en je weet hoe dat is afgelopen. Ik weet niet of ik hem kan vertrouwen. Hij wil een nog grotere berg stuff het land binnensmokkelen. Weet je hoeveel? Honderd ton!'

Ondanks de omstandigheden ben ik onder de indruk.

'Dat is meer dan twee keer zoveel.'

Frans grijnst.

'Als het lukt, kan ik alsnog met pensioen gaan. Ik heb vanavond met Jan in Juliana's bij het Hilton afgesproken. Ik weet niet of dat verstandig is. Ik kan tegenwoordig geen afspraak maken of de politie hangt in de buurt rond. Zelfs de FIOD heb ik nu achter me aan. En dat Interregionaal Rechercheteam irriteert me. Ik heb ze op mijn rug zitten, vierentwintig uur per dag.'

'Stuur dan de bodyguards na een uurtje weg.'

'Hoezo?'

'Omdat het soms slim is om onvoorzichtig te zijn. Dan denkt de politie dat er niets belangrijks op het programma staat. Dat je daar alleen voor de gezelligheid bent. Met een beetje geluk houden ze het voor vandaag voor gezien.'

'Dat vind ik een goed idee, Sjan.'

Het is kwart over drie 's nachts als ik Giel en drie andere bodyguards overeind zie komen. Ik zit in mijn Jaguar die ik op het Dijsselhofplantsoen heb geparkeerd, schuin tegenover het Garden Hotel. Recht voor me zie ik de zijkant van het Hilton Hotel aan de Breitnerstraat met de toegang tot Club Juliana's en rechts daarvan het laadperron van het hotel. Zoals ik verwachtte, lopen de vier naar het parkeerterrein. Ik denk aan Helmert en wat hem is aangedaan. Waarschijnlijk zou het nooit iets tussen ons zijn geworden. Dat hij zich heeft laten intimideren, vind ik teleurstellend. Als hij belangstelling voor mij had, had hij iets van zich moeten laten horen.

Niettemin neem ik het Frans kwalijk dat hij mij de kans op een vriendschap heeft ontnomen. Dat hij Helmert afgelopen nacht heeft mishandeld, is mij in het verkeerde keelgat geschoten. Ondanks de pijn die ik doorsta, heb ik besloten dat het genoeg is geweest. Ik ga niet afwachten tot Frans ontdekt dat ik het was die hem twee jaar geleden heeft verraden. Ik wil niet leven met dat risico.

Ik rook nog een sigaret tot ik zeker ben dat de vier bodyguards naar huis zijn. Dan start ik de motor en rijd het Dijsselhof-plantsoen uit. Vervolgens ga ik richting het Centraal Station. Daar doorsta ik helse pijnen om een telefooncel te bereiken. Dit is de tol die ik moet betalen, al heb ik het er graag voor over. Ik toets het nummer dat ik uit mijn hoofd heb geleerd.

De telefoon gaat tien keer over voor er wordt opgenomen. Dan hoor ik de vermoeide stem van Martin. Hij is niet blij dat ik hem uit bed heb gebeld. Hij beschouwt mij nog steeds als iemand uit het vijandige kamp. Een handlanger van de man die verantwoordelijk is voor de dood van zijn vriend Duja Becirovic. Zijn houding verandert als ik vertel waarom ik hem om vijf over halfvier bel. Een paar minuten later hang ik tevreden op.

Op 28 juni lees ik het bericht over de dood van Frans in de krant. Het artikel meldt dat Klaas Bruinsma, leider van het eerste grote misdaadsyndicaat in Nederland, voor de deur van de nachtclub van het Hilton Hotel in Amsterdam is doodgeschoten. Mijn blik glijdt over de tekst. De liquidatie van Dries wordt erin vermeld. Maar dat dringt al nauwelijks tot mij door. Momenteel heb ik andere zorgen die mij in beslag nemen nadat de dokter mij op de hoogte heeft gebracht van de uitslag van een uitstrijkje. Ik ben daar heel erg van geschrokken. Ik vrees dat mijn dood die van Frans spoedig zal volgen.

Zaterdag 4 oktober 2003

Tijdens zijn leven vergeleek Klaas zich graag met grootheden uit de wereldgeschiedenis. In zijn woning aan de Langestraat had hij een borstbeeld van Napoleon. Hij vergeleek zich met Romeinse veldheren. En met Floris de Vijfde. Hij vernoemde zich min of meer naar deze graaf van Holland en Zeeland. Een jeugdvriend had het alias Frans van Andel voor hem verzonnen, omdat de nazaten van Floris die naam zouden hebben gedragen. Klaas maakte er Van Arkel van omdat hij Van Andel niet mooi vond klinken. Wat mij vooral bijstaat, is wat hij me aan de Loosdrechtse Plassen vertelde over graaf Floris. De ondergang van deze dertiende-eeuwse volksheld maakte indruk op hem. Floris de Vijfde wist zijn macht uit te breiden, terwijl hij het Binnenhof bouwde; een woning met de allure van een keizerresidentie. Floris de Vijfde werd door zijn eigen edelen vermoord. Zij hadden met de koning van Engeland tegen hem samengezworen.

Floris stierf in 1296. Op 27 juni.

Klaas Bruinsma stierf in 1991. Op 27 juni.

~

Een ogenblik sta ik verdoofd van afgrijzen. Ik denk aan de keer dat Jack mij probeerde te verkrachten. Ik denk aan zijn neef Joop die hij naar me stuurde om op mij en het huis te passen. En ik denk aan het kind dat ik onder zijn druk heb laten weghalen. Wie had toen kunnen denken dat dit mijn enige kans op een gezin was? Altijd heb ik het betreurd dat ik hem niet meer tegengas heb gegeven. Maar in die tijd was ik als wereldvreemd meisje niet opgewassen tegen de veel daadkrachtiger en dominante Jack. Door mijn wanhopige kalverliefde was ik bang hem te verliezen en onderging ik de abortus die ik nog altijd verafschuw.

Het is de ironie van het leven dat ik nu nooit meer moeder zal worden. Op de dag dat bekend werd dat Klaas was vermoord, kreeg ik de uitslag van een medische test die mijn wereld op de kop zette. Daarop volgde ander onderzoek die de schok extra zwaar liet doordreunen. Kanker. Een virus was mijn lichaam binnengedrongen en had baarmoederhalskanker veroorzaakt. Ik ging dood, dat wist ik zeker. De doktoren gaven me niet op en sleurden me, samen met mijn vriendin Natasja, door die moeilijke periode. Ik onderging een operatie waarbij mijn baarmoeder werd verwijderd. Daarna doorstond ik chemotherapie waarbij ik mijn geblondeerde haren verloor. In die tijd las ik veel over mijn ziekte en de factoren die bij het ontstaan ervan een rol spelen. Tien jaar lang had ik gerookt en de pil geslikt. Allebei vormden zij risicofactoren, evenals wisselende seksuele contacten en de jonge leeftijd – lang voor ik Jack leerde kennen – waarop ik daarmee begon. Al die factoren zorgden ervoor dat ik vele malen meer kans op deze enge ziekte had. Maar ik kwam er bovenop. Mijn oma zou het een godswonder hebben genoemd.

Maar ik ben voor het leven getekend.

Na die akelige periode besloot ik naar mijn vrienden in Amerika te gaan. Via hen had ik de mogelijkheid aangeboden gekregen een vervolgopleiding in het toerisme te volgen. Ik greep die kans met beide handen aan. Na het afronden van de opleiding werkte ik jarenlang op een reisbureau in New York. Een jaar geleden had ik daar een toevallige – hoewel mijn oma het anders zou noemen – ontmoeting die mijn leven heeft veranderd. Ik werd door een vrouw gevraagd een dag te organiseren voor kinderen uit heel Amerika. Er moest van alles omheen worden georganiseerd. Het moest een bijzondere, onvergetelijke dag worden voor die kinderen want zij waren ernstig ziek. Misschien is het geen toeval dat dit mij is overkomen. De kinderen voor wie ik dit deed, lijden aan progeria, de ziekte die mijn broertje het leven kostte.

Die dag zal ik nooit meer vergeten. Ik heb er zelfs mijn baan voor opgegeven om iets anders te gaan doen dat mijn leven een doel geeft. Met Hans als inspiratiebron zet ik me nu in voor patiëntjes die het Hutchinson-Gilford Progeria Syndroom hebben. Zij zijn nu mijn kinderen. In april is door een Franse arts bekendgemaakt dat deze ziekte wordt veroorzaakt door mutatie van een bepaald gen. Voor verder onderzoek is enorm veel geld nodig en daarom ben ik fondsenwerver geworden.

Ik weet dat er na de dood van mijn lief werd beweerd dat hij alleen schulden achterliet. Voor de belastingdienst leek dat misschien zo. En de medewerkers van Klaas haastten zich om dat beeld te bevestigen, alsof er niets meer te halen was. Maar ik weet wel beter. Er zijn miljoenen in de hasjhandel verdiend en ik heb zelf voor Klaas dat soort bedragen op buitenlandse rekeningen gezet. Degenen die de firma na zijn dood in afgeslankte vorm voortzetten, moeten daarover beschikken. Daarom ben ik naar Nederland gekomen: om geld in te zamelen door oude bekenden op te zoeken.

De foto van Joop en Jack doet me beseffen dat ik nu misschien verder van dat doel verwijderd ben dan ooit. Ik kan proberen door het raam te ontsnappen, maar ik vermoed dat ik niet ver zal komen. Na al die jaren zal Jack proberen beslag op mijn woning te leggen. Misschien is hij ook meer van plan dan dat. Ik sta er alleen voor. Dino is in Amerika. Als ik niet meer naar Amsterdam terugkeer, wordt mijn afwezigheid pas morgen ontdekt als Natasja en Rogier komen. Zij hebben geen idee waar ik nu ben.

Maar zover zal het niet komen, want ik ben van plan mijn huid duur te verkopen. Ik probeer te bedenken hoe ik het zal aanpakken. In mijn schoudertas heb ik, behalve een nagelvijltje en een schaar, geen enkel voorwerp dat als wapen kan dienen. Daarmee ben ik niet tegen een overmacht opgewassen. Het enige waarmee ik me kan verdedigen, is mijn stem.

Achter me hoor ik de deur opengaan die door Orlando Bresser

werd gesloten. Ik draai me om en kijk mijn ex recht in de ogen. Als er iemand in de afgelopen twaalf jaar veranderd is, dan is hij het wel. Zijn sjofele kleding van begin jaren negentig heeft hij ingewisseld voor een driedelig pak dat mijn Klaas niet zou hebben misstaan. Zijn hoofd is kalend geworden en de laatste donkere haren zijn vermengd met net zoveel grijze. Bijna zou ik hem niet hebben herkend. Een ogenblik staren we elkaar aan, zonder ons te bewegen, en dan is hij het die het eerst de mond opent. Door zijn Amsterdamse accent twijfel ik niet meer dat hij het is die voor me staat.

'Ik krijg vijfduizend euro van jou.'

Ik ben even stil.

'Dus Orlando heeft me erin geluisd.'

Hij toont zijn valse glimlach en ik wil hem het liefst bespringen om die grijns uit zijn gezicht te krabben. Ik zal nooit vergeten wat hij mij heeft aangedaan. Het enige wat mij weerhoudt, is de gedachte dat er in de hal anderen paraat staan om hem te hulp te schieten.

'Dan staan jullie nu quitte', zegt hij. 'Maar ik heb nog wat tegoed van jou.'

'Er is dus geen foto.'

'Die is er wel. Daarom krijg ik vijfduizend euro van je.'

Hij houdt zijn hand op. Maar ik eis dat ik eerst de foto te zien krijg. Hij blijft echter aandringen dat ik betaal. Ik laat mij niet meer door hem intimideren. Daarom stap ik opzij en zak neer op een van de fauteuils bij de televisie, waarop hij mijn voorbeeld volgt. Hij schuift een leunstoel zó dat hij recht tegenover mij zit en alleen een tafeltje ons van elkaar scheidt. Met zijn ene been over het andere geslagen en zijn handen gevouwen, kijkt hij me afwachtend aan. Ik besluit hem te vertellen waarom ik naar Nederland ben gekomen. Maar terwijl ik praat, knikt hij alsof hij al van alles weet.

'Dat vertelde Orlando mij al.'

'Hoe weet hij dat?'

'Omdat dorpsomroeper Keith het aan heel Amsterdam laat weten', zegt Orlando die nu de kamer binnenkomt. Hij heeft een dienblad bij zich met daarop drie glazen wijn. Hij zet ze op het tafeltje. Hij hoeft niet te denken dat ik daarvan drink. Ik weet niet wat ze met mij van plan zijn.

'Hij wist dat je zou komen, meissie.'

'Dit keer klopt het ook nog', glimlacht Jack.

'Wat willen jullie van mij?'

'Is dat dan nog niet duidelijk, Spettertje? Vijfduizend euro. Dan krijg je die foto.'

'Die is er niet.'

'Die is er wel', zegt Orlando. 'Toe nou, Jack, laat dat kiekje eens aan haar zien.'

'Van een afstand dan.'

Jack haalt een foto uit de binnenzak van zijn colbert en houdt hem in de lucht. Vanaf een afstand zie ik meteen dat deze op de Neeltje Jacoba is genomen. Ik herken Klaas en zie Mabel. Ze staan gearmd in de stuurcabine. Ik schiet overeind om de foto uit zijn hand te pakken en beter te bekijken, maar Jack is me te vlug af en geeft hem snel aan Orlando.

'Vijfduizend euro, Spettertje. Een koopje!'

'Ja, en wat dan nog meer? Mijn huis?'

'We hebben met jou we nog een rekening te vereffenen. Veertien jaar geleden heb jij ons vierenveertig ton stuff door de neus geboord. Nu pakken we jou terug.'

'Vierenveertig ton hasj?'

'Die jij aan Dordrecht doorgaf.'

'Zat jij achter de ripdeal?'

'Het was zijn idee, weet je', zegt Orlando. 'Hij kwam ermee naar mij toe. Ik was zijn tussenpersoon.'

'Ik heb toch altijd gezegd dat ik de handel van dat snotjoch zou overnemen? Wat een grap! Zonder dat jij het wist, probeerde Orlando jou voor mijn karretje te spannen. Het was gelukt als jij je op het laatste moment niet had bedacht. Maar nu is het daarmee afgelopen', besluit Jack. Hij staat op en steekt zijn hand voor mij uit.

'Vijfduizend euro!'

Ik open mijn schoudertas en haal mijn portemonnee eruit. Op het tafeltje tel ik het bedrag uit. Vervolgens ben ik degene die de hand ophoudt. Een triomfantelijk gevoel maakt zich van mij meester als Orlando mij de foto overhandigt. Blij kijk ik naar de foto die mij vijftigduizend euro zal opleveren voor het goede doel en waarmee ik tegelijk Mabel een hak zal zetten. Na al die jaren voelt dat als een zoete overwinning...

ZIJ IS HET NIET! Ik bekijk de foto nog eens en nog eens. Maar het gezicht verandert niet. Ik zie Klaas en de blonde studente die hij in zijn armen heeft. Ze lijkt op Mabel. Van een afstand kon ik het verschil niet zien.

'Jullie hebben me erin geluisd,' zucht ik.

'Dat hebben we', zegt Jack. 'Jij luisde ons erin met die stuff, wij jou met deze foto.'

'Ik wil een foto van Klaas met Mabel. Niet dit!'

'Zo'n foto bestaat niet', zegt Orlando. 'Omdat de Lange nooit een relatie met haar heeft gehad. Wel met deze studente. Je hebt die twee door elkaar gehaald, meissie.'

'Jij hebt zelf gezegd...'

'Dat ik haar met Klaas heb gezien? Mabel was de reden waarom je met Klaas wilde breken. Ik heb je indertijd alleen maar verteld wat je wilde horen, weet je. Hoe meer jij je daarover opwond, hoe meer je partij koos voor ons. Bijna lukte het ons Klaas te rippen.'

'En Keith dan?'

'Geloof jij alles wat die bruine rat loopt te lullen?', reageert Jack heftig. 'Ik snap niet dat jij denkt dat je nu nog kapsones kunt hebben. Door jou werd mijn neef vermoord. Door jou raakten we die partij stuff kwijt. En jij hebt nog steeds mijn huis. Het liefst wil ik dat je onmiddellijk ophoepelt. Maar daarvoor is het te laat. Twaalf jaar heb je me kunnen ontlopen, terwijl ik dacht dat je het huis verkocht had. Dat is nu voorbij.'

Jack is opgestaan en klapt in zijn handen. Direct daarna komt een vierde persoon de kamer binnen. Hij doet twee stappen naar voren en blijft dan staan in afwachting op nadere orders. Net als Jack draagt hij een driedelig pak. Met zijn gladgeschoren gezicht en twee meter doet hij me denken aan Geert in zijn jonge jaren. Ik verstijf onder zijn donkere blik.

'Jack, dit hadden we niet afgesproken.'

'Bemoei je er niet mee, Orlando. Dit is tussen mij en Chantal.'

'Dit kun je niet maken, weet je.'

'Bek dicht. Ik wil het huis aan de Nassaukade terug. Dit keer zal het me lukken ook. Maar eerst wil ik nog een hoop lol aan haar beleven. Daarna is het voorgoed afgelopen met haar kapsones. Peter, doorzoek haar kleding, en neem haar dan mee naar de kelder.'

Even hoop ik dat Orlando mij zal verdedigen. Die slappeling deinst echter achteruit zodra de bodyguard een dreigende blik in zijn richting werpt. De plotselinge omslag in de houding van Jack overrompelt me compleet. Nog voor ik kan bedenken hoe ik me hieruit ga redden klauwt de bodyguard zich vast aan mijn linkerbovenarm en trekt me omhoog. Het voelt alsof mijn arm bij de schouder kan afknappen. De pijn schiet door mijn lijf en verlamt me. Ik wankel en val tegen hem aan. Ik ruik de geur van oud zweet. Het duizelt me. Om mijn evenwicht te bewaren, leg ik mijn hand plat op zijn borst. Met zijn ene hand moet hij me vasthouden of anders glijd ik op de grond. Met de andere hand doorzoekt hij mijn kleding. Ik voel hoe zijn vingertoppen mijn rechterbroekzak binnenschuiven en de huissleutels raken. De vingers graaien ernaar.

Dit mag niet gebeuren, denk ik. Niet mijn woning! Na de verkoop van mijn huis wil ik een groot deel van de opbrengst afdragen aan mijn goede doel. Zelf heb ik dat geld niet nodig. Ook

Jack niet. Waarom kan hij me niet met rust laten? Het is nooit genoeg bij hem, net zoals bij iedereen in het wereldje van de penoze. Altijd wil men meer. Ik herken dat, omdat ik zelf zo ben geweest. Nu ben ik bereid om van alles af te zien, als ik maar uit deze situatie gered wordt.

Een enorme woede explodeert in mij. Herinneringen aan wat Jack mij heeft aangedaan, geven mij kracht. Ik weet precies wat ik wil. Met de hand waarmee ik tegen de bodyguard leun, voel ik behalve zijn gespierde torso ook een riem. Dankzij mijn jaren bij Klaas weet ik wat ik voel. Terwijl de bodyguard beide handen aan mij vol heeft, grijp ik met de mijne naar de holster onder zijn arm. Ik pak de kolf van het pistool en ruk eraan. Even denk ik dat het mij gelukt is. De rollen zullen omdraaien. Ik zal de loop tegen zijn borstkas zetten. Maar de bodyguard reageert in een reflex. Hij heeft wapen al beet en probeert het uit mijn hand te wrikken. Dan lig ik opeens op de grond. Mijn hoofd voelt alsof het uit elkaar kan barsten. Ik hoor de bodyguard het pistool doorladen. Als ik opkijk, staar ik in de loop. Achter de bodyguard zie ik het triomfantelijke gezicht van Jack.

'Ik zou maar meewerken, Spettertje van me.'

'Of anders?', hijg ik.

Nog duizelig van de val krabbel ik overeind. Mijn hersenen zijn in vol bedrijf. Na al die jaren wil Jack mijn woning terug. Hij kan dat alleen bereiken als ik vrijwillig meewerk. Hij kan alles met me doen om me zover te krijgen. Hij zal ervan genieten om mij te vernederen. Daar heeft hij naar uitgekeken. Maar ik vertik het hem zijn zin te geven. Wat kan hij dan doen? Hij kan me niet laten doodschieten, want dan heeft hij niets. Dino, mijn Amerikaanse vriend, erft dan immers de woning. Die gedachte helpt mij om mijn angst te overwinnen.

Ik pak het glas wijn op het tafeltje en zet het aan mijn lippen. Alle ogen zijn op mij gericht. Ik kom tot rust. Ook de bodyguard ontspant zich. Hij voelt zich zeker met het wapen in zijn hand. Zijn vinger ligt langs de trekker. Dat is voor mij genoeg. In gedachten oefen ik de beweging die ik wil maken. Het moet in één keer goed gaan. Binnen enkele tellen ben ik zover. Ik nip even aan het glas en het volgende moment smijt ik de wijn in het gezicht van de bodyguard. Hij grijpt verschrikt naar zijn ogen, want ik heb hem vol getroffen. De alcohol bijt zich vast in zijn ogen. In hetzelfde ogenblik spring ik naar voren, pak het pistool en bijt in zijn arm zodat hij wel moet loslaten. Het lukt. Ik wring het wapen uit zijn hand. Ik wil de loop op Jack richten.

Maar de bodyguard is beter dan ik verwachtte. Hij werpt zijn volle gewicht op mij. Ik deins achteruit, blijf ergens achter haken en val achterover.

'Schiet haar dood', schreeuwt Jack.

Ik hoor de angst in zijn stem. Dat doet me genoegen. Ondertussen houdt ik het pistool stevig vast. Tegelijkertijd trap ik naar de bodyguard. Ik probeer hem in zijn kruis te raken. Hij is daarop bedacht. Hij duwt zijn zware lijf op me en beneemt me de adem. Met beide handen zwoegt hij om de macht over het pistool te krijgen. Hij is sterker dan ik en elke seconde voel ik de kolf meer en meer uit mijn zweterige handen glippen. Dan geeft hij een laatste ruk en ben ik verloren.

Maar mijn vinger blijft achter de trekker haken. De harde knal dreunt door mijn lijf. Bloed spat me in het gezicht en ik gil. Ik zie niets meer door het bloed. Ik kan me nauwelijks nog bewegen. De loodzware bodyguard is in volle lengte op me gevallen. Wat nu vooral tot me doordringt, is het panische geschreeuw van Orlando.

'Hij is dood! Hij is dood!'

Met moeite weet ik een arm los te maken en veeg het bloed uit mijn gezicht. Dan hoor ik gekreun boven mij.

De bodyguard is niet dood. De kogel heeft zijn hoofd geschampt. De wond spettert met elke hartslag meer bloed uit de wond. Mijn bloes raakt ervan doordrenkt. Ik besef dat hij voorlopig te versuft is om iets te doen. Het pistool ligt klem tussen onze lichamen. Daarom duw ik hem van me af en pak het wapen.

Als ik een ogenblik later op mijn voeten sta, zie ik het gezicht van Orlando waaruit alle bloed is weggetrokken.

'Hij is d-dood', stottert hij.

Dan zie ik wat hij bedoelt. Jack ligt op de grond. De kogel heeft hem geraakt al kan ik niet begrijpen dat het schot dodelijk was. Ik zie alleen een wondje in de schouder. En nog een. Vlak bij zijn kruis. Er is nauwelijks bloed. Maar Jack is dood. Eén blik op zijn roerloze lichaam neemt alle twijfel daarover weg. Het is voorbij. Orlando vormt geen bedreiging en ik denk niet dat de bodyguard nog iets zal proberen nu zijn opdrachtgever dood is.

Ik voel me ineens doodop. Met het pistool nog in de hand verlaat ik de kamer. Ik wil hier weg! Weg uit dit huis! Weg uit dit land!

Epiloog

Voor mij zie ik een klassenfoto. Hij is genomen op het Gemeentelijk Gymnasium van Hilversum. Het kost geen moeite Mabel te midden van haar klasgenoten te ontdekken. Zij is het stralende middelpunt. Ze zit middenvoor in de kleermakerszit en wijst met blijde verwachting in haar ogen naar iets hoog boven hen. De ene helft van de klas volgt haar blik. Anderen hebben hun blik op haar gevestigd. Slechts enkelen hebben oog voor de fotograaf. Mabel Wisse Smit beheerst de foto.

Was zij later – toen zij al enkele jaren studeerde – het stralende middelpunt in het leven van Klaas Bruinsma? En wist zij van zijn criminele activiteiten?

Ik weet niet meer wat ik denken moet. Heb ik mij laten verblinden door afgunst? Gisteren heeft de minister-president een brief gepubliceerd die hij van prins Johan Friso heeft ontvangen. Daarin geeft de prins toe dat zijn verloofde in 1989 gedurende drie maanden geregeld contact met Klaas had. Toen Mabel zich bewust werd van zijn activiteiten, besloot zij de vriendschap niet voort te zetten, hoewel ze hem in de daarop volgende anderhalf jaar nog met enige regelmaat zag.

Volgens hen was er geen liefdesrelatie. Dat is vorige week zaterdag ook al ontkend door Geert de Reus, op maandag gevolgd door Eugène en twee personen die op de Amsterdamned hebben gezeild. Mabel heeft daarnaast steunbetuigingen gekregen van over de hele wereld. En dan is er ook nog een verklaring van het blonde meisje op de foto van Jack. Zij geeft nu toe dat zij een relatie had met mijn lief.

Maar zelfs nu heb ik mijn bedenkingen bij de verklaring van Mabel. Zij zou alleen in 1989 vriendschappelijk contact met Klaas hebben gehad en bij hem hebben gelogeerd. Volgens de twee zeilers gebeurde dat tijdens zeilevenementen, waarbij de

Neeltje Jacoba als hotelboot werd gebruikt. Maar de Neeltje Jacoba werd door Klaas pas in december 1989 gekocht. Toen was het zeilseizoen al geruime tijd afgelopen. Die logeerpartijen moeten in 1990 hebben plaatsgevonden, nadat het seizoen in april was geopend. Toen Mabel al lang en breed wist wat mijn lief deed. Nee, ik ben ervan overtuigd dat zij in deze brief van haar verloofde nog niet de waarheid spreekt.

Had Mabel dan wel een liefdesrelatie met Klaas? Ik twijfel nu echt. Wat heb ik indertijd met eigen ogen gezien? Ik heb gezien hoe Klaas met haar aan een tafeltje in de Pampusbar zat te praten. Er was ook een feestje bij het Vondelpark. En ik heb haar en medestudenten op de Neeltje Jacoba gezien, terwijl ze samen met nog een blonde studente met mijn lief in gesprek was. Ik herkende Mabel pas toen ik dichterbij kwam en haar stem hoorde. Verder heb ik alles van horen zeggen en dat is een erg zwakke basis.

En Keith? Misschien is wat hij indertijd zei ook roddel. Ik kom tot de conclusie dat dit erg waarschijnlijk is. Ik heb sinds 1980 zoveel geruchten gehoord die achteraf niet bleken te kloppen, dat deze conclusie mij niet hoeft te verbazen. Want als er ergens graag wordt geroddeld, dan is het wel in de wereld van de penoze.

VLIEGER & VANDAM

ROTTERDAM

Bags and Accessories

Geraadpleegde bronnen

Voor het schrijven van dit boek heeft de schrijfster dankbaar gebruik gemaakt van de volgende boeken:

Bovenkerk, Frank; *La Bella Bettien*, Meulenhoff, 1995

Brown, Keith; *Killing fields Amsterdam. Portretten van beruchte liquidaties*, Elmar, 2007

Cruyningen, Arnout van; *Oranje in beroering. Máxima, Margarita, Mabel en de dingen die voorbijgaan*, Ten Have, 2004

Enquêtecommissie opsporingsmethoden (commissie-Van Traa); *Inzake opsporing*, SDU, 1996

Fijnaut, Cyrille; *De geschiedenis van de Nederlandse politie*, Boom, 2006

Hoebe, Yvonne; *Bruiden van Oranje*, Karakter Uitgevers, 2004

Hoedeman, Jan & Meijer, Remco; *Vrouwen van Oranje. De nieuwe prinsessen en de monarchie*, Meulenhoff, 2004

Hout, Bas van; *De jacht op de Erven Bruinsma*, uitgeverij PS, 2000

Husken, Marian; *Deals met justitie. De inside story van infiltranten en kroongetuigen*, Meulenhoff, 2000

Husken, Marian; *In de ban van Bruinsma*, De Boekerij, 2005

Koch, Herman; *Odessa Star*, Augustus, 2003

Korterink, Hendrik Jan; *De godmother in Panama: Thea Moear achter de tralies*, Nieuw Amsterdam, 2008

Krabbé, Tim; *De grot*, Bert Bakker, 2002

Leistra, Gerlof; *Op leven en dood. Wie is wie in de Nederlandse onderwereld*, Balans, 2006

Middelburg, Bart; *De Dominee*, L.J.Veen, 1992

Middelburg, Bart & Es, Kurt van; *Operatie Delta. Hoe de drugsmaffia het IRT opblies*, uitgever L.J. Veen, 1994

Middelburg, Bart; *De Godmother*, L.J. Veen, 2000

Middelburg, Bart; *Onderwereld p.r.*, L.J. Veen, 2002

Middelburg, Bart & Vugts, Paul; *De oorlog in de Amsterdamse onderwereld*, Nieuw Amsterdam, 2006

Nederlandse Nieuwsmonitor; *Media en Mabel. Een onderzoek naar de berichtgeving in vijf landelijke dagbladen over de affaire Mabel Wisse Smit*, Stichting Het Persinstituut, 2007

Ross, Tomas; *Plaats delict*, De Bezige Bij, 2005

Veer, Bert van der; *Het liefje van Oranje*, Bertolucci, 2004

Verhage, Gerrard & Exloo, Paul; *De Dominee, de roman*, L.J. Veen, 2004

Voskuil, Bert; *Tien moordenaars*, Het Spectrum, 1994

Vries, Peter R. de; *Uit de dossiers van commissaris Toorenaar*, De Fontein, 1985

Vries, Peter R. de; *Een crimineel liegt niet altijd, en andere waargebeurde misdaadverhalen*, De Fontein, 2004

Daarnaast heeft de schrijfster gebruik gemaakt van informatie uit tientallen kranten- en tijdschriftartikelen, internetsites en tv-programma's.